KB014314

국어시간에 케이팝읽기

국어 시간에 케이팝 읽기

케이팝과 함께하는 공쌤의
문학 수업 이야기

공규택 지음

Humanist

우리 문학과 케이팝(K-POP),
읽고 듣고 즐기기

    고등학교 문학 시간, 서정주 시인의 초기 작품인 〈화사〉라는 시를 배운 적이 있다. 시라는 것이 마냥 어렵게만 느껴지던 어린 시절, 〈화사〉는 정말 이해하기 어려운 시였다. '뱀'을 노래한 이 시는 뱀이 징그럽고 혐오스럽다고 하면서도 예쁘고 섹시하여 흠모하고 싶다고 말하는, 당최 종잡을 수 없는 내용을 가진 시였다.

    그냥 '그런가 보다' 하고 밑줄 그으며 '공부'를 해 버리고 말았던 그 〈화사〉를 온전히 이해한 것은, 무려 20여 년의 세월이 지나 2013년에 힙합 그룹 다이나믹 듀오의 〈BAAAM〉이라는 노래를 듣고 나서였다. 자신이 욕망하고 있는 여인을 '뱀'에 비유한 이 노래를 통해, '아, 서정주의 〈화사〉에 등장한 뱀이 바로 이것이었구나.' 하고 비로소 깨닫게 된 것이다(이에 대한 상세한 내용은 3장에서 별도의 한 꼭지로 다루었음). 이 깨달음은 케이팝과 우리 문학이 서로 닮아 있다는 사실을 통찰하는 계기로 이어졌다. 그래서 나는 그 이후로 자연스럽게 국어 시간에 케이팝을 점점 더 많이 가져다 쓰게 되었다. 처음엔 나더러 국어 시간에 케이팝을 '읽히는' 괴짜 선생님이라고 수군대던 아이들도, 이제는 케이팝 덕분에 국어 시간이 재미있다고 너스레를 떨곤

한다.

어릴 적에 내가 즐겼던 대중가요가 이제 '케이팝(K-POP)'이라는 이름으로 한류를 이끌고 있다. 내가 이 책에서 '대중가요'라는 말 대신 '케이팝'이라는 용어를 쓰는 것은 이런 '케이팝'의 열풍과 무관하지 않다. 케이팝이라는 말이 '대중가요'나 '한국가요'보다는 대중적으로 더 친숙한 용어가 되었고, 특히 청소년들과 밀착해 있기 때문이다.

내가 '케이팝'이라 불리는 대중가요를 문학 시간으로 끌어오려는 데는 몇 가지 이유가 있다. 우선, 케이팝은 대중적이고 문학 작품은 학문적이라는 이분법을 부수고 싶어서다. 이런 선입견이 문학 작품을 한낱 시험 문제의 대상으로만 여기게 만들었고, 마땅히 즐거워야 할 문학 시간을 재미없고 따분한 시간으로 만든 주범이기에 그렇다.

둘째, 일상에 밀착되어 있는 케이팝이 상대적으로 일상과 괴리되어 어렵게만 느껴지는 우리 문학 작품을 이해하는 데 도움을 줄 것이라고 생각했다. 케이팝이든 문학 작품이든 그것을 관통하는 정서나 표현 기법은 유사하기 때문이다.

셋째, 최근 케이팝이 자극적인 멜로디로 무장하고, '비주얼'을 지나

치게 강조하다 보니 대중이 노랫말을 경시하는 경향이 있는데, 케이팝의 노랫말을 찬찬히 살펴보면 문학 교과서에 실려도 손색이 없는 아름다운 노랫말이 많이 있다. 케이팝의 멜로디와 비주얼에만 매몰되지 말고, 그것이 주는 메시지에도 대중이 귀를 기울였으면 하는 바람이다.

끝으로 바라는 것은, 독자들이 이 책을 읽고 나서 케이팝의 원류가 근래에 갑작스럽게 생성된 게 아니라, 사실은 오래전부터 싹을 틔워 오고 있었고 그 씨앗은 그것보다도 훨씬 더 오래전에 뿌려졌을지 모른다는 생각을 한 번쯤 해 볼 수 있었으면 한다. 그리고 교과서에 실려 있는 문학 작품이 우리가 지금 즐기고 있는 케이팝과 여러 측면에서 그리 다르지 않다는 것을 느낄 수 있었으면 좋겠다.

이 책은 문학 작품과 케이팝을 단순히 내용적으로 비교만 한 것이 아니다. 꼭 알아 두어야 할 중요한 학습 요소를 우리 문학 작품과 케이팝을 감상하면서 저절로 습득하고 이해할 수 있도록 각 꼭지의 앞부분에 문학의 주요 개념을 쉽게 녹여 내어 진술하였다. 이는 해당 문학 작품과 케이팝을 비교 감상하는 포인트이기도 하다. 그래서 이 부분을 유심히 살펴 읽으면 문학과 케이팝을 좀 더 효율적으로 감상할 수 있게 된다.

각 꼭지의 끝부분에는 '겹쳐 보기'를 두었다. 문학 작품과 케이팝을 포개 놓고, 이 둘이 어떤 부분에서 교차점이 생기는지 한눈에 파악할 수 있도록 보여 준 것이다. 독자 입장에서는 각 꼭지에서 다루는 문학 작품과 케이팝이 어떤 점에서 유사성을 띠고, 어떤 점에서 독자성을 띠는지 쉽게 파악할 수 있다.

아무쪼록 이 책을 통해 우리 문학 작품을 케이팝처럼 일상에서 편하게 보고 듣고 즐기는 독자가 많아졌으면 정말 좋겠다.

2015년 12월

공규택

차례

머리말　**4**

01 '강남 스타일'이 탄생하다   조선 이전의 문학

말하는 대로 다 이루어져라 ——— **15**

브라운아이드걸스 아브라카다브라 | 서동 서동요

나를 대신해 그 사람을 지켜 주길 ——— **26**

보아 넘버원 | 작자 미상 정읍사

이별 없는 곳에서 다시 만나는 날까지 ——— **37**

조성모 To heaven | 월명사 제망매가

잠 못 드는 밤 비마저 내리고 ——— **48**

김건모 잠 못 드는 밤 비는 내리고 | 최치원 추야우중

일어나지 않을 일을 애써 노래하는 이유 ——— **57**

엠씨더맥스 사랑은 아프려고 하는 거죠 | 작자 미상 정석가

누가 뭐라든 제 잘난 맛에 사는 ——— **68**

싸이 강남 스타일 | 한림 선비들 한림별곡

임이 불러 주기를 기다리는 마음 ——— **81**

구창모 희나리 | 정서 정과정

02 '힙합'과 '랩'을 시도하다 조선의 문학

우리는 '좋은 나라'에 살고 있을까? —————— **93**
정수라 아! 대한민국 | 정도전 신도가

꿈속에서라도 그대를 만날 수 있다면 —————— **103**
박정현 꿈에 | 이옥봉 몽혼

이 밤이 가기 전에 붙잡아야 할 사람 —————— **115**
거미 님은 먼 곳에 | 황진이의 시조

내 사랑아, 제발 이 밤이 새기 전에 —————— **128**
씨스타 GIVE IT TO ME | 서경덕 마음이 어린 후이니

보통 남자들처럼만 해 주었더라면 —————— **137**
백지영 보통 | 허난설헌 규원가

내가 그의 곁에 갈 수 없다면 —————— **148**
동방신기 허그 | 정철 사미인곡, 속미인곡

나는 나 너는 너, 내 삶에 만족하며 —————— **159**
김종서 플라스틱 신드롬 | 윤선도 만흥

새로운 형식, 거침없는 이야기 ——— **170**

서태지 난 알아요 | 정철 장진주사

두 가지 뜻을 담는 재치, 그리고 기발함 ——— **182**

에픽하이 Don't hate me | 임제 북창이 맑다커늘

03 '아이돌'의 노래와 교감하다 　근현대 문학

이별에 대처하는 저마다의 방식 ——— **197**

비스트 픽션 | 한용운 님의 침묵

끝까지 읽어야 참뜻을 알 수 있는 ——— **207**

아이유 좋은 날 | 현진건 운수 좋은 날

거울 속에 비친 또 다른 나 ——— **219**

포미닛 거울아 거울아 | 이상 거울

남자니까, 물러서지 않으리 ——— **230**

엑소 으르렁 | 이육사 교목

나를 삼켜라, 나에게 스며라 ———— **240**

다이나믹 듀오 BAAAM | 서정주 화사

걱정과 두려움, 비유로 절제하다 ———— **254**

휘성 인섬니아 | 기형도 엄마 걱정

꽃처럼 피어난 사랑, 지지 않는 이별 ———— **262**

FT아일랜드 사랑앓이 | 최영미 선운사에서

01

'강남 스타일'이 탄생하다

조선 이전의 문학

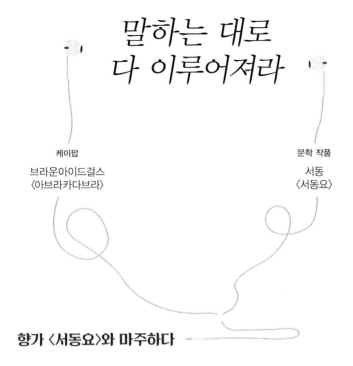

말하는 대로
다 이루어져라

케이팝
브라운아이드걸스
〈아브라카다브라〉

문학 작품
서동
〈서동요〉

향가 〈서동요〉와 마주하다

　짧아도 너무 짧은, 단 네 줄짜리 신라 노래인 〈서동요〉는 백제 무왕의 어린 시절 꿈을 담고 있다. 말도 안 되게 허황된 이 노래가 현실이 되어 버린 건 그 노래 속에 감추어진 어떤 마술 같은 힘 때문이다. 이 마술 같은 힘을 이해하지 못하면, 이 노래 속 사연은 황당한 이야기로 전락하게 된다.

　이 노래를 요즈음의 시각으로 단순하게 살펴보자면, '선화 공주'는 허위 사실 유포의 피해자가 될 것이고, '서동'은 명예 훼손죄를 저지른 범죄자가 될 수밖에 없다. 그런데도 이 노래를 오늘날 교과서에서 배우는 데는 그만한 이유가 있다. 그것은 바로 이 노래가 가진 마술 같은 힘, 즉 '주술성' 때문이다. 이 노래가 가진 주술성이 이 노래의 사연을 도드라지게 하였고, 그 사연이 어엿한 이야깃거리가 되면서 〈서동요〉는 어느새 고전(古典)이 되었다.

핵심 개념을 짚다 – 주술적인 노래

'주술사(呪術師)', '주술적이다' 등에 쓰인 '주술'이라는 말을 혹시 알고 있는지 학생들에게 물어보자. '마술'이나 '요술' 같은 낱말을 섞어서 대답하는 학생은 그나마 비슷하게 그 의미를 알고 있는 편이라고 할 수 있다.

'주술(呪術)'은 사전적으로 봤을 때, '불행이나 재해를 막으려고 주문을 외거나 술법을 부리는 일'을 의미한다. 그런데 사람들은 예부터 언어 그 자체에도 주술성이 있다고 굳게 믿어 왔다. 역사적으로 거슬러 올라가면 멀리는 《구약성경》의 〈창세기〉에서부터 언어의 주술성을 확인할 수 있다. "빛이 있으라 하시니 빛이 있었고."라는 구절을 보면, 오직 말로써 빛이 생성되고 천지가 창조되었음을 알 수 있는데, 이 한 줄의 성경 구절이 말이 가진 주술적인 힘을 보여 주는 가장 오래된 문헌적 기록인 셈이다.

'말이 씨가 된다.'라는 속담을 들어 보았을 것이다. 이 속담이 언어의 주술성을 설명하기에 가장 친숙한 말이 아닐까 싶다. 우리는 평상시에 무심코 한 말이 그대로 이루어지는 경우를 가끔 경험한다. 아이들에게 실제로 일상생활 중에 '말'에 의해 무엇이 이루어지는 것 같은 느낌을 받은 경험을 말해 보라고 하면 재미있는 이야기들이 쏟아지기도 한다.

"아빠가 퇴근하실 때 치킨 한 마리 사 오시면 얼마나 좋을까. 제발 사 와라." 하고 식구들끼리 이야기를 나누는데, 잠시 후 현관을 들어오시는 아버지의 손에 거짓말처럼 치킨 봉지가 들려 있었던 경험 같은 것. 이것도 사실 넓은 범주에서 언어의 주술성에 속한다. 이렇듯 언어란, 마법사의 주문이나 종교인들의 기도 따위를 들먹이지 않더라도 그 자체에 어떤 주술성이 있다는 것을 아이들도 어설프게나마 알 수 있다.

문학적으로 보았을 때, 말이 지닌 이런 주술성은 '주술요(呪術謠)'의 형태로 나타난다. 주술요는 주술의 의미가 담긴 노래를 말한다. 즉, 인간의 능력으로는 도저히 해결할 수 없는 일이 생겼을 때, 이를 눈에 보이지 않는 어떤 신적인 존재의 힘을 빌려서 해결하려고 하는데, 이때 부르는 노래를 '주술요'라고 하는 것이다.

《삼국유사》를 들춰 보면, 나라를 새롭게 일으킬 임금을 기다리던 사람들이 "거북아, 거북아, 머리를 내놓아라. 그렇지 않으면 구워서 먹으리." 하고 노래를 불렀더니 진짜로 며칠 후에 하늘에서 황금알 여섯 개가 내려와 사람으로 변하고, 이 여섯 사람이 각각 가야국의 왕이 되었다는 이야기가 나온다. 이 이야기 속에서 사람들이 불렀던 노래가 바로 '주술요'의 일종인 〈구지가〉이다. 〈구지가〉는 신적인 존재의 힘을 빌리기 위해 하늘을 향해 백성들이 집단적으로 불렀던 노래이기 때문에 주술요라고 할 수 있다.

주술요가 옛 노래에만 있을 것 같지만 케이팝에도 주술성을 지닌 노래가 존재한다.

케이팝 읽기 – 주문을 걸어서라도 갖고 싶은 것

　브라운아이드걸스가 부른 〈아브라카다브라〉에서, 화자는 자신이 차지하고 싶은 사랑에 대해 다소간의 집착을 내비치고 있다. 어떻게 보면 마치 영화 〈미저리〉의 주인공처럼 집요하고 섬뜩한 느낌도 준다. 하지만 자신이 꿈꾸는 사랑을 위해 '무엇이든' 하겠다는 그 열정만은 높이 살 만하다. 언어의 주술성을 확실히 믿는지, 노래 속 화자는 다음과 같이 주문을 외운다.

이러다 미쳐 내가 여리여리 착하던 그런 내가
너 때문에 돌아 내가 독한 나로 변해 내가
너를 닮은 인형에다 주문을 또 걸어 내가
그녀와 찢어져 달라고

Every night I'll be with you
Do you love her Do you love her
매일 너의 꿈속에
Do you love me Do you love me

Bring Bring 너를 내게 가져다줘
뭐라도 난 하겠어 더한 것도 하겠어
빙빙 도는 나의 판타지에
모든 걸 걸겠어 널 내가 내가 갖겠어

못 참아 더는 내가 이러다가 정신을 놓쳐 내가

도대체 왜 너란 애가 내 마음에 박혀 네가

찢겨진 사진에다 주문을 또 걸어 내가

그녀가 떨어져 달라고

그녀의 손을 잡고 그녀와 입을 맞추고

그런 너를 상상조차 하기 싫어

이 주문에 염원을 실어

아브라카다브라 다 이뤄져라

이러다 미쳐 내가 여리여리 착하던 그런 내가

너 때문에 돌아 내가 독한 나로 변해 내가

쿨한 척하는 내가 놀라워라 이런 내가

아닌 척 널 만나러 가 또

◀》 브라운아이드걸스의 〈아브라카다브라〉 일부를 임의로 편집하여 제시함.

이 노래 속 화자는 어떤 사람일까? 화자는 '너'를 정말 많이 사랑하고 있다. 그런데 여리고 착하기만 했던(화자의 말에 의하면) 화자가, 머리가 돌아 버리고 미칠 지경에 이르렀다. 그 지경이 된 것은 바로 '너' 때문이다. 화자가 사랑하는 '너'가 내가 아닌 '그녀'를 사귀는 불상사가 발생한 것이다. 그래서 화자는 그것을 참을 수가 없어서 '너를 닮은 인형'에다가 주문을 건다. '그녀'와 제발 헤어져 달라고. 그리고 매일 밤 꿈속에서라도 '너'와 함께 있겠다는 다짐을 한다. 그리고

'너'를 다시 갖기 위해 '뭐라도' 아니 '더한 것도' 하겠다고 노래한다.

그래도 안심이 안 되는지, '너'가 '내 마음에 박혀' 버릴 정도로 심각한 집착의 상태가 된 화자는 여전히 '그녀'를 그에게서 떨어뜨릴 궁리만 한다. 그런데 확실하게 떨어뜨릴 마땅한 방법이 없으니 생각할수록 괴롭기만 하다. 이러다가 정신이 나가 버릴지 모른다고 생각한 화자가 특단의 조치를 내리게 된다.

자, 이제 '찢겨진 사진'에 주목해 보자. 찢겨진 사진 속의 주인공은 물론 '너'다. 그런데 왜 찢겨졌을까? 사진 속에는 '너'만 있는 것이 아니라 '그녀'도 함께 있을 가능성이 있다. 그러니까 화자가 그 꼴을 차마 볼 수 없어 사진을 찢은 것이다. 둘이 함께 있는 그 사진을 보면, 화자가 볼 수 없는 곳에서 '그녀의 손을 잡고 그녀와 입을 맞추'는 장면이 자꾸 떠올라 참을 수가 없다. 그것은 상상하는 것조차 끔찍한 일이니까 말이다. 그러니 사진은 찢겨질 수밖에 없었던 것이다.

화자는 결국 그 남자와 그녀가 함께 있는 사진을 반으로 찢어 버린다. 마치 현실에서도 두 사람의 관계가 그렇게 (사진이 찢어지듯이) 찢어지길 바라면서 말이다. 그때 거는 주문이 바로 이 노래의 제목인 '아브라카다브라'이다. 이 말은 헤브라이 말인데 '말한 대로 이루어져라'라는 뜻을 지니고 있다. 그래서 화자가 이 주문을 외웠다는 것은, 지금 자신이 말한 것들이 실제로 나타나기를 바란다는 뜻이 된다.

그런데 마지막 부분을 보면, 이 여자 정말 무서우리만치 냉철하다. 하루 종일 주문을 걸며 '너'와 그녀가 헤어지길 바라고 또 바랐던 화자가 아무 일 없는 것처럼 모른 척하고 '쿨하게' '널 만나러' 간다. 화자 스스로 생각해도 자신이 놀라울 정도이다. 정말 노랫말 그대로 독하게 변해 가고 있다. 그렇지만 자신의 주문이 현실에서 꼭 이루어지길 바라면서 그녀는 또 하루하루를 살 것이다.

케이팝에 견주어 〈서동요〉 읽기
− 일어나지도 않은 일을 미리 노래로 부르다

　한 여인이 연못가에 살고 있다가 물 안에 사는 용(龍)과 관계를 하여 아이를 하나 낳는다. 그 아이는 아주 총명하고 건강하게 자랐는데, 산에 가서 마를 캐어 시장에 내다팔아 끼니를 이어 간다. 그래서 '마를 파는 아이'라는 뜻으로 사람들이 그 아이를 '서동(薯童)'이라고 불렀다.

　그러던 어느 날 서동은 신라 진평왕의 셋째 딸인 선화 공주가 예쁘다는 소문을 듣게 된다. 서동은 선화 공주와 결혼을 하겠다는 원대한 꿈을 품고 곧바로 서라벌로 달려가서 동네 아이들에게 마를 먹여 친하게 지낸 후에 자신이 직접 지은 노래를 부르게 한다. 그 노래는 어느새 유행이 되어 서라벌 전역에 퍼지고, 골목마다 아이들이 노래를 부르게 된다. 그 노래가 바로 〈서동요〉이다.

　선화 공주님이
　남 몰래 정을 통해 두고
　서동 도련님을
　밤에 몰래 안고 간다
— 〈서동요〉를 현대어로 번역하여 제시함.

선화 공주님이 서동을 밤에 몰래 안고 정을 통하다니. 그것도 신라 임금의 딸을 가지고 이런 노래를 만들다니. 요즘 이런 노래를 만들었다면 서동은 허위 사실 유포에 따른 명예 훼손죄로 벌을 받았을 것이다. 그런데 이 짧은 노래가 '아브라카다브라'라는 주문과 같은 기능을 하고 있다.

서동은 자신이 선화 공주님과 정을 통하였다는 아직 일어나지도 않은 일을 마치 기정사실처럼 노래하고 있다. 이는 서동 자신이 이 노랫말처럼 이루어지기를 바라는 마음에서일 것이다. 그래서 '아브라카다브라(말한 대로 이루어져라)'라는 말과 같은 기능을 한다고 볼 수 있는 것이다. 따라서 〈서동요〉는 주술성이 있는 노래에 속한다. 노랫말 속에 아직 일어나지 않은 일을 실제로 일어나게 하려는 의도가 있으니까 말이다.

그런데 정말 놀라운 일이 벌어진다. 이 노랫말처럼 결국에는 서동이 선화 공주와 결혼을 하게 되는 것이다. 어떻게 된 일인가 하면, 우선 서라벌에서 유행하던 이 노래가 왕의 귀에 들어가게 된다. 그러자 공주의 행실에 노한 임금이 공주를 궁에서 쫓아낸다. 그때 서동이 나타나 선화 공주를 모시고 가서 혼인을 맺고, 나중에는 백제의 30대 임금인 무왕이 된다. 누가 봐도 서동은 대단한 '인간 승리'의 주인공이 아닐 수 없다.

주술적인 성격이 강한 문학 작품 하나를 더 소개해 보자. 신라 성덕왕 때 순정공이 강릉 태수로 부임하던 도중 바닷가에서 점심을 먹고 있었다. 그때 갑자기 해룡이 나타나 그의 아내인 수로 부인을 끌고 바닷속으로 들어가 버렸다. 순정공이 분통해하며 어쩔 줄을 몰라 하는데, 한 노인이 나타나 "옛말에 여러 사람의 입은 쇠도 녹인다 했으니 이 근처의 백성을 모두 모아 노래를 지어 부르며 막대기로 언덕을 치면 부인을 찾을 수 있을 것이오."라고 말하는 것이었다. 순정공이 그대로 하니, 과연 해룡이 부인을 다시 순정공 앞에 데리고 나왔다. 그때 부른 노래가 바로 이것이다.

거북아, 거북아, 수로 부인을 내놓아라
남의 아내 훔쳐 간 죄 얼마나 큰가
네 만약 거역하고 내어놓지 않으면
그물로 잡아 구워 먹으리

— 작자 미상의 〈해가(海歌)〉를 현대어로 번역하여 제시함.

〈해가〉는 서두에서 언급한 〈구지가〉와 내용과 형식 면에서 매우 유사하다. 이 역시 주술적인 성격의 노래인데, 배경 설화에 등장한 노인이 '여러 사람의 입은 쇠도 녹인다.'라고 말한 데서 옛사람들이 언어의 힘, 즉 언어의 주술성을 익히 알고 믿었다는 사실을 짐작할 수 있다.

'주술요'는 무엇이 이루어지기를 간절히 욕망하는 노래이다. 이미 살펴보았듯이 〈서동요〉에서 나타난 사건은 아직 일어나지 않았던 일이다. 하지만 서동은 선화 공주님을 정말로 많이 원했다. 그래서 아직 일어나지도 않은 일을 일어난 것처럼, 많은 사람으로 하여금 주문처럼 노래로 부르게 했다. 그랬더니 실제로 이루어진 것이다. 이것이 〈해가〉와 〈서동요〉에 나타난 주술성이다. 그런데 이렇게 주술성이 있는 노래, 즉 '주술요'를 옛 문헌에서만 찾을 수 있는 것은 아니다. 우리는 일상에서 또 언제 주술요를 부르고 있을까?

앞서 말한 것처럼 케이팝 〈아브라카다브라〉에도 있고, 우리가 스포츠 경기를 관람할 때 부르는 응원가도 사실은 주술성에 근거한 노래 부르기이다. 응원가는 사실 주술요의 한 종류라고 볼 수 있다. 아직 승패가 갈리지 않은 경기이지만, 우리 팀이 승리할 것이라는 간절한 소망을 담아 응원가를 부른다. 응원을 많이 받는 홈팀이 어웨이 팀보다 승률이 높은 것은, 말이 가진 주술성과 무관하지 않다. 그뿐만이 아니다. 엄마가 아직 눈이 멀뚱멀뚱한 아이에게 "우리 아기 잘도 잔다."라고 반복하여 노래를 불러 주면 어느새 잠이 드는 것도, 바로 자장가에 담긴 주술성이라고 할 수 있지 않을까?

〈아브라카다브라〉에 나오는 화자는 노래의 힘을 빌려서 과연 그 남자와 '그녀' 사이를 떼어 놓고 사랑을 쟁취하게 되었을까?

잘 안 되는 일이 있거나 꼭 이루고 싶은 일이 있다면 주문을 외워 보자. '아브라카다브라'도 좋고, '거북아, 거북아'도 좋다. 언어의 힘을 믿는다면 이루어질 수도 있을 테니까.

두 노래에서 화자가 이루고자 하는 것을 비교해 보고, 언어의 주술성과 문학적 상상력의 관련성에 대해 생각해 보자.

아브라카다브라

인형이나 사진 같은 특정 사물에 주문을 걸어서, 다른 여자에게 향해 있는 남자의 마음을 화자가 독차지하려고 함.

> 노래에 주술적인 성격이 담겨 있음. → 노래를 부름으로써 현실에서 이루어지지 않은 일을 신적인 존재에 의탁하여 이루고자 함.

아직 일어나지 않은 일을 노래로 만들어 부름으로써 사랑하는 사람(선화 공주)을 실제로 얻게 됨.

서동요

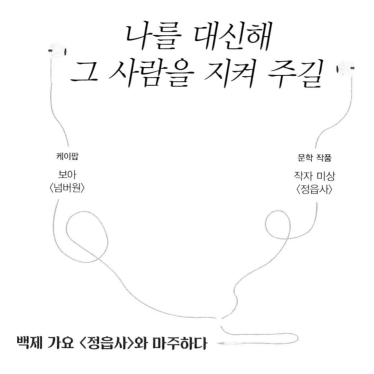

나를 대신해
그 사람을 지켜 주길

케이팝
보아
〈넘버원〉

문학 작품
작자 미상
〈정읍사〉

백제 가요 〈정읍사〉와 마주하다

〈정읍사〉는 어느 아낙네가 행상 나간 남편이 무사히 돌아오기를 달에게 기원하는 노래이다. 그런데 나는 〈정읍사〉의 내용보다는 〈정읍사〉가 '백제 가요'라는 게 더 흥미로웠다. 그 오래전에도 대중이 부르는 가요가 존재했었고, 〈정읍사〉가 그 가요들 중에 하나였다는 사실은, 〈정읍사〉라는 문학 작품을 '공부의 대상'이 아니라 불러 보고 싶은 '노래'로 여기게 만들었다.

그러나 학생들에게 〈정읍사〉는 어쩔 수 없는 '고전 문학'이다. 외우고 분석하고 문제를 풀어야 하는 대상이라는 말이다. 그렇다 하더라도 이 노래가 담고 있는 의미를 제대로 알고 좀 더 쉽게 가르치기 위해서는 백제 시대와 현대를 관통하고 있는 무엇인가를 찾아내야 했

다. 다행히도 나는 지금까지 전하는 수많은 노래(문학 작품은 물론 민
요, 동요, 가요 등을 망라하여) 중에 '달'이 자주 등장한다는 것을 눈치챘
다. 이 '달'로 인하여 아이들이 〈정읍사〉를 문학 작품이 아니라 불러
보고 싶은 '노래'로 여길 수 있다면……. 이번 수업은 이런 생각에서
부터 시작되었다.

핵심 개념을 짚다 – '달'의 소재적 기능

'달'은 서민들의 삶 속에서 하늘 높이 떠서 먼 곳까지 비출 수 있
는 '광명(光明)'의 상징으로 예부터 기능해 왔다. 문학 작품 속에서는,
화자가 사랑하는 사람의 모습을 떠올리며 멀리 떨어져 있는 임과의
거리를 좁혀 주는 매개물로도 종종 등장하였다.

그뿐만이 아니다. 모든 것이 시야에서 사라지는 어둠 속에서도 독
보적으로 빛을 발하는 천체이기에 어둠으로부터 이 세상 만물을 지
켜 주는 천지신명과 같은 존재이기도 했다. 그래서 휘영청 밝은 달밤
이면 정화수를 떠 놓고 자신이 간절히 원하는 바를 달을 향해 빌기
도 하지 않았던가. 여기 '달'을 향해 애타는 마음으로 '사랑하는 사람'
을 위해 기도하는 노래가 있다.

케이팝 읽기 – 헤어진 후에도 '당신은 여전히 나에게 '넘버원'

보아가 부른 〈넘버원〉에서 화자가 무슨 이야기를 하고 있는지 파

악하기 위해서는 화자 이외에 등장하는 또 하나의 대상을 찾아내는 것이 이 노래를 이해하는 데 가장 큰 전제가 된다. 사실 아이들에게 이 노래를 들려주고 무엇을 노래하고 있냐고 물으면, 잘 파악이 안 된다고, 무슨 말인지 하나도 모르겠다고 당황하는 기색이 역력하다. 왜냐하면, 숨겨져 있는 중요한 대상 하나를 놓치고 있기 때문이다. 노랫말 어디에도 '달'이라는 말이 직접적으로 등장하지 않는다. 하지만 화자와 화자가 처한 상황을 상상하며 노랫말 하나하나를 곱씹어 보면, 이 노래의 화자가 지금 '달'과 대화를 나누고 있다는 사실을 알 수 있다. 아니 정확히 말하면 '달'에게 일방적으로 부탁을 하고 있다.

그런데 '달'은 이 노래 안에서 그저 지켜볼 뿐 화자의 말에 묵묵부답이다. 그래서 달은 노랫말에 등장하지 않는 것이다. 어쩌면 달이 묵묵부답이기에 오히려 화자는 그런 '달'이 편하다. 마음 놓고 넋두리를 할 수 있는 대상이 되기 때문이다.

1 어둠 속에 네 얼굴 보다가 나도 몰래 눈물이 흘렀어
    소리 없이 날 따라오며 비춘 건 Finally 날 알고 감싸 준 거니
    처음 내 사랑 비춰 주던 넌 나의 이별까지 본 거야
    You're still my No.1

2 날 찾지 말아 줘 나의 슬픔 가려 줘
    저 구름 뒤에 너를 숨겨 빛을 닫아 줘
    그를 아는 이 길이 내 눈물 모르게
    변한 그를 욕하진 말아 줘 네 얼굴도 조금씩 변하니까

3 But I miss you 널 잊을 수 있을까
  Want you back in my life, I want you back in my life
  나의 사랑도 지난 추억도 모두 다 사라져 가지만
  You're still my No.1

4 보름이 지나면 작아지는 슬픈 빛
  날 대신해서 그의 길을 배웅해 줄래
  못다 전한 내 사랑 나처럼 비춰 줘
  가끔 잠든 나의 창에 찾아와 그의 안부를 전해 줄래
  나 꿈결 속에서 따뜻한 그의 손 느낄 수 있도록
  못다 전한 내 사랑 You're still my No.1

◀) 보아의 〈넘버원〉 일부를 임의로 연을 구분하여 제시함.

그러면 1연부터 살펴보자. 화자는 왜 하필 달에게 이야기를 하고
있을까? 화자가 사랑을 시작할 때부터 이별하기까지 그들(화자와 지
금은 헤어진 그 사람)이 걸어온 사랑의 전 과정을 속속들이 지켜본 것
이 바로 달이기 때문이다. 또 사랑하는 사람과 이별을 하고 눈물 흘
리며 걸었던 길에 화자와 동행해 준 것도 역시 달이다. 지금 헤어진
'날 알고 감싸 준' 것으로 여길 만큼 화자는 달에게 위안을 받고 있었
던 것이다. 지금 화자가 마음을 털어놓고 넋두리를 할 대상은 오로
지 '달'밖에 없을 성싶다.
  2연에서 화자는 달에게 구름 뒤로 숨어 버리라고 요청한다. 달이
싫어서가 아니다. 임과 이별하고 돌아오는 길에 뿌려진 자신의 눈물

이 보기 싫어서이다. 그 눈물이 다른 사람의 눈에 띄는 것도 싫을 테니 달빛을 구름 뒤로 감추어 달라고 달에게 부탁하는 것이다. 어둠 속에서는 그 눈물이 보이지 않을 것이기에.

　달을 자기편으로 여기고 있는 화자는, 혹시나 달이 자신이 사랑했던 임을 욕할까 두려웠는지 또 하나의 부탁을 추가한다. 화자는 이별의 책임이 화자 자신이 아닌 '변한 그'에게 있다는 걸 알면서도 그를 욕하지는 말아 달라고 한다. 왜냐하면, "달, 너도 초승달이 되었다가 그믐달이 되고, 또 보름달이 되는 것처럼 매일매일 조금씩 변하지 않느냐"는 것이다. 이 말은 사람뿐만 아니라 이 세상 모든 것이 변할 수 있는 것이니, 변한 그의 마음을 탓할 수 없다는 인식의 반영이다. 그와 헤어지게 된 것은 그 사람의 잘못이 아니라, 화자 자신의 인생이 그렇게 되도록 (마치 달이 차면 기우는 자연의 순리처럼) 운명 지어져 있다는 생각을 하고 있는 듯하다.

　3연은 달에게 하는 이야기에서 잠시 벗어나, 헤어진 그에게 읊조리는 일종의 독백이다. 지금은 헤어졌지만 나는 너를 잊을 수 없다는 고백. 그리고 과연 '내가 너를 잊을 수 있을까' 하는 회의. 이런 고백과 회의는 언젠가는 떠나간 임이 자신에게 돌아오기를 바라는 마음과 연결되고, 헤어진 후에도 그는 여전히 내 마음속에서 '넘버원'이라는 인식과 맞닿게 된다.

　마지막 4연으로 가 보자. 마지막 연에서는 헤어진 후에도 '그 사람'을 잊지 못하고, 그의 안부를 걱정하는 화자의 마음이 드러난다. 자신을 버리고 가는 '그'이지만 (혹시 그가 잘못되기라도 하면 어쩌나 하는 마음으로) 그가 가는 어두운 길을 밝은 달빛으로 배웅하여 달라는 마지막 부탁이 이어진다. 지금 날 비춰 주듯이 '날 대신해서 그의 길을

배웅해' 달라는 부탁이다. 그리고 그 부탁과 아울러, 그를 배웅한 후
에는 그의 안부를 화자 자신에게 전해 달라고 한다. 그의 안부라도
들을 수 있다면 잠든 꿈속에서나마 그의 따뜻한 손길을 느껴 볼 수
있을 것이라고 기대하는 화자의 마음이 애틋하기만 하다.

'보름이 지나면 작아지는' 달의 천문학적 속성상, 보름 후에는 그
믐이 된다(아마도 지금은 보름달인 듯). 그렇기에 그믐이 되기 전 달빛이
밝을 때 '날 대신해서 그의 길을 배웅해' 달라는 것이다. 아직도 못
전한 내 사랑을 달빛으로나마 대신 그에게 전하려는 듯 화자는 끝까
지 마음을 놓지 않는다. '여전히 당신은 내 마음속에서 넘버원'이기
때문이다.

케이팝에 견주어 〈정읍사〉 읽기
– 남편을 기다리다가 망부석이 된 아내의 노래

수천 년의 시간을 관통하여 현재까지 전하고 있는 유일한 백제의
노래이자 한글로 표기된 가장 오래된 노래가 바로 〈정읍사〉이다. 그
옛날 백제에서도 수많은 가요나 민요가 불리었을 텐데, 그중에서 단
하나의 노래만 전해진 것이 바로 이 노래라고 생각하니 참 소중한 노
래라는 생각이 든다.

이 노래에는 배경 설화가 함께 전해진다. 노래에 얽힌 사연을 알
면, 노래의 내용이 더 절실하게 다가오는 법. 배경 설화는 아이들에
게 먼저 꼭 들려주었으면 좋겠다.

전주의 속현(屬縣)이었던 정읍에 한 장사꾼이 살았다. 그런데 이

장사꾼이 행상을 떠나 오래도록 돌아오지 않게 되자, 그의 아내가 산 위로 올라가 남편이 간 곳을 바라보며 남편이 밤길을 헤매다가 해를 입지는 않을까 염려하여 이 노래를 불렀다. 그의 아내가 머물던 산꼭대기에는 남편을 애타게 기다리던 형상 그대로 망부석(望夫石)이 남아 있다고 한다.

> 달님이시여 높이높이 돋으시어
> 멀리멀리 비추어 주십시오
> 시장에 가 계신가요
> 진 데를 디딜까 두렵습니다
> 어느 곳에나 놓고 계십시오
> 내 (남편) 가는 곳에
> 날이 저물까 두렵습니다
>
> ─〈정읍사(井邑詞)〉를 현대어로 의역함.

우선 노래 속 화자는 '달님'을 부른다. 그리고 더 높이높이 솟아달라고 부탁을 한다. 그래야 더 멀리멀리 비출 수 있으니까. 행상을 떠난 남편이 시장에 있을 것으로 짐작은 되지만 하도 오랫동안 돌아오지 않으니 그 행적을 짐작조차 할 수 없다. 마른 데가 아닌 '진 데'를 남편이 디딜까 두려워하는 화자는 남편이 마른 데를 잘 골라서 발걸음할 수 있도록 달에게 그 밝은 빛을 멀리멀리 비추어 달라고 부탁하고 있다. 그렇게만 된다면 남편이 어둠 속에서도 자신의 짐을 어디에나 마음 편히 놓고 쉴 수 있으리라 기대하는 것이다. 그리고 마지막으로 남편이 어디로 발걸음을 옮기든지 날이 저물어서 힘들어지는 일이 없기를 간절히 바라고 있다. 여기서 '진 데'를 축축하고 질펀한 땅으로 볼 수도 있겠으나, 남편에게 닥칠 수 있는 여러 위험 요소를 함축적으로 비유한 말이라고 볼 수 있다.

마지막 6, 7행은 해석의 여지가 있는데, '내'가 단순히 화자 자신이라고 한다면 화자가 남편을 마중 나가는 길에 날이 저물지 않기를 바라는 것이 되고, '내' 뒤에 '남편'이 생략된 것이라고 보면 '내 남편'이 돌아오는 길에 날이 저물지 않기를 바라는 것으로 해석이 된다.

이즈음에서 아이들에게 물어보자. 〈정읍사〉의 달과 〈넘버원〉의 달은 어떤 점에서 유사한 기능을 수행하고 있는지. 그리고 어느 화자가 더 애틋하게 느껴지는지. 아이들의 대답을 들어 보면, 그들이 느끼는 〈정읍사〉와 〈넘버원〉의 감성이 어떻게 다른지 알 수 있어 흥미롭다. 하지만 분명한 것은 〈넘버원〉의 화자가 의지하고 있는 '달'을 수천 년 전에도 이미 〈정읍사〉의 화자인 행상인의 아내가 그대로 의탁했었다는 것이다. 자신의 애절한 심정을 달에게 말을 건네는 형식으로 풀어내고 있는 것이다. 다만 〈넘버원〉에서는 사랑하는 임이 떠나가는 배웅의 길을 비춰 달라고 부탁하고, 〈정읍사〉에서는 사랑하는 남편이 돌아오는 길을 비춰 달라고 부탁한다.

그렇다면 〈넘버원〉과 〈정읍사〉의 화자는 왜 하늘 멀리 떨어져 있는 달에게 의탁할 수밖에 없었을까?

하루 종일 사랑하는 사람을 가슴 시리도록 생각하는 이에게 밤이 된다고 그 생각이 그칠 리 없다. 두 화자는 지금 모두 어둠 속에 처해 있다. 세상 만물이 모두 어둠 속에 묻히고 눈에 보이는 것은 무엇이 있을까? 별이나 달이 있겠지만 압도적인 빛의 느낌은 보름달이 내뿜는 환한 빛, 그것 하나뿐이다. 시름하는 화자의 곁에 마땅히 다른 대상이 있지 않다면 눈에 보이는 유일한 대상인 달에게밖에 하소연할 수 없지 않을까? 더욱이 달은 예부터 기원의 대상이기도 했다고 하지 않았던가.

달이 노래 안에서 이런 기능을 하게 된 것은 〈정읍사〉가 불리던 백제 시대를 감안했을 때 어쩌면 당연한 문학적 설정이다. 그런데 정작 이채로운 것은, 화려한 조명으로 불야성을 이루는 현대 사회를 살고 있는 〈넘버원〉의 화자가 달에게 사랑하는 이의 안부를 부탁 혹은 기원하는 설정이다. 아무래도 현대적 감성은 아니다. 더욱이 이 노래를 부른 가수 보아가 도시적 분위기를 풍기는 신세대 가수이기 때문에 더욱 그렇다. 어찌 되었든 〈넘버원〉은 백제 가요 〈정읍사〉의 고전적 감성을 고스란히 계승한 노래로서 그 나름대로의 독특한 개성이 물씬 느껴지는 노래이다.

〈넘버원〉의 뮤직비디오를 보면 커다란 보름달이 화려한 도시를 배경으로 떠올라 화면을 채우며 시작한다. 노래만 듣지 않고 뮤직비디오를 함께 감상하였다면, 이 노래의 화자가 달과 대화를 시도하고 있다는 것을 쉽게 알아챌 수 있는 장면이기도 하다. 수업 시간에 곧바로 뮤직비디오 한 편쯤 틀어 줄 수 있는 교실 환경이라면 꼭 아이들이 감상할 기회를 마련하기를 권장한다.

한편, 〈넘버원〉의 노랫말에 이런 부분이 있다.

처음 내 사랑 비춰 주던 넌 나의 이별까지 본 거야

달은 〈넘버원〉의 화자가 겪은 사랑의 시작과 끝을 모두 목격하였다. 그뿐만이 아니다. 백제 때 〈정읍사〉 속 행상인의 아내를 비춰 주던 달이 〈넘버원〉의 화자가 겪은 이별의 현장에서도 그 밝은 빛을 똑같이 비춰 주고 있었다. 노래에 따라 노래 속의 화자는 수천 년을 거쳐 바뀌고 또 바뀌었지만 그들을 지켜보던 '달'은 오직 하나였다는 사실. 수많은 남녀의 사랑의 현장을 수없이 목격하였을 달은 〈정읍사〉에서도 〈넘버원〉에서도 여전히 묵묵부답이다.

〈정읍사〉와 〈넘버원〉의 화자가 했던 말을 모두 들었을 달이 만약에 말을 건넬 수 있었다면 두 화자에게 각각 어떤 말을 했을까? 이 질문에 대한 답은 교실 안의 아이들에게 들어 보자. 별별 기상천외한 대답들이 쏟아질 것 같다.

두 노래에 공통적으로 등장하는 사물이 무엇인지 말해 보고, 화자가 각각 무엇을 소원하고 있는지 비교해 보자.

넘버원

사랑하는 '그'와 헤어진 화자가 자신의 곁을 떠나는 '그'를 잘 배웅해 달라고 달에게 부탁하며, 한편으로는 '그'를 몹시도 그리워함.

- '달'에게 이야기를 건네며 사랑하는 사람의 안전과 안녕을 기원함.
- 달이 가진 '밝음'의 속성, 그리고 높이 떠서 멀리 비출 수 있는 능력에 의탁함.

행상 나간 남편이 돌아오지 않자 달에게 남편의 무사귀환을 기원하며 남편이 오가는 길을 환히 비춰 달라고 달에게 부탁함.

정읍사

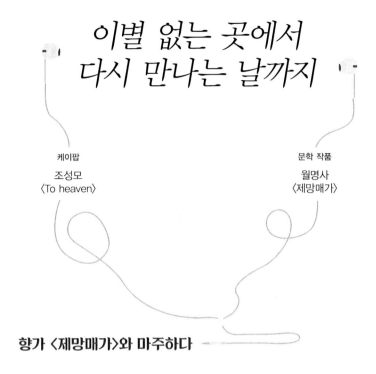

이별 없는 곳에서
다시 만나는 날까지

케이팝
조성모
〈To heaven〉

문학 작품
월명사
〈제망매가〉

향가 〈제망매가〉와 마주하다

문학 시간에 향가와 마주하였을 때, 국어 교사의 입장에서 난처한 점이 몇 가지 있다. 우선 한자도 한글도 아닌 '향찰'이라는 낯선 문자가 향가의 표기 방식이라는 점을 설명해 줘야 한다는 점이 그렇다. 또 〈제망매가〉는 10구체 향가로서 매우 뛰어난 형식미를 갖췄다고 하는데, 이와 관련하여 향가의 형식을 문학 시간에 다루기 시작하면 문학 수업이 산으로 가기 일쑤다.

그런 어려움을 피하기 위해 향가의 형식보다 내용적인 측면에 치중하려고 할 때에도 적잖은 어려움이 생긴다. 우리가 흔히 수업 시간에 시도하는 것처럼, 〈제망매가〉의 원문을 그대로 가져다가 시어와 시구를 시시콜콜하게 분석하는 일이 아이들에게 여간 부담스러운 일이 아니다. 내용 위주로 수업을 진행하기 위해서는 일단 쉽게 풀어쓴 텍스트를 제시할 필요가 있다. 그다음으로 〈제망매가〉의 감상 포인트를 한곳에 집중시켜 보자. 누이의 죽음이 화자에게 어느 정도의 고통이었을지 상상해 보게 하고, 그런 고통에 대처하는 화자의 태도에 집중해 보게 하는 것이다.

왜 화자의 '고통'에 집중하느냐고? 이별은 누구에게나 힘들고 아픈 것이지만, 이별이 누군가의 죽음에 의해 불가항력적으로 발생한 것이라면 그것은 단순한 이별과는 다를 것이기 때문이다. 더욱이 그 죽음이 혈육에게 찾아온 것이라면 그 고통은 이루 말할 수 없이 심할 것이다. 그러한 고통에 대처하는 화자의 태도가 문학 작품에서 우리가 집중해서 지켜보아야 할 감상 포인트가 아닌가 한다.

핵심 개념을 짚다 – 죽음과 이별

우리 문학 작품과 케이팝 속에서 '이별'은 흔한 소재로 다루어졌다. 그뿐만 아니라 지금 이 순간에도 누군가는 '이별'을 노래하고 있으며, 앞으로도 '이별'은 변함없이 훌륭한 '노랫감'으로 남을 수밖에 없다. 이별은 인간이라면 누구나 겪어야 하는 일상사이며, 거기서 오는 아픔이야말로 노래로 부르기에 최적화된 정서이기 때문에 그렇다.

한편, 노래 속에 담긴 이별을 살펴보면, 이별이 연인 사이에서만 이루어지는 것은 아니다. 부모, 자식, 친구, 임금, 심지어 화자가 아끼던 물건과의 이별도 있다. 이별의 원인으로 치자면 많은 이별 중에서 가장 가슴 아픈 것은 아무래도 사별(死別), 즉 죽음에 의한 헤어짐이 아닐까. 그것은 다른 이별과 달리 인간 스스로 의도한 것이 아니라, 운명(혹은 절대자)에 의해 인간에게 갑작스럽게 던져지는 것이기 때문이다.

이와 같이 죽음이라는 것이 인간으로서 어쩔 수 없는 것이기에, 죽음을 다룬 대부분의 우리 노래 속에서 화자는 가슴이 찢어지도록 슬퍼하거나, 그 죽음에 대해 체념하게 된다. 우리 민족의 유전자 속에는 주어진 운명에 대해 적극적으로 저항하기보다 그것에 순응하려는 태도가 더 많이 배어 있다.

그런데 이번에 읽게 되는 두 노래는, 사랑하는 사람의 죽음을 직접 겪은 화자가 그것에 슬퍼하거나 체념해 버리지 않고 화자 나름대로 극복을 시도하는 모습을 볼 수 있다는 것이 특징이다.

케이팝 읽기 - 사랑하는 '너'를 생각하며 하늘에 보내는 편지

노래가 발표되었을 당시는 물론이고, 지금도 여전히 대중의 입에 오르내리고 있을 정도로 〈To heaven〉이라는 노래는 뮤직비디오가 수작이다. 이 노래는 잘 만들어진 뮤직비디오 덕분에 대중의 관심을 크게 받았던 만큼, 이 노래를 잘 알지 못하는 아이들이 있다면 해당 뮤직비디오를 꼭 감상해 보면 좋겠다. 뮤직비디오가 이 노래의 지배적 정서를 이해하는 데에도 적지 않은 도움을 주기도 하니 말이다.

이뿐만 아니라 이 노래를 이해하는 데는 제목과 부제를 함께 살펴보는 것이 도움이 된다. 사랑하는 사람을 잃은 화자가 등장하는 이 노래에는 '천국으로 보낸 편지'라는 부제가 붙어 있다. '너'가 이미 죽어서 하늘나라에 가 있을 것이라고 믿는 화자가 천국으로 보내는 편지 형식을 통해 '너'에게 안부를 묻는 내용으로 노래가 시작된다.

1 괜찮은 거니 어떻게 지내는 거야
  나 없다고 또 울고 그러진 않니
  매일 꿈속에 찾아와 재잘대던 너
  요즘은 왜 보이질 않는 거니
  혹시 무슨 일이라도 생겼니
  내게 올 수 없을 만큼 더 멀리 갔니
  니가 없이도 나 잘 지내 보여
  괜히 너 심술 나서 장난친 거지

2 비라도 내리면 구름 뒤에 숨어서
  니가 울고 있는 건 아닌지
  걱정만 하는 내게 제발 이러지 마
  볼 수 없다고 쉽게 널 잊을 수 있는
  내가 아닌 걸 잘 알잖아
  혹시 니가 없어 힘이 들까 봐
  니가 아닌 다른 사랑 만날 수 있게
  너의 자릴 비워 둔 것이라면
  그 자린 절망밖엔 채울 수 없어

3 미안해하지 마
  멀리 떠나갔어도 예전처럼

니 모습 그대로 내 안에 가득한데

그리 오래 걸리진 않을 거야

이별이 없는 그곳에 우리 다시 만날 그날이

그때까지 조금만 날 기다려 줘

◀》 조성모의 〈To heaven – 천국으로 보낸 편지〉를 임의로 연을 구분하여 제시함.

1연에는 이 노래를 부르게 된 계기가 나타나 있다. 매일 꿈속에 나타나 그리움을 달래 주던 '너'가 요즘 따라 이상하게도 꿈속에 나타나지 않자, '너'의 소식이 궁금해졌던 것이다. 화자는 편지 형식을 빌려 '너'에게 안부를 묻고 있다. 일종의 의사소통을 시도하는 것이라고 할 수 있다. 화자는 마치 자신이 보내는 이 편지를 '너'가 읽고 있다고 믿는 듯, '너'를 향한 애틋한 감정을 노랫말 한 마디 한 마디에 애절하게 담아낸다.

1연에서 몇 가지 질문을 하던 화자는 2연에서 '너'를 향해 간절하게 '부탁'을 하기 시작한다. 화자는 혹시 울고 있는 것 아니냐며 '너'를 걱정해 주고 있지만, 그리움을 달래 주던 꿈속의 '너'가 나타나지 않는다면 아마도 울고 싶은 건 화자 자신일 것이다. 그러니 제발 꿈속에서라도 '너'의 모습을 볼 수 있게 해 달라고 바랄 수밖에 없는 것이다. '너'가 가고 없는 빈 자리는 '다른 사랑'이 아닌 영원히 '너의 자리'라는 고백 또한 같은 맥락에서 이해할 수 있다. 꿈속에 나타나질 않는 '너'를 걱정하는 화자가 다른 사랑을 찾을 리 없기 때문이다.

3연에서는 비록 지금은 멀리 떠나가 버린 '너'로 인해 슬프지만, 머지않아 '너'와 재회할 수 있으리라는 희망으로 그 슬픔을 극복하고자 한다. 화자에게 천국이란 어떤 곳일까? 바로 '이별이 없는 곳'이다. 그곳에서 다시 만날 수 있으니, '조금만 날 기다려' 달라고 '너'에게 편지를 쓴다. '그리 오래 걸리지 않을 거야'라는 부분이, 화자가 스스로 목숨을 끊을 것임을 암시하는 것이 아니냐는 해석도 있지만, '너'와 영원한 만남을 가질 수 있는 천국에서의 삶과 견준다면, '너' 없는 화자의 인생은 찰나에 불과한 것이므로 그렇게(오래 걸리지 않을 것이라고) 표현했을 것이라는 해석이 더 타당성이 있다. 어찌 되었든 화자가 '너'의 부재를 체념하거나 운명으로 순응하는 것이 아니라, 다시 만날 날을 기약하고 있기에 현재의 슬픔은 극복 가능한 것이 된다.

자, 이제 아이들과 이것 하나만 더 생각해 보자. 이 노래는 '너'를 향해 천국으로 보내는 편지이다. 그렇다면 화자는 왜 '편지'를 쓰게 되었을까? 이 질문에 나름대로 답을 할 수 있다면 뜻밖에 이 노래의 핵심에 접근하는 길을 발견할 수도 있을 것 같다. 화자는 '너'가 이 편지를 정말 받을 수 있다고 생각했을까? 이별이 없는 그곳에서 '너'와 영원히 함께 할 수 있다는 불꽃같은 희망을 편지로 구체화하는 과정 자체가, 화자에게는 지금 겪고 있는 극한의 슬픔을 잊게 하는 유일한 위안거리가 되고 있는 것은 아닐까?

케이팝에 견주어 〈제망매가〉 읽기
  – 사랑하는 '누이'를 위해 도(道) 닦으며 기다리리

〈제망매가(祭亡妹歌)〉는 신라의 월명사가 지은 향가로, '죽은 누이를 추모하는 노래'이다. 이 노래는 현존하는 향가 중에서도 서정성과 표현 기교가 돋보이는 작품으로 손꼽힌다.

죽고 사는 일이
여기 있음에 나는 두렵기만 하고
먼저 간다는 말 한마디 못 하고
어찌 누이 먼저 갔단 말인가
어느 가을 이른 바람에
여기저기 떨어지는 잎처럼
한 나뭇가지에 나고서도
저마다 가는 곳을 모르겠구나
아, 극락에서 다시 만날 것이니
나 이제부터 도 닦으며 기다리겠노라

— 월명사의 〈제망매가〉를 현대어로 의역하여 제시함.

이 노래는 〈To heaven〉처럼 세련된 뮤직비디오는 없지만, 뮤직비디오 대신에 신비로운 배경 설화가 함께 전해져서 이 노래를 이해하는 데 유용한 단서를 제공한다.

《삼국유사》에 의하면, 월명사가 이 노래를 지어 제사를 지냈더니 갑자기 회오리바람이 일어나 제사에 쓰는 종이돈이 서쪽으로 날아가 없어졌다고 한다. 제사를 단순히 망자를 추모하는 의식이라고 볼 수도 있지만, 옛사람들이 (비록 쌍방이 아닌 일방적일망정) 죽은 사람과의 의사소통을 시도한 의식이라고 넓게 해석해 본다면, 바람이 일어 종이돈을 날렸다는 것은 제사에 대한 망자의 '리액션'이라고 볼 수 있다. 요컨대, 〈To heaven〉이 편지 형식으로 죽은 '너'에게 연인으로서의 화자의 진심을 전하려는 노래라면, 〈제망매가〉는 추모의 형식을 빌려 죽은 누이에게 오라비로서의 화자의 불심(佛心)을 전하는 노래이다.

먼저 이 노래의 1~4행을 살펴보자. 인간의 죽고 사는 문제가 인간의 능력 밖의 일이라는 것을 알게 된 화자는 두려워진다. 화자의 눈앞에 닥친 누이의 죽음을 통해 화자 스스로 무력한 인간임을 실감하게 된 것이다. 누이가 '먼저 (저세상으로) 간다'고 화자에게 예고할 수 없었을 만큼 누이에게 닥친 죽음은 화자에게 너무나 갑작스럽고 뜻밖의 일이었으니까.

이 작품의 표현상 백미라고 평가받는 5~8행에서는, 같은 부모에게서 태어난 남매 사이에서 누이에게 먼저 찾아온 죽음을 하나의 가지에서 나와서 가을이 되자 따로 떨어지는 낙엽에 비유하고 있다. 누이에게 닥친 요절의 슬픔과 허무함을 이른 가을바람이 불어와서 나뭇가지에서 떨어지고 마는 나뭇잎으로 비유하여 감각적으로 형상화하고 있다. 그래서 화자는 가을바람에 무상하게 떨어지는 나뭇잎과 마찬가지로 누이의 죽음 역시 그렇게 허무하고 덧없는 것에 불과하다는 생각 때문에 잠시 슬픔에 젖는다. 더구나 화자가 미처 생각지 못한 때 이른 죽음이었다는 점에서 그 슬픔은 극대화된다. 여기까지만 보면, 사별에 대하는 우리 민족의 전통적인 정서와 크게 다르지 않다. 바꿔 말해, 인간이라면 누구라도 그럴 수 있다는 의미이다. 그런데 놀라운 반전이 나머지 후반부에서 일어난다.

9~10행에서 화자는 극대화된 슬픔을 (잊으려고 노력하거나 덜려고 노력하는 것이 아니라) 또 다른 희망으로 바꾸어 버린다. 〈To heaven〉의 화자가 곧 찾아올 '우리 다시 만날 날'을 기약하였던 것처럼, 〈제망매

가〉의 화자 역시 '내가 열심히 불교에 정진하면 죽은 누이를 극락에서 다시 만날 수 있으리라'는 재회의 희망을 찾아낸다. 그냥 으레 하는 말이 아니라, 10행에서 화자가 '기다리겠노라'고 의지를 다지는 장면은 거의 확신에 가깝다.

누이의 죽음에서 비롯된 인간적 슬픔과 번뇌는 그 자리에 그대로 머물러 화자를 나약하게 만든 것이 아니라, 마침내 종교적으로 승화하여 슬픔을 초극하는 힘이 된다. 그래서 〈제망매가〉는 마치 '극락'으로 보내는 편지가 되어 먼저 간 누이에게 크나큰 위안과 희망을 주는 것만 같다. 이 편지를 누이가 받아서 정말로 마음의 위안을 받았는지, 월명사가 제사에서 이 노래를 부르자 어디선가 화답하듯 회오리바람이 불어왔다지? 월명사의 〈제망매가〉는 그야말로 천국으로 보낸 진심 어린 편지 혹은 노래가 된 듯하다.

케이팝 다시 읽기 - 다음 세상에서 다시 태어나 다시 만나자

케이팝 중에 월명사의 〈제망매가〉처럼 죽음에 의한 이별을 불교적 인식에 의해 이겨 내고 있는 노래가 있다.

나 다시 태어나도 너만을 사랑할 거야 나의 전부인 너만을
다시 태어나 그대가 없다면 또 다른 세상을 기다리며 살 거야
넌 편히 잠들면 돼 그리고 기억하면 돼 사랑했던 내 모습
다음 세상에 우연히 만나도 그냥 스쳐 지나가는 일이 없도록

다시는 볼 수 없다는 걸 알고 있어 너의 숨결도 마지막이란 것을
하지만 난 지금 헤매고 있어 넌 분명 이 세상엔 없는데
그래도 이젠 나 울지 않아 나보다 조금 더 높은 곳에 니가 있을 뿐
더 이상은 슬프지 않아 습관처럼 하늘만 볼 뿐
너와 난 함께 있는 걸

그래도 이젠 나 울지 않아 다음 세상 우리 만날 때
서로 다른 모습이라도 난 너를 찾을 수 있어

🔊 신승훈의 〈나보다 조금 더 높은 곳에 니가 있을 뿐〉 일부를 제시함.

이 노래 속 화자는 연인의 죽음을 영원한 이별이라고 인식하지 않고, '나보다 조금 더 높은 곳에 니가 있을 뿐'이라고 긍정적으로 사고하면서 슬픔을 이겨 내려고 한다. 그리고 '다음 세상'에서 만나자고 한다. 그런데 '다음 세상'에서 다시 태어날 때 지금 그대로의 모습이 아니라 서로 다른 모습으로 태어날 것을 각오하고 있다는 점에서 철저히 불교적 윤회설에 기대고 있다. 〈제망매가〉가 극락에서의 재회를 노래하고 있는 반면, 이 노래는 '다음 세상'이라는 후생(後生)을 기약한다는 점에서 다소 차이가 있다. 그러나 죽음 앞에서 마냥 슬퍼하기만 하지 않고 적극적으로 슬픔을 이겨 내고 또 다른 희망을 찾고 있다는 점에서는 매우 유사한 정서를 보이고 있다. 사랑은 말 그대로 죽음도 갈라놓을 수 없는 것인가 보다.

두 노래는 시적 상황과 그것에 대처하는 화자의 태도가 유사하다. 어떤 점에서 유사한지 생각해 보자. 그리고 죽은 사람을 그리워하는 두 화자가 망자를 각각 어떻게 다시 만나고자 하는지도 작품 속에서 찾아보자.

To heaven

① 천국에 있는 연인에게 보내는 편지 형식의 노래.
② 이별 없는 천국에서 다시 만나자고 노래함.

• 사랑하는 사람의 죽음에 의한 이별이 시작(詩作)의 계기가 됨.
• 이별의 슬픔을 재회의 희망으로 극복함.
• 망자와의 의사소통을 시도하는 형식을 취함.

① 요절한 누이를 추모하는 형식의 노래.
② 현세에서 불도에 정진하여 극락에서 다시 만나자고 노래함.

제망매가

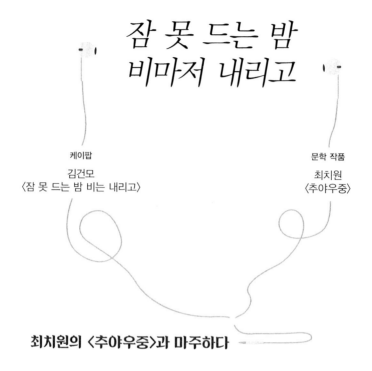

잠 못 드는 밤
비마저 내리고

케이팝
김건모
〈잠 못 드는 밤 비는 내리고〉

문학 작품
최치원
〈추야우중〉

최치원의 〈추야우중〉과 마주하다

〈추야우중〉은 오래전에 창작된 한시(漢詩)이지만, 이 한시의 작가가 처한 역사적 상황을 알면 시상의 흐름이나 화자의 정서를 파악하는 데 큰 어려움이 없는 작품이다.

그래서 이번에는 〈추야우중〉 자체를 학습하는 데 그치지 않고, 한 발 더 나아가 '시적 상황'을 통합적으로 학습하는 데 이 작품을 활용하여 볼까 한다. 선명하게 파악되는 다양한 시적 상황이 드러나는 것이 바로 최치원의 〈추야우중〉이기 때문이다. 어떤 점에서 그러한지 살펴보도록 하자.

핵심 개념을 짚다 – 시적 상황

　시를 감상하는 데 독자가 최우선적으로 파악해야 할 것이 바로 '시적 상황'이다. 시적 상황은 시인이 자신의 의도를 독자에게 효과적으로 전달하기 위해 시 속에 설정한 가상의 상황을 말한다. 소설에서도 작가가 시간적·공간적 배경, 그리고 사회적 배경 등을 설정하게 되는데, 이것과 견줄 만한 것이 시에서의 '시적 상황'이다.

　시적 상황을 파악한다는 것은, 독자가 시를 접했을 때 화자의 처지나 형편이 어떠한지, 화자가 어떤 (사회적, 지리적, 시대적) 환경에 노출되어 있는지, 혹은 어떤 물리적 공간에 위치하여 있는지, 또 화자가 어떤 구체적 어려움을 겪고 있는지 등을 종합적으로 고려하는 것을 말한다.

　시는 기본적으로 시적 화자가 자신이 처한 시적 상황에 어떻게 반응하고 무엇을 느끼고 있는가를 노래하는 장르이다. 따라서 시를 감상할 때 시적 화자가 어떤 상황에 처해 있는가를 파악하는 것은 필수적인 일이다.

　시의 바탕 혹은 배경이라고 할 수 있는 시적 상황은 시대별로 약간씩 차이가 나기도 한다. 가령, 옛 노래에는 화자가 유배에 처하게 되거나 자연 속에 은거하는 상황, 그리고 왕조가 교체되는 상황 등이 특징적으로 나타난다. 근대시에는 일제 강점기의 시대 상황이, 그리고 현대시에서는 소시민의 소소한 일상이나 개인적 고독과 상념의 시간 등 그 이전 시대에서는 잘 나타나지 않는 개성적인 '시적 상황'이 자주 설정된다.

　반면에 시대를 불문하고 단골로 설정되는 시적 상황도 있다. 시간적으로는 '아무것도 보이지 않는 캄캄한 밤', 신체적으로는 '쉽게 잠들지 못함', 정서적으로는 '사람이 그리워짐', 기상학적으로 '비가 내림', 지정학적으로는 '창문이나 창가'. 이런 시적 상황은 관습적이라고 할 만큼 시인이 빈번하게 설정하는 상황들이다. 이것들 중 어느 하나를 상황으로 설정하여도 독자로서는 내용이 이미 머릿속에 그려질 만큼 아주 익숙한 상황이 되는데, 만약에 이 모든 상황을 한 군데 집약하여 놓는다면 어떨까?

케이팝 읽기 – 잠 못 드는 밤 비까지 내리면

김건모가 부른 〈잠 못 드는 밤 비는 내리고〉는 상투적인 시적 상황의 집합체라고 할 수 있다. 우선 시간적으로 '밤'이고, 신체적으로는 쉬 잠들지 못하고 있고, 창밖에는 비까지 내리고 있다. 그리고 화자는 누군가를 그리워하고 있다. 이런 상황이라면 누구라도 시 한 줄 읊조리지 않고는 못 배길 만하다. 하지만 너무 흔해 빠진 시적 상황임을 부인할 수는 없다.

이런 흔한 상황에서 불린 노래에 무슨 특별한 내용이 있을까 싶겠지만, 조금만 관점을 달리 해서 생각하면 이 노래를 감상하는 누군가가 위에 열거한 여러 가지 상황 중에 단 한 가지만이라도 비슷한 처지에 놓이게 되면 쉽게 공감하게 되는 장점이 있다. 비가 오는 날에도 이 노래가 생각날 것이고, 잠 안 오는 밤에도 생각날 것이고, 누군가가 그리워지게 되어도 이 노래가 생각날 것이다. 이런 생각에 비추어 본다면, 대중(혹은 독자가)이 즐겨 듣는 노래는 최소한 대중이 공감할 수 있는 시적 상황이 설정된 노래가 아닐까?

슬픈 노래는 듣고 싶지 않아 내 맘속에 잠들어 있는
니가 다시 나를 찾아와 나는 긴 긴 밤을 잠 못 들 것 같아
창밖에 비가 내리면 우두커니 창가에 기대어 앉아
기타를 튕기며 노랠 불렀지 니가 즐겨 듣던 그 노래

창밖을 보면 비는 오는데 괜시리 마음만 울적해
울적한 마음을 달랠 수가 없네 잠도 오지 않는 밤에

이젠 나의 희미한 기억 속에 너는 점점 더 멀어져 가고
너의 슬픈 미소만이 나의 마음속에 가득 남아 흐르고 있어
이렇게 비가 오는 밤이면 너는 나를 더욱 슬퍼지게 해
언제나 즐겨 듣던 그 노래가 내 귓가에 아직 남아 있는데

이렇게 비가 오는 밤이면 내 지친 그리움으로 널 만나고
이 비가 그치고 나면 난 너를 찾아 떠나갈 거야

두 눈을 감고 잠을 청해도 비 오는 소리만 처량해
비 오는 소리에 내 마음 젖었네 잠도 오지 않는 밤에
이렇게 비가 오는 밤이면 내 지친 그리움으로 널 만나고
이 비가 그치고 나면 난 너를 찾아 떠나갈 거야

🔊 김건모의 〈잠 못 드는 밤 비는 내리고〉를 임의로 편집하여 제시함.

이 노랫말의 서두에 의하면, 예전에는 비가 오면 화자가 '니'가 좋아하던 노래를 창가에서 직접 부르기도 했지만, 지금은 듣고 싶지도 않다고 한다. 그 이유는, 지금은 가고 없는 '니가' 머릿속에 떠오를까 두려워서이다. 비가 오는 밤은 울적해지기 마련인데 노래까지 거부하고 나니, 지금 화자는 '울적한 마음을 달랠 길이' 없어 잠이 오지 않는다. 그런데 왜 마음이 울적해졌나? 노랫말을 살펴보면 '비가 오는 밤'이 화자를 '더욱 슬퍼지게' 한다는 것을 알 수 있다. '비 오는 소리에' 화자의 마음이 젖는다고도 했다. 요컨대, 이 노래에 설정된 '비가 오는 밤'이라는 상황 자체가 화자를 슬퍼지게 하고 있는 것이다. 슬퍼진 데는 뚜렷한 이유가 없다. 노랫말처럼 (혹은 우리가 이미 일상에서 경험했던 바와 같이) '괜시리'이다.

그렇다면 비가 오는 상황은 왜, 언제부터 사람들의 마음을 슬퍼지게 하였을까? 사람들은 비가 오면 아무 이유도 없이 평소와 달리 우울해지고 생각이 깊어지는 경향이 있다. 비가 내리는 날은 상대적으로 신체 활동량이 적어지고 폐쇄된 실내 공간에 자주 머물게 되는 탓도 있지만, 사람들이 심리적으로 하늘에서 떨어지는 빗방울을 눈에서 흘러내리는 눈물과 연관 지어 생각하기에 그렇다. 그래서 비가 오는 상황은 예부터 자연스럽게 애상적 정서를 돋우는 시적 상황으로 애용되었다.

그러면 이러한 상황들이 설정된 〈잠 못 드는 밤 비는 내리고〉는 한없이 상투적인 노래에 지나지 않는 것일까? 이 노래는 상투적인 상황을 설정하였음에도 불구하고 다른 노래와 달리 특이한 화자의 발상이 숨어 있다. 단순히 우울해하거나 슬퍼만 하는 것이 아니라, 비가 오는 상황에서 '너'를 생각하는 그리움의 정도가 고조된 화자가 마침내 '너를 찾아' 나설 용기를 얻는다. '비가 그치고 나면 난 너를 찾아 떠나갈' 것이라고 호언장담하는 화자의 모습에서 비가 내리는 상황을 다른 호기로 삼는 화자의 발상을 엿볼 수 있다. 그동안 잊고 지냈던 사람을 비로 인해 떠올리고 비가 그치고 나면 그 사람을 찾아갈 것이라고 노래하는 화자에게, 비가 내리는 상황은 그저 단순하고 평범한 시적 상황이 아니라 삶의 태도 면에서 전환점을 맞는 계기가 되고 있다. 비가 오기 전에는 그리워하면서 마냥 기다리기만 하던 화자가, 비가 내려 잠 못 드는 밤 이후로 적극적으로 그 사람을 찾아 나서겠다고 다짐한다. 이 노래의 진가는 이렇게 상황의 평범함을 극복하고 새로운 의미를 부여한 화자의 의지에 있다.

이번에는 시대를 거슬러 잠 못 드는 비 오는 밤에 창가에 앉아 있는 또 다른 화자를 만나러 신라 시대로 가 보자.

케이팝에 견주어 〈추야우중〉 읽기 – 나를 알아주는 단 한 사람만 있어도

이 작품은 신라 말기의 문인이었던 최치원이 쓴 오언 절구의 형식을 지닌 한시이다. 이 작품의 제목 '추야우중(秋夜雨中)'은 '비 내리는 가을밤'이라는 뜻인데, 〈잠 못 드는 밤 비는 내리고〉의 시적 상황과 거의 유사한 설정에 '가을'이라는 계절적 배경까지 덧입혀져서 더욱 더 애상적인 분위기를 자아내고 있다.

최치원은 당나라에 유학하여 과거에 급제하고 뛰어난 문장가로 이름을 떨칠 정도로 재능 있는 지식인이었다. 그러나 신분의 한계 때문에 그가 제시하는 정치적 견해가 당시 신라에서 아무에게도 받아들여지지 않는 비운을 맛본다. 이에 좌절한 최치원은 비가 내리는 가을 밤, 잠 못 들고 있는 화자를 설정하여 자신의 심정을 담은 〈추야우중〉을 노래한다.

秋風惟苦吟 (추풍유고음)
가을바람에 이렇게 괴로이 읊조리는데
擧世少知音 (거세소지음)
세상 어디에도 나를 알아주는 사람 없네
窓外三更雨 (창외삼경우)
깊은 밤 창밖에는 비가 내리고
燈前萬里心 (등전만리심)
등잔 앞에서 만 리 밖으로 마음 향하네

― 최치원의 〈추야우중〉을 현대어로 번역하여 제시함.

1행에서 가을바람이 부니 화자의 마음은 더욱더 괴롭다. 그래서 괴로운 마음을 달래기 위해 노래를 읊조린다. 〈잠 못 드는 밤 비는 내리고〉의 화자 역시 슬픈 노래는 듣지 않겠다고 하면서 정작 화자 자신이 노래를 하고 있었음과 비교를 해 보라. 울적한 마음을 달래는 데는 역시 노래만 한 게 없는 모양이다.

2행에서는 화자가 무엇 때문에 괴로워하는지 알 수 있다. '세상 어디에도 나를 알아주는 사람'이 없기 때문이다. 자신을 알아주지 않는 세상을 대하니 속상하고, 한편 내 편이 없다는 생각에 외롭기도 했을 것이다. 〈잠 못 드는 밤 비는 내리고〉의 화자가 사랑했던 연인을 생각하며 시름에 젖은 것과 비교하면 약간의 차이가 있지만, 화자가 원하는 사람이 부재한 현실에서 오는 외로움의 정서는 똑같다.

3행에는 앞의 노래와 똑같은 '잠 못 드는 밤, 비가 내리는' 지극히 상투적인 상황이 제시된다. 깊은 밤 창밖으로 내리는 빗소리는 사람의 마음을 비틀어 대는 묘한 힘이 있기에, 시적 화자의 고독을 심화시키는 데 이와 같은 시적 상황은 필요충분조건이라고 할 수 있다.

4행에서 잠 못 드는 깊은 밤에 '등잔 앞'에 앉아 있는 화자의 마음이 '만 리'나 되는 머나먼 곳으로 향한다고 했다. 바로 여기에 자신의 뜻과 능력을 펼칠 기회를 부여받지 못한 지식인의 고뇌가 드러난다. 세상을 등져 버린 화자의 마음은 이미 '만 리 밖'에 있다. 자신을 외면한 세상에 대해 화자가 느끼는 내면적 거리감이 '만 리'라는 물리적 거리로 대체되어 표현된 것이다.* 역사의 기록을 들춰 보면, 신분적 한계에 부딪치고 심지어 현실 정치인들의 비난까지 따르자 이를 못 이긴 최치원은 세상을 등지고 가야산에 은둔하며 생을 마쳤다고 하는데, 그렇다면 그의 고뇌가 비 내리는 밤에 일반인들이 흔히 느끼는 평범한 감정은 아니었던 모양이다.

어쨌든 김건모의 노래 〈잠 못 드는 밤 비는 내리고〉와 최치원의 한시 〈추야우중〉이 흔하디흔한 상황 속에서 남다른 의지 혹은 남다른 고뇌를 담아냄으로써 평범함과 상투성을 넘어서고 있다.

• 혹자는 이 부분을 당나라에서 유학하던 최치원이 멀리 떨어진 고향(신라)을 그리워하는 표현이라고도 한다.

두 노래에 공통적으로 설정된 시적 상황은 무엇인지 찾아보고, 그 상황에 처해 있는 화자가 느끼는 외로움의 원인이 각각 무엇인지 파악해 보자.

잠 못 드는 밤 비는 내리고

① 처음에 제시된 상황이 내용이 전개됨에 따라 화자가 사랑하는 사람을 찾아 떠나는 기회로 반전됨.
② 화자의 외로움은 사랑하는 사람의 부재에 기인함.

- 매우 흔한 시적 상황을 집약하여 화자의 개성적인 정서를 표현함.
- 공통적인 상황: 깊은 밤 + 비 + 잠들지 못함 + 창가

① 제시된 시적 상황을 통해 자신을 알아주지 않는 세상에 대한 화자의 고뇌가 심화됨.
② 화자가 느끼는 외로움은 '지음(知音: 자신을 알아주는 사람)'의 부재에 기인함.

추야우중

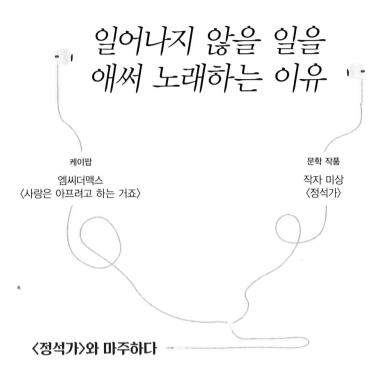

일어나지 않을 일을
애써 노래하는 이유

케이팝
엠씨더맥스
〈사랑은 아프려고 하는 거죠〉

문학 작품
작자 미상
〈정석가〉

〈정석가〉와 마주하다

고려 가요 〈정석가〉는 아주 오래전 노래이지만, 그 안에 담긴 화자의 정서는 현대를 살아가는 우리가 충분히 이해하고 공감할 수 있을 정도로 진솔하다. 얼핏 어려울 것 같은 〈정석가〉는, 화자가 임을 사랑하는 자신의 마음을 강조하기 위해 어떤 표현 기법을 구사하였는지 살펴보는 것만으로도 흥미로운 수업을 이끌어 갈 수 있다.

오늘날 우리가 즐기는 케이팝에도 〈정석가〉에 쓰인 표현 기법이 그대로 쓰이고 있고, 심지어 우리의 일상적인 언어생활에서도 그와 유사한 원리의 화법이 쓰이고 있다. 그러니 〈정석가〉의 표현 기법으로 보자면 사실상 낯설지 않는 노래라고 할 수 있다. 오랜 세월이 흐르는 동안 언어가 바뀌고 문화가 바뀌었어도 화자의 마음을 효과적으로 전달하는 표현 기법은 그대로 이어지고 있는 것이다.

핵심 개념을 짚다 – 발상 및 표현 기법

시인은 시적 화자의 정서를 강조하기 위해 다양한 표현 방법을 쓴다. 강조의 효과를 얻기 위해 주로 활용하는 표현 방법으로는, 동일한 어휘나 구절을 되풀이하는 '반복', 서로 비슷한 말을 동등하게 나열함으로써 전체의 뜻을 강조하는 '열거', 내용의 비중이나 정도를 조금씩 높여서 절정으로 끌어올리는 '점층', 실제보다 훨씬 더 크게 늘이거나 작게 줄여서 표현하는 '과장' 등이 있다.

작자는 참신한 발상을 통해 자신의 뜻을 조금이라도 더 인상적으로 전달하기 위해 애를 쓴다. 우리 문학 작품이나 케이팝 중에는 '반복, 열거, 점층, 과장' 이런 표현 기법 말고도 화자의 정서를 강조하는 방법이 하나 더 있다. 바로 불가능한 상황을 가정하는 방법이다. 이는 현실에서 일어날 수 없는 일을 가정하거나 전제로 내세워 궁극적으로 화자의 강한 의지를 표현하는 방법인데, 케이팝 속에서 다음과 같이 사용되었다.

케이팝 읽기 – 내 마음이 헤어질 때까지는 헤어진 게 아닙니다

엠씨더맥스의 4집에 수록된 〈사랑은 아프려고 하는 거죠〉는 사랑하는 사람과 헤어진 후에도 그 사람을 잊지 못한 채, 그 사람을 여전히 사랑하겠다는 마음을 표현하고 있는 노래이다. 이별의 아픔을 마치 사랑을 시작하기 전부터 모두 알고 있었다는 듯 나지막이 읊조리는 '사랑은 (원래) 아프려고 하는 거죠'라는 노랫말은 마치 사랑에 관한 한 이미 달관의 경지에 이른 듯한 화자의 시크함마저 느껴져 흥미롭다. 이 노래에 어떤 표현 기법이 참신하게 사용되었는지 살펴보도록 하자.

1 눈부신 햇살이 밤하늘에 뜨면
  그때는 우리 둘 이별해도 돼요
  저 모든 별이 사라지면 잊을 수 있겠죠

2 내 눈물이 모여 바다가 되는 날
  그때는 내 마음 변할 수도 있죠
  한여름날에 눈이 오면 보내 줄 수 있죠

3 사랑해 사랑해 사랑해 사랑해
  듣고 있나요 이 노랠 빌려
  힘들다고 와 달라고 떼써 봐요
  다시 엇갈린대도 더욱 아파진대도 괜찮죠

4 살아 있단 건 아픈 거겠죠
  사랑이란 아프려고 하는 거죠
  그대 없이 사는 법 나는 알지 못해서
  하루 더 조금 더 오늘 더 그대를 사랑할게요

5 시간이 앞으로 또 흘러가는 한
   그대 한 사람만 난 사랑하겠죠
   바라보고 바라보면 닿을 수 있겠죠

6 사랑하는 게 왜 죄가 되나요
   내 마음만은 마음대로 안 되죠
   나 잘한 거라고 잘 보낸 거라고
   또 내가 나를 위로하고 미워하고 기다리고 울어요

7 이 하늘 아래 변한 건 없죠
   태어나고 태어나도 그대겠죠
   그댈 돌아서는 법 나는 알지 못해서
   하루만 조금만 오늘만 그댈 기다릴게요

🔊 엠씨더맥스의 〈사랑은 아프려고 하는 거죠〉 일부를 임의로 연을 구분하여 제시함.

화자는 이미 가슴 아픈 이별을 했다. 하지만 화자의 마음은 아직
그 사람과 이별을 하지 않았다. 마음속까지 헤어지는 완전한 이별은
'눈부신 햇살이 밤하늘에 뜬다면' 가능하다고 화자는 노래하고 있다.
밤하늘에 해가 뜰까? 그것도 '눈부신 햇살'을 머금은 해가? 그리고
밤하늘에 뜬 별이 모두 사라진다면 그때는 헤어진 그대를 '잊을 수
있겠'다고도 한다. 불가능한 상황을 전제하고, 그것을 헤어짐과 잊혀
짐의 조건으로 내세웠기에 이것은 헤어진 '그대'의 입장에서 볼 때는
'억지'에 가깝다. 반대로 화자의 입장에서 볼 때, 이것은 당신과 헤어

질 수 없고 당신을 잊을 수 없다는 선언에 해당한다.

요컨대, 눈부신 햇살이 밤하늘에 뜬다면 헤어지겠다는 말이나 밤하늘의 별이 사라진다면 당신을 잊겠다는 말은, 당신을 영원히 사랑하겠다는 화자의 강한 의지를 표현한 것이 된다.

2연에서도 이와 같은 발상이 그대로 이어진다. '한여름날에 눈이 오면' 당신을 놓아주겠다니, 이것은 당신을 놓아줄 수 없다는 노골적인 사랑의 고백이 아니던가. '내 눈물이 모여 바다가 되'면 그때는 당신을 향한 내 마음이 변할 수도 있겠다는 말은 어떠한가? 바꿔 말해, '당신을 향한 내 마음이 변할 리 없다'는 표현이 아니겠는가.

3연에서는 다시 정상적인 화법으로 돌아온다. 화자는 직설적으로 '사랑해'라고 노래한다. 1연과 2연에서처럼 말도 안 되는 억지를 부려서라도 당신을 붙잡고 싶은 것은, 화자가 지금 느끼는 이별의 상황이 몹시 힘들기 때문일 것이다. 그래서 제발 다시 돌아와 달라고 '떼'를 쓰는 것이다. 떼를 써 봤자 안 될 줄 알면서, 4연에서 노래하듯이 '사랑의 아픔은 이미 각오하고 있었으나, 당신 없이는 살아가기가 너무 힘드니 조금만 더 사랑하게 해 달라.'라고 떠난 그대에게 눈물로 호소한다.

5연부터는 '오직 당신만 사랑하겠다, 당신을 기다리겠다, 다시 태어나도 당신을 사랑하겠다.' 등 현실적인 이별 후에도 마음속에서는 차마 그 사람을 잊지 못하고, 다시 돌아오기를 바라는 전형적인 순애보를 보여 준다. '사랑은 원래 아프려고 하는 것'이라지만 '바라보고 바라보면 닿을 수 있겠'다는 화자의 믿음처럼, 떠난 그 사람에게 화자의 마음이 닿아서 사랑이 다시 회복되기를 (이 노래를 듣는 누구든지) 마음으로 빌어 주게 되는 노래이다.

케이팝 더 읽기 - 청혼을 할 때도 불가능한 상황을 전제

다음은 결혼을 축하하는 자리나 사랑하는 연인에 대한 프러포즈의 현장에서 많이 불리는 씨야의 〈결혼할까요〉라는 노래이다. 이 노래에도 유사한 표현 방법이 쓰였다.

1 푸른 하늘보다 더 넓은 바다보다 더 그댈 사랑할 수 있는 나예요
    세상 어떤 말도 부족하지만 그대에게 전하고 싶은 말
    그대를 사랑할게요 영원히 지켜 줄게요
    처음과 같은 맘을 매일 선물할게요
    한여름날에 눈이 내릴 때까지 나의 사랑 변하지는 않아요
    평생 행복을 안겨 줄 소중한 사람이에요
    지금 꼭 잡은 두 손 다시는 놓치지 마요
    약속해 줘요 항상 같은 자리에 나와 함께하기를

2 어두운 밤에 그대 길 잃어도 내 사랑이 환하게 비추죠
    그댈 사랑해요 서쪽 하늘에 해가 뜨는 날까지
    그대만을 사랑하고 싶어요
    내 행복을 다 잃어도 세상 눈물 다 가져도
    지금 꼭 잡은 두 손 다시는 놓치지 마요
    약속할게요 세상 누구보다 더 그댈 사랑할게요

🔊 씨야의 〈결혼할까요〉 일부를 임의로 연을 구분하여 제시함.

1연에서 '한여름날에 눈이 내릴 때까지' 사랑하겠다는 화자의 의지는, 앞서 제시한 〈사랑은 아프려고 하는 거죠〉에서 살핀 표현 방법과 동일한 발상에서 나왔다. 즉, 영원히 사랑하겠다는 표현이다. 2연에서는 우리가 일상에서 상투적으로 사용하는, 해가 서쪽에서 뜨는 상황을 차용하였다. '서쪽 하늘에 해가 뜨는 날까지' 사랑하겠다고 노래하고 있는데, 이 표현 역시 현실에서 불가능한 상황을 전제로 깔아 놓고 화자의 진짜 마음을 표현하는 방법으로 '그대'를 향한 영원한 사랑을 강조하고 있다.

이런 표현 방법이 케이팝에만 있는 아니다. 이런 표현의 원류는 고려 가요 〈정석가〉라고 할수 있다.

케이팝에 견주어 〈정석가〉 읽기

– 구운 밤에 싹이 나고, 철갑옷이 다 닳아야 헤어지렵니다

〈정석가〉는 고려 시대에 대중적으로 불려진 '고려 가요'의 일종이다. 이 노래는 매 연마다 똑같은 구절을 두 번씩 되풀이하는 형식적인 특징이 있다. 이것은 운율을 부여하여 노래로 부르기 좋은 형태를 만들기 위함이기도 하지만, 서두에서 이미 언급한 것처럼 화자의 정서를 강조하기 위함이기도 하다. 〈정석가〉에는 이것 말고도 화자의 정서를 강조하기 위해 또 다른 표현 기법을 활용하고 있다.

바삭바삭 소리가 나는 가는 모래 벼랑에
바삭바삭 소리가 나는 가는 모래 벼랑에

구운 밤 닷 되를 심습니다

그 밤이 움이 돋아 싹이 나야만

그 밤이 움이 돋아 싹이 나야만

덕 있는 임과 이별하고 싶습니다

옥으로 연꽃을 새깁니다

옥으로 연꽃을 새깁니다

그 꽃을 바위 위에 꽂아 봅니다

그 꽃이 세 묶음이나 피어야만

그 꽃이 세 묶음이나 피어야만

덕 있는 임과 이별하고 싶습니다

무쇠로 갑옷을 마름질하여

무쇠로 갑옷을 마름질하여

철사로 주름을 박습니다

그 옷이 다 헐어져야만

그 옷이 다 헐어져야만

덕 있는 임과 이별하고 싶습니다

무쇠로 큰 소를 만들어다가

무쇠로 큰 소를 만들어다가

쇠로 된 나무가 있는 산에 풀어 놓습니다

그 소가 쇠로 된 풀을 다 먹어야만

그 소가 쇠로 된 풀을 다 먹어야만

덕 있는 임과 이별하고 싶습니다

— 〈정석가(鄭石歌)〉 일부를 현대어로 번역하여 제시함.

알다시피 모래에서는 웬만한 작물이 성장하기 어렵다. 그것도 '바삭바삭'거릴 정도의 물기 없는 모래라면 더더욱 그렇다. 그런데 거기에 생밤도 아닌 '구운 밤'을 심어서 새싹이 나기를 기다린다. 그렇게 된다면 임과 이별하겠다는 화자. 정말 이별할 생각이 있다면 이렇듯 말도 안 되는 조건을 내세울 수는 없다. 그래서 1연의 이 구절은 '덕(德) 있는 임'과 절대로 이별하지 않겠다는 화자의 강한 의지를 표현한 것일 수밖에 없다.

2연에서는 옥으로 새긴 연꽃을 (땅도 아닌) 바위에 꽂아서 꽃이 (한 송이도 아닌 세 묶음이) 피어나야만 이별하겠다고 하거나, 3연에서 무쇠로 만든 갑옷이 닳아서 없어질 정도가 되어야 이별하겠다고 한 표현은 모두 불가능한 상황을 의도적으로 내세워 이별에 저항하는 화자의 의지를 인상적으로 전달하고 있는 것이다. 4연에는 점입가경으로 무쇠로 소를 만들고, 쇠로 된 나무와 풀이 있는 산에다가 그 소를 가져다 놓고, 그 소가 쇠로 만든 풀을 다 먹어야만 임과 이별하겠다는 화자를 볼 수 있다. 화자는 영원한 사랑을 꿈꾸고 있다. 그러나 "나는 당신을 영원히 사랑하겠다."라는 상투적인 사랑 고백으로는 성에 차지 않았다. 그러니 이러한 '역설적 반어'를 통해서 자신의 마음을 온전히 전달하려고 노력한 것이다.

'역설적 반어'가 무엇이냐고? 모래 벼랑에 구운 밤을 심어 두면 싹이 날까? 바위에 옥으로 만든 연꽃을 붙인다고 해서 그것이 피어날 리가 없고, 철로 만든 옷이 닳아질 리도 없다. 무쇠로 만든 소가 쇠로 된 풀을 먹을 일은 절대 일어나지 않을 것이고 말이다. 이렇게 논리적으로 불가능한 일을 가능한 것처럼 말하고 있기 때문에 '역설'이다. 그리고 속으로는 헤어질 생각이 없으면서 겉으로는 헤어지겠다고 말하는 것은 '반어'라고 할 수 있다. '역설적 반어'란 이런 뜻에서 이름 붙여 본 것이다.

어쨌든 이렇게 실현될 리 없는 불가능한 상황을 먼저 제시해 놓고서 자신의 간절한 바람을 나타내는 표현 방법이 옛날 노래에서부터 많이 쓰였고, 지금도 쓰이고 있다는 사실이 흥미롭다.

두 노래 속에 화자가 설정한 불가능한 상황은 무엇인지 정리해 보고, 일상생활에서 이와 유사한 원리를 가진 말하기를 언제 어떻게 했었는지 이야기해 보자.

사랑은 아프려고 하는 거죠

불가능한 상황 설정
① 눈부신 햇살이 밤하늘에 뜨면
② 모든 별이 사라지면
③ 내 눈물이 모여 바다가 되는
④ 한여름날에 눈이 오면

현실에서 일어날 수 없는 불가능한 상황을 이별의 조건으로 설정하여 '헤어지지 않고 영원히 사랑하겠다'는 화자의 강한 의지를 인상적으로 표현함.

불가능한 상황 설정
① 모래에 심은 구운 밤에 싹이 남.
② 옥으로 새긴 연꽃이 바위에서 피어남.
③ 무쇠로 만든 갑옷이 다 헐어짐.
④ 무쇠로 만든 소가 쇠로 된 풀을 뜯어 먹음.

정석가

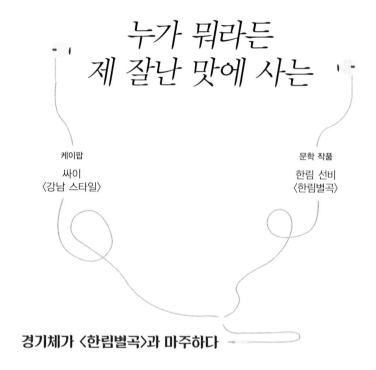

누가 뭐라든
제 잘난 맛에 사는

케이팝
싸이
〈강남 스타일〉

문학 작품
한림 선비
〈한림별곡〉

경기체가 〈한림별곡〉과 마주하다

한림별곡! 난해하다. 작품 자체가 난해한 것이 아니라 아이들에게 가르치기가 난해하다. 기본적으로 천 년 전에 살았던 사람들의 감성을, 천 년 후를 살고 있는 아이들에게 공감하라고 윽박지르는 것 같은 느낌에 여간 불편한 작품이 아니다. 더욱이 아이들이 질색하는 낯선 한자어가 너무 많은 것부터 문제이다. '경기체가'라는 장르 또한 만만찮다. 요컨대, 〈한림별곡〉에는 아이들이 관심을 둘 만한 학습 요소가 거의 없다고 봐도 무방하다.

그래서 나는 욕심내지 않고, 일단 〈한림별곡〉의 학습 포인트를 '화자의 태도'로 한정 짓기로 하였다. 화자의 태도가 〈한림별곡〉을 이해하는 핵심이 된다면 화자의 정서와 태도에 대해 간략하게나마 개념을 짚어 줄 필요가 있겠다.

핵심 개념을 짚다 - 화자의 정서와 태도

작자가 노래를 통해 무엇을 말하고 있는가를 파악하려면, 노래 속 화자의 목소리에 귀를 기울여야 한다. 작자의 목소리는 간접적으로 화자의 목소리에 담기기 때문이다. 노래 속 화자의 목소리를 가만히 들어 보면 작품 전체를 지배하는 '정서'를 느낄 수 있고, 그에 따른 화자의 '태도'까지 짐작할 수 있다. '정서(情緒)'란 사람의 마음에 일어나는 여러 가지 감정을 말하고, '태도'는 정서를 바탕으로 노래 속 화자가 취하는 행동의 경향성을 말한다.

화자는 자신이 처한 상황에 대해 다양한 정서, 즉 슬픔, 노여움, 기쁨, 기다림, 반가움 등의 감정을 가지고 있는데, 이것은 노래 안에서 다양한 문학적 장치를 통해 표현된다. 이 과정에서 작자는 의도적이든 의도적이지 않든, 화자에게 특정한 목소리나 어조를 부여하고, 또 일정한 행동이나 자세를 취하게 하는데, 이것이 바로 '화자의 태도'이다.

화자의 태도를 알아차리게 되면, 독자는 작자의 창작 의도를 어렴풋하게나마 파악하게 된다. 따라서 화자가 노래 안에서 어떤 태도를 취하고 있는지를 파악하는 것은 문학을 이해하는 데 매우 중요한 일이라고 할 수 있다. 왜냐하면, 결국 그것은 노래의 주제와도 연결되어 있기 때문이다. 〈한림별곡〉에는 세상에 대해 독특한 태도를 취하는 화자가 있다.

일반적으로 노랫말에 특정 지역의 지명이 들어가는 노래는, 그 노래를 부르는 사람으로 하여금 그 지역에 관한 아련한 추억이나 향수를 떠오르게 한다. 예를 들어, 〈59년 왕십리〉, 〈신사동 그 사람〉, 〈목포의 눈물〉, 〈대전 블루스〉, 〈연안 부두〉, 〈돌아와요 부산항에〉 등이 그렇다. 그런데 싸이의 〈강남 스타일〉은 '강남'이라는 지역 이름이 들어갔음에도 불구하고 강남 사람들만의 노래는 아니다. 또 이 노래를 듣는 어느 누구도 강남 지역에 얽힌 어떤 추억이나 향수를 느끼지 않는다. 왜 그럴까? 그것은 바로 이 노래의 '강남'이 실체가 아닌 하나의 '상징'으로 작용하고 있기 때문이다.

낮에는 따사로운 인간적인 여자
커피 한잔의 여유를 아는 품격 있는 여자
밤이 오면 심장이 뜨거워지는 여자 그런 반전 있는 여자

나는 사나이 낮에는 너만큼 따사로운 그런 사나이
커피 식기도 전에 원샷 때리는 사나이
밤이 오면 심장이 터져 버리는 사나이 그런 사나이

아름다워 사랑스러워 그래 너 그래 바로 너
지금부터 갈 데까지 가 볼까
오빤 강남 스타일. 강남 스타일
예! 섹시 레이디(Sexy Lady) 오빤 강남 스타일

정숙해 보이지만 놀 땐 노는 여자
이때다 싶으면 묶었던 머리 푸는 여자
가렸지만 웬만한 노출보다 야한 여자
그런 감각적인 여자

나는 사나이 점잖아 보이지만 놀 땐 노는 사나이
때가 되면 완전 미쳐 버리는 사나이
근육보다 사상이 울퉁불퉁한 사나이 그런 사나이

아름다워 사랑스러워 그래 너 그래 바로 너
지금부터 갈 데까지 가 볼까
오빤 강남 스타일 강남 스타일

뛰는 놈 그 위에 나는 놈 나는 뭘 좀 아는 놈
오빤 강남 스타일

● 싸이의 〈강남 스타일〉을 임의로 편집하여 제시함.

고층 빌딩이 숲을 이루고, 사람들이 떼를 이루는 대한민국 최고의 밀집 지역인 강남. 얼핏 봐서는 그저 번잡한 도시의 일부에 지나지 않지만, 우리 사회에서 강남이 갖는 사회·문화적 의미는 아주 특별하다. 강남은 대한민국의 모든 사회·문화 현상의 시발이자 기준이 되기 때문이다.

'강남 학군'이라는 말은 이미 익히 들어 봤을 터. 입시 명문 학교와 사교육을 위한 학원들이 즐비한 곳. 강남은 명실공히 교육의 중심이다. 또한 강남은 경제적인 부가 집중되는 곳이기도 하다. 일자리가 많고 유동 인구가 많아서이기도 하지만 강남 그 자체가 이미 부의 상징이다. 가령, 수도권 아파트의 가격 기준은 강남까지의 접근성에 달려 있다. 강남까지 한 시간이 걸리는 곳인지, 혹은 삼십 분 걸리는 곳인지에 따라 집값이 매겨진다. 즉, 강남이 집값 결정의 기준이 되는 것이다. 그렇기 때문에 누구라도 강남에 거주지가 있다는 것은 부의 중심에 있다는 뜻이 된다.

그뿐만이 아니다. 강남의 '스타일'을 좇는 것은 시대적·사회적 본능이 되었다. 강남은 패션을 비롯한 모든 유행의 출발점이자 기준점이기 때문에 그렇다. 자신이 구매한 기호품을 친구한테 선보이며 "요즘 이게 강남에서 유행한대."라고 말하는 것은, 강남 사람들이 좋아하는 것이기 때문에 나도 안심하고 좋아할 수 있다는 뜻이고 나도 강남 사람 못지않은 안목과 클래스를 갖추었다는 과시이기도 하다. 또한 그 말은 '나도 강남 사람들처럼 살아 보고 싶다.'라는 욕망의 표현이 아닐 수 없다. 이와 같이 강남은 '만물의 척도'가 되었다. 적어도 대한민국 대중에게는 말이다.

싸이의 〈강남 스타일〉 속 화자는 바로 자신이 '강남 스타일'이라고 대놓고 과시한다. '강남 스타일'이라는 과시 속에는 자신이 대한민국 최고의 의식주 수준을 누리고 있는 것은 물론, 남들이 부러워할 만한 문화생활을 즐기고 있으며 정신적으로도 차별화가 된 사람이라는 자화자찬이 함축되어 있다. 비록 화자가 강남의 어떤 문화를 향유하고 있는지, 혹은 어떤 문화를 지향하는지 구체적으로 밝히지 못하고 있으나 어쨌든 자신의 라이프 스타일은 누가 뭐래도 '강남 스타일'이라는 것이다.

그런데 이 노래에서 재미있는 것은, 자신을 강남 스타일이라고 그렇게 과시하는 이유가 바로 '밤이 오면 심장이 뜨거워지는 여자', '정숙해 보이지만 놀 땐 노는 여자'와 같은 '섹시 레이디'를 유혹하기 위해서라는 것이다. 강남의 또 다른 특성은 바로 유흥과 환락의 중심이라는 데 있다. 이런 강남에서 '섹시 레이디'를 유혹하는 데 '강남 코드'만 한 것이 없다는 것이 노래 속 화자의 판단이다. '나는 어떤 여자와도 어울릴 만한 남자이다.'라는 자신만만한 생각을 하고 있는 화자는, 자신은 누구나 부러워하고 동경하는 강남 스타일의 남자이기에 그만한 유흥과 환락을 즐길 자격이 있다고 대놓고 말하고 있다. 얼마나 자신감이 넘치는지 그 많은 생면부지의 여자들 앞에서 화자는 이미 스스로 '오빠'가 되어 있다.

화자는 '점잖아 보이지만 놀 땐 노는' 남자이고, '때가 되면 완전 미쳐 버리'기도 한다. 또한 '근육보다 사상이 울퉁불퉁한' 시크한 남자이기도 하다. 자신의 강남 스타일에 대한 자랑이 부족하다고 느꼈는지 노래 후반부에서 '뛰는 놈 위에 나는 놈'처럼 자신은 남들보다 월등히 뛰어나다는 표현을 '나는 뭘 좀 아는 놈'이라는 말로 끝까지 과시적인 태도를 견지한다. 점잖은 척하지 않고, 아닌 척하지 않고, 쓸데없이 고고한 척하지 않고, 아예 대놓고 자신을 드러내 놓으면서 자기 자랑을 해대는 대범함 혹은 뻔뻔함이 이 노래를 지배한다.

"그렇다면 이렇게 대놓고 잘난 체하는 노래가 과연 옛날에도 있었을까요?" 아이들에게 이 질문을 던진 후 나는 교실 앞쪽 대형 모니터에 〈한림별곡〉 2, 6, 8장을 띄워 놓는다.

케이팝에 견주어 〈한림별곡〉 읽기

– 나는 '한림(翰林) 스타일', 내 모습이 어때?

전체 여덟 장으로 이루어진 〈한림별곡〉 중에서 2, 6, 8장을 한번 읽어 보자. 〈한림별곡〉이 어떤 작품인지는 대충이라도 아이들에게 설명해 주는 것이 좋다. 〈한림별곡〉은 우리나라 최초의 경기체가로 서, 제목 속 '한림'은 고려 시대에 왕명을 받들어 문서를 꾸미던 관청인 한림원에서 복무하던 선비를 말한다. 이들은 귀족층으로서 당시 잘나가던 사대부들을 상징한다고 볼 수 있는데, 〈한림별곡〉이라는 작품 속에 비친 이들의 자긍심과 지적 허영심이 앞서 읽었던 싸이의 〈강남 스타일〉 속 화자와 쏙 빼닮았다.

제2장

당나라 한나라의 책들, 장자와 노자, 또 한유와 유종원의 문집들
이백과 두보의 시집, 난대령사의 시문집, 그리고 백낙천의 문집
시경과 서경, 주역과 춘추, 대대례와 소대례
아! 이 모든 책을 주석도 빼놓지 않고 외우는 광경이 어떠한가
사백여 권이나 되는 《대평광기》를 모두 읽는 광경도 훌륭하구나

제6장

아양이 타는 거문고, 문탁이 부는 피리, 종무가 부는 중금
대어향과 옥기향이 타는 쌍가야금
김선이 타는 비파, 종지가 타던 해금, 설원이 치는 장구
아! 밤새워 노는 광경 그 어떠한가

일지홍이 부는 피리 소리

아! 그 소리를 듣고 나서야 잠들고 싶구나

제8장

호두나무와 쥐엄나무에

붉은 실로 붉은 그네를 매어서

당기어라 밀어라 지 소년이여

아! 내가 가는 곳에 남이 갈까 두렵다

옥을 깎은 듯이 고운 두 손길에

아! 손을 맞잡고 노니는 광경이 어떠한가

— 한림 선비들이 지은 〈한림별곡〉 일부를 현대어로 의역함.

〈한림별곡〉의 2장을 살펴보면, 한림의 선비들은 자신들의 지적 허영심을 마음껏 노출하고 있다. 이름난 책들을 장황하게 나열하며 자신들이 그것을 다 읽었다고, 심지어 외우고 있다고까지 자랑한다. 그러고는 "사백 권짜리 책도 읽었으니 우리의 학식이 얼마나 높은지 알겠지?"라고 말하는 듯한 뉘앙스로, 책을 읽는 모습이 자신들이 봐도 훌륭하다고 자화자찬을 한다. 그들은 신진 사대부의 품격을 그대로 지닌, 그야말로 '한림 스타일'이라는 것이다.

6장으로 넘어가면 이름난 기생들이 온갖 연주를 하고, 학식 자랑을 하던 선비들이 이제는 풍류 자랑을 하기 시작한다. '아양, 문탁, 종무, 대어향, 옥기향, 김선, 종지, 설원, 일지홍'은 모두 기생의 이름이다. 이렇게 많은 기생의 연주를 들으며 '밤새워 노는 광경 그 어떠한가'라며 자신들의 풍류를 자랑한다. 싸이의 〈강남 스타일〉에서 화자가 '오빠는 강남 스타일'이라고 부르짖는 이유가 바로 멋진 이성을 유혹하기 위해서라고 하였는데, 〈한림별곡〉의 화자도 이와 크게 다르지가 않다.

이들은 한림원의 관리이자 선비들로서 남들이 부러워할 만한 신분을 이미 타고났다. 그런데 거기에 높은 학식까지 쌓아서 '한림 스타일'을 완성하였다. 그 한림의 스타일 가운데 하나는, 풍악과 함께 명기들과 밤새워 노는 것임을 6장의 내용이 보여 준다. 밤새워 노는 것, 이것은 〈강남 스타일〉의 화자가 '섹시 레이디'에게 제안했던 '지금부터 갈 데까지 가' 보자는 태도, 바로 그것이다.

8장에서는 난데없이 '그네'가 나온다. 그러나 사실 난데없는 것이 아니다. 1970~1980년대의 '롤라장', 1990년 이후에 '나이트', 그리고 요즘 젊은 세대들의 '클럽'에 비견할 만한 당시의 유흥 장소가 바로 '그네장'이었으니 말이다. 〈춘향전〉에서 몽룡과 춘향이 처음으로 만났던 곳도 '그네장'이었음을 상기해 보자. 자신들이 가는 그곳에 남들도 따라올까 봐 걱정이 될 정도로, 이른 바 '물'이 좋은 그곳에는 '옥을 깎은 듯이 고운 두 손'으로 그네를 뛰는 여인네가 있다. 그리고 그곳에는 어김없이 한림의 선비들이 모여 들어 여인네들과 다정하게 손을 맞잡고 노닐고 있다. 평소엔 '점잖아 보이지만 놀 땐 노는 사나이'가 되어, 귀족 문인들은 이것이 바로 한림의 스타일이라고 과시하듯 대놓고 마음껏 풍류를 즐기고 있다.

다만 '한림 스타일'이 싸이의 '강남 스타일'과 다른 점은 분명히 있다. 〈강남 스타일〉은 허세를 떠는 오빠를 디스하는 다소 풍자적인 성격이 있어 누구나 유쾌하게 즐기는 노래가 될 수 있었지만, 〈한림별곡〉은 풍자가 아닌 진짜로 잘난 체하는 자기 과시적인 태도로 일관했기에(당시의 대중은 이를 두고 시쳇말로 '재수 없다'고 혀를 찼을 것 같다.) 대중적인 인기를 끌 수는 없었다. 그야말로 한림의 선비들, 그들만의 노래가 되었던 것이다. 그래서였을까? 대중성에 기반하지 않은 〈한림별곡〉으로 대표되는 경기체가는 조선 초기에 이미 자취를 감추고 일찌감치 사라진 문학 장르가 되고 말았다.

케이팝 더 읽기 – 나도 강남 스타일, '내가 제일 잘나가'

이쯤 되면 〈한림별곡〉의 화자가 세상에 대해 어떤 태도를 취하고 있는지 교실에 앉아 있는 아이들에게도 어렴풋하게나마 이해가 되었을 터. 이번에는 케이팝에서 이런 유사한 태도를 보이는 다른 노래를 살펴보자.

생각해 보면, 이러한 자기 과시적인 화자의 태도가 우리 대중가요에서 남성 화자의 전유물은 아닐 것이다. 2NE1의 〈내가 제일 잘나가〉는 여성 화자의 도도한 모습을 〈강남 스타일〉과 〈한림별곡〉에 대응하여 당당하게 보여 주고 있다.

누가 봐도 내가 좀 죽여 주잖아 alright
둘째가라면 이 몸이 서럽잖아 alright
넌 뒤를 따라오지만 난 앞만 보고 질주해
네가 앉은 테이블 위를 뛰어다녀 I don't care
건드리면 감당 못 해 I'm hot fire
뒤집어지기 전에 제발 누가 날 좀 말려

옷장을 열어 가장 상큼한 옷을 걸치고
거울에 비친 내 얼굴을 꼼꼼히 살피고
지금은 여덟 시 약속 시간은 여덟 시 반
도도한 걸음으로 나선 이 밤
내가 제일 잘나가 내가 제일 잘나가
내가 제일 잘나가 내가 제일 잘나가
내가 봐도 내가 좀 끝내주잖아 alright
네가 나라도 이 몸이 부럽잖아 alright
남자들은 날 돌아보고 여자들은 따라해
내가 앉은 이 자리를 매일 넘봐 피곤해
선수인 척 폼만 잡는 어리버리한 플레이어
넌 바람 빠진 타이어처럼 보기 좋게 차여
어떤 비교도 난 거부해 이건 겸손한 얘기
가치를 논하자면 나는 Billion dollar baby
뭘 좀 아는 사람들은 다 알아서 알아봐
아무나 잡고 물어봐 누가 제일 잘나가?
내가 제일 잘나가 내가 제일 잘나가
내가 제일 잘나가 내가 제일 잘나가

🔊 2NE1의 〈내가 제일 잘나가〉 일부를 제시함.

───────────────────────────────

이 노래의 노랫말 중에 '내가 봐도 내가 좀 끝내주잖아'라는 부분
을 보노라면, 이 노래의 여성 화자 또한 '강남 스타일'이라는 확증이
든다. '내가 제일 잘나가는 여자'라고 당당하게 말하는 이 노래 속의

화자는 아마도 〈강남 스타일〉의 화자가 그렇게 찾던 '밤이 오면 심장이 뜨거워지는 여자'에 가까운 인물이라 할 만하다. 또 '뭘 좀 아는 사람들은 다 알아서 알아봐'라고 노래하고 있는데, 이는 〈강남 스타일〉의 화자가 자신을 가리켜 '뭘 좀 아는 놈'이라고 한 것을 감안한다면, 공교롭게도 〈내가 제일 잘나가〉의 화자를 알아보는 사람은 바로 〈강남 스타일〉의 그 '사나이'가 되는 셈이다.

이처럼 두 노래는 암나사와 수나사처럼 화자의 정서나 태도 면에서 딱 맞아떨어지는 노랫말을 가지고 있어 흥미롭기 짝이 없다. 요컨대, 〈내가 제일 잘나가〉는 화자의 태도가 당당하며 자기 과시적이라는 점에서 두 노래와 유사한 정서를 담고 있다고 할 수 있다.

두 노래의 화자가 공통적으로 어떤 태도를 취하고 있는지 파악해 보자. 또 어떤 점에서 유사한 시적 분위기를 가지고 있는지 생각해 보자. 그리고 두 노래를 즐기는 독자의 공감도가 다른 것은 무엇 때문일지 생각해 보자.

강남 스타일

화자가 말하는 '강남 스타일'은 최상류층의 고급스러운 문화라기보다는 뻔뻔하다고 여겨질 정도로 저속하여 강남 문화에 대한 풍자적인 성격이 강하게 느껴짐.

노래 속 화자가 자기 과시적 태도를 취하고 있음.

다양한 사물이나 인명의 장황한 나열을 통해 학문적·신분적 과시를 하고, 향락적인 풍류 생활에도 자신감과 자부심에 차 있음.

한림별곡

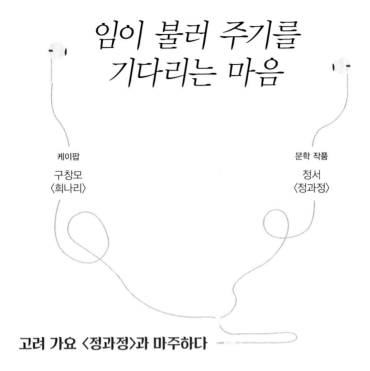

임이 불러 주기를
기다리는 마음

케이팝
구창모
〈희나리〉

문학 작품
정서
〈정과정〉

고려 가요 〈정과정〉과 마주하다

〈정과정〉은 여러 가지 면에서 문학사적 의의를 지닌다. 한글로 전하는 고려 가요 중에서 유일하게 글쓴이가 실명으로 밝혀진 작품이고, 또 형태와 내용 면에서 향가의 맥을 잇고 있는 작품이며, 우리 국문학사에서 유배 문학의 원류라고 여겨지는 작품이다.

하지만 이 모든 것을 수업 시간에 제대로 다루려면 수업 분량이 방대해지고 지루해지는 것은 당연지사. 그래서 웬만한 것은 포기하고 이 시에 쓰인 '임'의 의미에 집중해 보기로 하였다. 이 시의 '임'이라는 시어만 제대로 파헤쳐도 〈정과정〉을 이해했다고 볼 수 있을 정도로 중요한 학습 요소이기 때문이다.

우선 '시어'의 의미가 시 속에서 어떻게 결정되는지 살펴보자.

핵심 개념을 짚다 − 시어의 다양한 의미

사전적으로는 비록 일정한 의미를 갖는 '시어(詩語)'라도 그것이 특정한 작품의 구체적 맥락 속에 자리하게 되면, 그 시어의 의미는 카멜레온처럼 다양한 의미로 변주를 시작한다. 쉽게 말해, 똑같은 시어라도 그것이 쓰인 작품에 따라 함축적 의미가 달라진다는 말이다. 또 그 작품이 누구에 의해 창작된 것인지, 어느 시대에 창작된 것인지, 주요 독자가 누구인지 등에 따라 시어의 의미가 달라질 수 있다.

우리 문학에서 '임'이라는 시어가 대표적으로 그렇다. '임'은 사전적으로는 '사모하는 사람' 정도의 의미지만, 그것이 어떤 작품 속에서는 '화자가 사랑하는 이성'이 되기도 하고, '특별히 존경하는 사람'을 의미하기도 한다. 또 일제 강점기에 창작된 작품 속에서는 '임'이라는 시어가 '조국' 혹은 '광복'을 함축하는 경우가 많다. 간혹 '임'은 작품의 창작 주체가 누구냐에 따라 '부처'나 '하느님'과 같은 절대자로 읽히기도 한다. 그리고 절대 군주가 군림하던 시대로 거슬러 올라가면, 노래 속의 '임'은 군주, 곧 '임금'을 빈번하게 의미하게 된다. 특히 국가에 봉직하는 관료들이 창작한 작품 속에 등장하는 '임'은 거의 예외 없이 자신이 섬기는 '임금'을 뜻하는 경우가 많았다.

한편, 문학 작품에서와 달리 현대의 케이팝에 등장하는 '임'은 '사랑하는 연인'의 뜻으로 보편화 혹은 단순화된 경향이 있다. 그런데 재미있는 사실이 있다. 이렇게 '임'의 의미가 단순화된 케이팝을 과거로 가져가 보면 그것이 또한 임금을 사모하는 충신의 노래가 되기도 한다는 것이다. 그것이 가능한 이유는 바로 '임'이라는 시어가 가진 의미의 스펙트럼이 그만큼 넓기 때문일 것이다. 아니 더 정확히 말해, '임'이라는 시어의 함축성으로 말미암아 노래 속에서 활용 범위가 넓다고 해야 할 것 같다.

케이팝에서 단순하게 사랑하는 사람을 염두에 두고 부른 노래가, 과거로 돌아가면 임금을 그리워하며 임금을 걱정하는 노래로 읽힐 수 있는 예를 아이들에게 보여 줄 수 있다면 시어의 의미가 생성되는 시대적 맥락과 과정을 생생하게 전달해 줄 수 있으리라. 나는 운 좋게도 그런 역할을 할 우리 가요를 찾을 수 있었다.

여기 사랑하는 사람에게 외면당하고, 이별에 맞닥뜨린 화자가 있다. '임'이 다시 마음을 돌려 주기를 기약 없이 기다리는 화자가 애달프게 부른 이 노래. 1985년에 창작된 〈희나리〉를 800여 년 전 고려 시대로 옮겨 보자.

케이팝 읽기 – 기다릴 수밖에 없는 나의 마음은 '희나리' 같아

정서는 고려 의종 때의 이름난 문신이다. 정서는 당시 고려 의종의 특별한 총애를 받았다고 한다. 그런 탓에 주위에 그를 시기하는 자가 많았던지, 1151년에 정서가 역모에 가담했다는 상소가 줄을 잇게 되었다. 정서는 억울함을 호소하며 이 사실을 적극 부인하였고, 임금 역시 평상시에 정서를 둘도 없는 충신으로 여기고 있었기 때문에 역모에 가담했다는 상소를 가당치도 않다며 반려했다. 그런데 신하들이 임금에게 아침저녁으로 "통촉하시옵소서."를 외치며 정서를 벌할 것을 거듭 요청하자, 임금이 이를 이기지 못하고 마침내 정서에게 유배를 명하게 된다. 임금은 유배를 떠나기 전 정서를 은밀히 곁에 불러 나직이 이렇게 말한다.

"오늘은 어쩔 수 없으니, 일단 유배지에 가 있거라. 그리하면 머지않아 다시 너를 부르겠다."

정서는 결백하다는 자신의 주장을 믿어 주지 않고, 죄인으로서 유배를 명한 임금에게 서운함을 감출 수 없었다. 간신들이 아무리 자신을 모함하고 헐뜯은들 임금이 진심으로 자신을 믿는다면 끝까지 자신을 지켜 주고 사랑해 줄 것으로 기대했었기에 정서의 상심이 더욱 컸다.

어쩔 수 없이 멀리 유배지에 끌려간 정서는 곧 임금이 자신을 불러 줄 것으로 고대하고 하루하루를 지냈다. 그런데 하루 이틀, 아니 일 년 이 년이 지나도 임금은 정서를 다시 부르지 않았다.

'간신들의 모함에 임금이 완전히 속아 넘어가셨구나. 정말로 이제는 나를 역적으로 생각하시는구나.'

정서는 자신이 결백을 증명할 길이 없어 애가 탔다. 그러나 유배지에 멀리 홀로 떨어진 상황에서 자신이 할 수 있는 일은 아무것도 없었다. 어느 날 정서는 자신의 처지에 대한 억울함과 임금에 대한 그리움에 쉬 잠들지 못한 채 홀로 평상에 앉아 노래를 부르기 시작한다. (이때 내 스마트폰에서는 일시 정지시켜 놓았던 〈희나리〉가 교실에 울려 퍼진다.)

1 사랑함에 세심했던 나의 마음이
  그렇게도 그대에겐 구속이었소
  믿지 못해 그런 것이 아니었는데
  어쩌다가 헤어지는 이유가 됐소

2 내게 무슨 마음의 병 있는 것처럼
   느낄 만큼 알 수 없는 사랑이 되어
   그대 외려 나를 점점 믿지 못하고
   왠지 나를 그런 쪽에 가깝게 했소
   나의 잘못이라면 그대를 위한
   내 마음의 전부를 준 것뿐인데

3 죄인처럼 그대 곁에 가지 못하고
   남이 아닌 남이 되어 버린 지금에
   기다릴 수밖에 없는 나의 마음은
   퇴색하기 싫어하는 희나리 같소

🔊 구창모의 〈희나리〉를 임의로 편집하여 제시함.

___

　1연에서는 임금을 다른 신하들보다 세세하게 신경 쓰면서 더 사랑한 것이 오히려 임금에게 구속으로 여겨질 정도로 탐탁지 않은 것이 었냐고 스스로 묻는다. 그것이 이유가 되어 자신이 유배를 오게 된 것만 같아 화자는 속상함을 지나 억울하다.

　2연에 쓰인 '마음의 병'은 '역심(逆心)'을 빗댄 말이다. 화자의 세심한 사랑에도 오히려 나를 믿지 못하고, 왠지 임금은 화자가 역심을 품은 것일지도 모른다고, 그렇게 나쁜 쪽으로 생각하게 된 것 같다고 2연에서 노래하고 있는 것이다. 화자 스스로는 '나에게 잘못이 있다면 임금을 위해 내 마음을 다해 충성한 것뿐인데……'라고 읊조리지만 유배지의 공허한 울림으로 남을 뿐.

3연에서는 '죄인'처럼 임금의 곁에 가지 못하고, 이제는 '남이 아닌 남이 되어 버렸'다는 표현은, 화자 자신은 여전히 결백하기에 '죄인 아닌 죄인'이 되었다는 의미를 담고 있다. 이때 화자는 유배지에서 임금의 부름을 기다릴 수밖에 없는 처지가 된 자신을 '희나리'에 빗대고 있다. '희나리'는 '덜 말라서 생나무 상태로 남아 있는 장작'을 뜻하는 우리말이다. 화자는 자신이 곧 불에 던져질 '희나리' 같다고 노래하고 있다.

그렇다면 '희나리'가 퇴색, 즉 빛이 바래기를 싫어한다는 노랫말은 어떻게 풀이해야 할까? 희나리는 어쨌든 불에 태워질 장작이다. 불에 타고 나면 숯덩이가 되어 까맣게 빛이 바래질 운명인 것이다. 하지만 지금 화자는 그렇게 퇴색되기가 싫은 것이다. 그렇게 퇴색하게 되면 자신은 정말로 죄인이 되는 것이니까. 그래서 노래 속 '희나리'는 마르기를 거부하고 아직 생명의 윤기가 남아 있는 생나무이기를 고집하고 있는 것이다. 화자의 마음을 이렇게 근사한 비유로 표현한 것은 이 노래를 '참 멋이 있다'고 느끼게 하는 이유가 될 것이다.

하지만 이 노래는 앞서 밝혔듯이 정서가 고려 때 유배지에서 실제로 부른 노래가 아니라, 1985년에 구창모가 부른 노래이다. 비록 830년 후에 창작된 노래이지만 이 노래가 고려 시대 유배지라는 시대적 맥락을 가지게 되니, 놀랍게도 더할 나위 없이 훌륭한 '충신연주지사(忠臣戀主之詞)'가 되었다. 이것이 우리 문학 작품에서 '임'이라는 시어가 갖는 흥미로운 기능이자 재미있는 문학 현상이다. 이제는 정서가 당시에 유배지에서 부른 실제 노래를 아이들에게 들려줄 차례다. 〈희나리〉에서 화자의 마음을 충분히 느껴 보았다면 〈정과정〉은 이제 쉬워진다.

케이팝에 견주어 〈정과정〉 읽기

- 임을 그리워하는 나는 마치 슬픈 '접동새' 같아

〈정과정〉이라는 이 노래의 제목은, 당시 정서의 호가 '과정(瓜亭)'이어서 여기서 따온 듯하다. 특별한 뜻은 없고, 작자가 자신의 이름을 따서 붙인 노래 제목이라고 보면 될 듯하다. 앞서 말한 것처럼 고려의 문인이었던 정서가 유배지에서 아무리 기다려도 임금이 자신을 소환하지 않자 자신의 결백함을 주장하고 임금의 선처를 염원하며 부른 노래이다.

> 내가 임을 그리워하여 울며 지내는 것이
> 산에서 우는 접동새와 비슷합니다
> 이 모든 것이 옳지 않으며 거짓이라는 것을
> 새벽에 지는 달과 뜨는 별은 아십니다
> 넋이라도 임과 함께 있고 싶습니다
> 나를 모함한 사람이 누구입니까
> 나는 잘못도 허물도 전혀 없습니다
> 뭇사람들이 나를 헐뜯는 말일 뿐입니다
> 아, 슬픕니다
> 임이 나를 벌써 잊으셨습니까
> 그러지 마십시오. 내 말 듣고 다시 사랑하여 주십시오
> — 정서의 〈정과정〉을 현대어로 의역하여 제시함.

1~2행에서 임을 그리워하며 울며 지내는 화자는 자신의 처지가

마치 산에서 고독하게 지저귀고 있는 '접동새'의 처지와 비슷하다고 느끼고 있다. 자신의 감정이 '접동새'에 이입된 것이다. 구창모의 〈희나리〉에서 자신에게 돌아올 임을 무작정 기다릴 수밖에 없는 화자 자신의 마음을 '희나리'에 빗댄 것과 매우 유사한 발상이다.

3~4행에서는 자신의 결백을 주장한다. 자신이 역모에 가담했다는 것은 참소에 지나지 않으며 천지신명은 다 아는 사실이라는 것. 5~8행은 몸은 멀리 떨어져 있을지언정 마음만이라도 임과 함께 있고 싶다고 노래하면서 임금을 향한 변함없는 충절을 담아 거듭 자신의 억울함을 호소하고 있다.

9~11행은 이 노래를 임이 듣고서 자신의 결백함을 알아주기를, 그래서 임이 다시 자신을 불러 주기를 애타게 바라는 내용이다. 〈희나리〉의 화자가 임과 함께 했던 자신의 행동을 성찰하며 임이 불러 주기를 기다릴 수밖에 없다고 체념하는 데 반해, 〈정과정〉의 화자는 마치 법정에라도 선 듯 자신의 결백을 강력하게 거듭 주장하며 자신을 복권시켜 달라고 적극적으로 요청하고 있다.

그렇다면 여기서 한 가지 의문이 든다. 이 의문은 아이들에게 좋은 발문거리가 된다. 곧 다시 불러 준다고 약속한 임금, 왜 화자를 유배지에 방치한 채 불러 주지 않는 것일까? 임은 정말 화자를 잊은 것일까? 아니면 처음부터 화자를 믿지 못해 유배를 보내려고 작정했던 것일까?•

• 역사에는 유배를 간 지 19년 만인 1170년에 정서가 용서를 받고 다시 등용되었다는 기록이 있다. 그런데 이때는 정서를 유배 보냈던 의종이 죽고 명종이 즉위했을 때이다.

두 노래를 서로 견주어 보면서 화자의 공통된 정서를 이야기해 보자. 그리고 화자
의 처지를 비유적으로 표현한 시어가 무엇인지 각각 찾아보자.

희나리

① 지나치게 임을 사랑한 것이 오히려 임에게 부담이 되고
구속이 되어 자신이 버려졌다고 생각함.
② 임이 돌아와 주기를 기다릴 수밖에 없는 화자 자신을
'희나리'에 빗대어 표현함.

• 자신을 버린 임이 다시 자신을 찾아 주기를 학수고대함.
• 임을 기다리는 자신의 처지를 자연물에 의탁하여 비유적으
로 표현함.

① 다른 사람의 참소로 인해 죄 없는 자신이 억울하게 임
에게 버림받았다고 생각하고 자신의 결백과 충절을 노
래함.
② 임을 그리워하며 울고 있는 화자 자신을 '접동새'에 감
정 이입하여 표현함.

정과정

02

'힙합'과 '랩'을 시도하다

조선의 문학

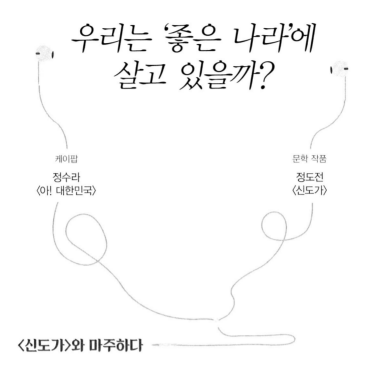

우리는 '좋은 나라'에 살고 있을까?

케이팝
정수라
〈아! 대한민국〉

문학 작품
정도전
〈신도가〉

〈신도가〉와 마주하다

정치적 목적이 담겨 있는, 그러니까 문학의 순수성을 잃은 문학 작품은 이른바 '문학성'이 없다고들 한다. 그러면 그런 작품들은 문학 시간에 배울 만한 가치가 전혀 없는 것일까? 문학성이 없음을 배우는 것이 거꾸로 '문학다움'이 무엇인지를 배우는 좋은 학습 자료가 될 수 있다. 문학성이 없는 문학 작품은 역설적이게도 문학다운 문학 작품을 배우는 데 반면교사와 같은 역할을 하니까 말이다. 비유컨대, 역사 시간에 친일파를 굳이 배워 두어야 하는 것은, (친일파를 본받기 위함이 아니라) 그릇된 행동을 비판적으로 바라보는 안목을 길러 올바른 역사를 일구기 위함이 아니겠는가.

또 게다가 목적 문학은 창작 당시의 정치·사회적 맥락 안에서 그럴 만한 당위성과 가치를 지닌 작품이기도 하니, 그런 점에서 문학성의 결여를 근거로 그동안 문학 시간에 홀대했던 몇몇 작품을 되새겨 보는 것은 나름 의미 있는 수업이 될 수 있으리라 생각한다.

핵심 개념을 짚다 – 목적 문학

'목적 문학'이라는 게 있다. 목적 문학은 정치, 사회, 종교, 이념 등의 목적을 설정하고 그것을 실현하기 위한 수단으로 이용되는 문학을 말한다. 문학 자체를 순수하게 즐기려는 것이 아니라, 문학을 교육·계몽·선전 등의 도구로 여겨 주로 기능적인 측면에서 문학을 바라보려는 태도, 혹은 문학의 '쓸모'를 극대화하려는 노력과 의지, 이런 것들이 모두 넓은 의미의 '목적 문학'이 가진 속성이라고 볼 수 있다.

이런 경향에 충실한 문학 작품은 형식적인 측면보다는 내용이 강조된다. 문학을 통해 무엇인가를 가르치고 널리 알리려고 하다 보니, 알맹이에 해당하는 내용을 중시하고, 겉포장에 불과한 형식은 상대적으로 간과되었다. 이렇다 보니 창작 과정에서 자연히 알맹이인 '내용'을 선정·선별하는 과정이 따르게 되는데, 이는 다시 필연적으로 애초에 설정한 목적이 내용에 충실하게 반영되도록 다듬는 과정을 수반하게 되고, 독자의 입장에서는 노래의 형식적 측면보다 무의식적으로 창작자가 의도한 '내용'이 머릿속에 남게 되는 결과를 낳게 된다. 이것이 바로 '목적 문학'이 독자에게 각인되는 기제이다.

이번 시간에 배우는 두 노래는, 노래 그 자체의 즐거움보다는 특정 집단의 의도에 따라서 특정한 목적으로 사용되었다는 점에서 분명히 '목적 문학'의 성격을 지닌다. 물론 그것이 자의냐 혹은 타의냐에 따라 약간은 달라지겠지만, 두 노래가 태어난 시대적 상황을 고려하고, 그 노래가 가져온 결과적 측면을 놓고 따져 보면 '목적성'이 분명히 있었던 (혹은 그렇게 기능했던) 노래였다고 판단하기에 충분하다.

케이팝 읽기 – '원하는 건 무엇이든 얻을 수 있는' 대한민국

유신 체제가 막을 내린 1980년에 1968년의 '프라하의 봄'에 빗댄, 이른바 '서울의 봄'이 찾아왔다. 그러나 봄이라는 계절의 속성이 그러하듯, 서울의 봄은 짧았다. 신군부가 투입한 계엄군에 의해 그해 '광주'가 무참히 짓밟히고 곧 군부 독재가 다시 시작되었다. 제5공화국의 시발이었다. 그렇게 민주주의의 희망은 물거품처럼 사라져 갔다. 이렇게 시작된 군사 정권은 민주주의의 정통성을 국민들로부터 인정받지 못하였고, 북한의 잦은 도발과 테러로 사회적 분위기마저 흉흉하였다.

공교롭게 〈아! 대한민국〉은 이때 나타났다. 당시에는 가수가 새 앨범을 낼 때에 반드시 한 곡 이상의 '건전 가요'를 삽입해야 했다. 이 건전 가요의 노랫말을 보면 공통적으로, 국민들로 하여금 국가 정책에 순응하게 하거나, 아무 근거 없이 국가에 대한 자부심을 갖게 하는 등 맹목적인 애국심을 강요하는 듯한 내용이 주를 이루었다. 대중가요를 즐기는 대중의 입맛을 전혀 고려하지 않은 이런 노래들이 '억지 춘향' 식으로 앨범마다 끼워져 발매가 되던 시절이었다. 그런데 특이하게도 〈아! 대한민국〉이라는 건전 가요가 방송 매체에 노출되는 빈도가 조금씩 잦아지면서 대중에게 유독 큰 인기를 얻게 된다.

1 하늘엔 조각구름 떠 있고 강물엔 유람선이 떠 있고
   저마다 누려야 할 행복이 언제나 자유로운 곳
   뚜렷한 사계절이 있기에 볼수록 정이 드는 산과 들
   우리의 마음속에 이상이 끝없이 펼쳐지는 곳

2 도시엔 우뚝 솟은 빌딩들 농촌에 기름진 논과 밭
   저마다 자유로움 속에서 조화를 이뤄 가는 곳
   도시는 농촌으로 향하고 농촌은 도시로 이어져
   우리의 모든 꿈은 끝없이 세계로 뻗어 가는 곳

3 원하는 것은 무엇이든 얻을 수 있고
   뜻하는 것은 무엇이건 될 수가 있어
   이렇게 우린 은혜로운 이 땅을 위해
   이렇게 우린 이 강산을 노래 부르네
   아아 우리 대한민국 아아 우리 조국
   아아 영원토록 사랑하리라

🔊 정수라의 〈아! 대한민국〉 일부를 임의로 연을 구분하여 제시함.

이제 노랫말을 찬찬히 뜯어보자. 1연은 대한민국의 자연 풍광을
묘사하고 있다. 아름다운 사계절이 있고, 한강을 연상시키는 '강물'에
는 '유람선'이 떠 있다. 그리고 그곳에 '행복'과 '자유'가 있고, 끝없이

펼쳐지는 '이상'도 있다고 노래하고 있다. 2연에는 도시의 높은 빌딩과 농촌의 기름진 논과 밭이 '조화'를 이루고 있고, 모둔 '꿈'이 세계로 뻗어 간다고 노래한다. 1연과 2연에 동원된 낱말들의 면면을 보노라면, 이것이야말로 '유토피아'이고 '극락세계'가 아닌가 하는 생각이 든다. 좋은 말을 다 가져다 붙인 노래가 아닌가 싶을 정도로 말이다.

3연으로 가면 대한민국에 대한 찬사가 극에 이른다. '원하는 것은 무엇이든 얻을 수 있고, 뜻하는 것은 무엇이건 될 수가 있'다는 말은, 당시 민주주의를 말살하였던 군부의 태도를 고려하건데 뻔뻔하게 느껴지는 '허울'뿐인 주장이다. 민주주의를 원했던 국민들이 아무것도 얻을 수 없었고, 무엇도 될 수 없었던 시대였으니까 말이다. 당시의 대한민국을 '은혜로운' 곳으로 찬양하고, '영원토록 사랑'하라는 계몽적 노랫말은 당시 국민들의 자발적인 발로는 아니었다. 대한민국의 품격을 과대 포장한 이 노래는, 정권의 정당성이 취약했던 당시 정부를 홍보하는 가요로 적극 활용되었다. 더욱이 연이어 개최를 앞두고 있던 1986년 아시안 게임과 1988년 하계 올림픽을 성공적으로 개최하기 위해서는 국민감정을 통합하고 어수선한 사회적 분위기를 추슬러야 했다. 그렇기 때문에 정부의 입장에서는 이 노래의 활용도를 더욱 높여야 했던 것이 아닐까 싶다.

정부의 의도였는지 딱히 확증할 수는 없으나, 방송에 자주 노출되면서 노래를 자신도 모르게 따라 부르던 대중의 마음속에는 어느새 노랫말처럼 이 세상에서 가장 좋은 나라, 남들이 부러워할 만한 자유로운 나라에 살고 있다는 뜬구름 같은 자긍심이 생겨났다. 두 개의 스포츠 축제와 국가 경제력 향상이 가져다준 후광 효과이기도 하였다.[•]

그런데 정수라의 〈아! 대한민국〉이라는 가요처럼, 노래가 창작된 배경과 노래를 활용한 시대적 상황이 판박이처럼 똑같은 옛 노래가 이미 수백 년 전에 존재했었다.

케이팝에 견주어 〈신도가〉 읽기 - 새로운 국가, 새로운 도시를 예찬함

〈신도가〉는 새 왕조를 세우는 데 혁혁하게 기여한 정도전이 새로운 수도인 '한양'을 예찬하고 더 나아가 조선의 번영을 기원하며 만든 노래이다.

옛날에는 양주 고을이었도다
이 자리에 새로운 도성이 들어섰는데 풍경이 매우 빼어나구나
나라를 세우신 임금께서 태평성대를 이루셨도다
도성답도다! 지금의 모습이여, 도성답도다!
임금께서 만수무강하시어 온 백성들도 함께 즐거움을 누리는구나
아으 다롱디리
앞에는 한강물이여, 뒤에는 삼각산이여
많은 덕을 쌓으신 이 강산에서 만세를 누리소서

— 정도전의 〈신도가(新都歌)〉를 현대어로 의역하여 제시함.

• 이 노래의 작사자는 "특정 정권에 아부하기 위해 쓴 작품이 아니고 이상적인 국가에 대한 본인의 바람을 솔직히 쓴 것뿐이었다"고 말한 바 있지만, 가사를 쓴 것이 관변 단체의 요청에 의한 것이었고, 작사자의 의도와 상관없이 실제로 그렇게 활용되었다는 점에서 순수성이 결여된 노래였다고 필자는 판단하였다.

〈신도가〉는 조선 초기에 잠시 유행하였던 '악장'이라는 장르에 속하는 노래의 하나로, 조선이 개국하고 개성에서 한양으로 수도를 옮겼을 때, 새로운 수도를 정한 것에 대한 환희와 앞으로의 희망을 읊었던 노래이다.

조선 왕조가 자연스러운 왕권 교체가 아니라 일종의 '쿠데타'라고 할 수 있는 역성혁명에 의해 들어섰기에, 조선 초의 악장 문학이 모두 그러하듯 민심을 수습하고 조선 건국의 정당성을 확보하려는 정치적 필요성이 이 작품의 창작 동기가 되었다.

1~2행에서는 양주라는 낯선 고을에 불과했던 곳이 이제는 한 나라의 도읍지로서 빼어난 모습을 갖추고 있다고 예찬하고 있다. 〈아! 대한민국〉의 처음이 '하늘엔 조각구름, 강물엔 유람선……'으로 시작하는 것과 별반 다를 게 없다. 3~6행에서는 이성계가 새 왕조를 건설했음을 찬양하고, 그 덕분에 '온 백성들도 함께 즐거움을 누리는구나'라고 노래하고 있는데, 〈아! 대한민국〉에서 온갖 좋은 말로 치장하여 무릉도원을 넘어선 '은혜로운 땅'이라고 칭송하여 마치 온 국민이 자유와 행복을 마음껏 누리고 있는 것처럼 허풍을 떤 것과 유사한 표현 전략을 내세우고 있음을 볼 수 있다.

7~8행에서는 '한강'과 '삼각산'을 노래하고 있는데, 마치 판화로 찍은 듯 〈아! 대한민국〉의 '강물'과 '산과 들'을 그대로 가져다 놓았다. 아마도 하늘이 내려준 천혜의 자연 환경 속에서 영원히 발전하라는 의미로 이런 표현을 한 것이 아닌가 한다. 한 발 더 나아가 보면, 우연히 이루어진 개국과 천도가 아니라 하늘이 점지해 준 운명과도 같은 일이었다고 개국의 정당성을 그럴듯하게 선전하고 있는 것일 수도 있다.

이 작품에는 앞서 〈정읍사〉에도 사용되었던 '아으 다롱디리'라는 구절이 나오는데, 흥을 돋우는 여흥구라고 보면 된다. 이 노래에서 유일하게 노래를 노래답게 만드는 요소라고 할 수 있다. 하지만 〈아! 대한민국〉에서 맹목적인 애국심과 자부심을 강요한 것과 마찬가지로 새로운 수도인 한양과 집권자에 대해 맹목적으로 찬양하는 내용은, 문학적인 작품성이나 노래로서의 음악성 모두에서 독자 혹은 청자에게 감동을 주기에 부족하다. 사실 이러한 송축가로서의 악장 문학의 대표는 〈용비어천가〉이다.

제1장

우리나라의 여섯 임금이 뜻을 펴시고

하시는 일마다 하늘의 복이 따르는구나

중국의 옛 임금들이 하신 일과 똑같이 일치하는구나

제2장

뿌리가 깊은 나무는 바람에 흔들리지 않으므로

꽃이 활짝 피고 열매가 많이 열립니다

샘이 깊은 물은 가뭄에도 마르지 않으므로

냇물이 되어 바다로 흘러갑니다

— 〈용비어천가〉의 1장과 2장을 현대어로 의역하여 제시함.

〈용비어천가〉는 조선 건국의 합리화나 역성혁명의 정당성을 확보하려는 창작 의도를 가지고 있다. 1장은 조선 왕조의 창업이 결코 우연히 이루어진 것이 아니라, 여러 대에 걸쳐 조상님들이 하늘의 복을 쌓아서 이룬 결과물이며, 중국의 옛 임금들이 했던 것과 비슷한 사건들이 조선 개국 과정에서도 똑같이 일어난 것으로 볼 때, 조선 개국은 정당한 일이었다고 주장하고 있다. 또 2장은 비유를 활용하여 기초가 튼튼한 나라는 다소간 우환이 있더라도 국가의 기반까지는 흔들리지 않으므로 결국 문화가 융성하게 발전할 것이라고 백성들에게 홍보하는 내용이다.

일반적으로 뒤가 켕기는 사람이 자신의 잘못을 숨기기 위해 필요 이상으로 말을 많이 하는 법인데, 이 두 노래 역시 과한 설정과 표현으로 문학적으로 따가운 눈총을 사고 있다. 어쨌든 몇백 년이나 떨어진 두 시대에서, (역사는 반복된다고 하더니) 똑같은 정치적 상황에서, 비슷한 노래를 유사하게 이용하고 있다는 점은 무척이나 흥미롭다.

구체적인 표현을 비교·대조하여 보면서 두 노래에 공통적으로 담긴 정치적 의도를 추론해 보고, 각각의 시대적 상황 속에서 어떻게 이 노래를 활용하였는지 정리해 보자.

아! 대한민국

어수선한 정권 초기의 사회적 분위기를 수습하고 사회적 통합을 위해 '건전 가요'의 일종인 이 노래를 활용함.

- 새로운 정권 성립의 정당성을 선전하려는 정치적 의도가 노래에 담김.
- 먼저 자연 경관을 묘사한 후, 독자에게 애국심을 강요하는 표현 전략을 사용함.

조선의 개국과 새로 만든 도읍에 대한 찬양을 위해 조선 초 '악장 문학'의 일종인 이 노래를 활용함.

신도가

꿈속에서라도
그대를 만날 수 있다면

케이팝
박정현
〈꿈에〉

문학 작품
이옥봉
〈몽혼〉

이옥봉의 〈몽혼〉과 마주하다

　〈몽혼〉은 칠언 절구의 짧은 한시이다. 이 노래가 한시가 아니라 '처음부터 우리말로 노래된 것이었더라면 훨씬 깊은 울림이 있었을 텐데……' 하는 아쉬움이 있다. 화자가 느꼈을 애절한 감정이 한문으로 표현되면서 생생한 숨이 죽어 버렸고, 그것이 오랜 세월 후에 또다시 한역(韓譯)되는 과정을 겪으면서 불가피하게 '오리지널'의 감성은 기대할 수 없게 되었기 때문이다. 더욱이 칠언 절구라는 한시의 정해진 틀 안에 겨우겨우 구겨 넣다시피 했을 화자의 감성을, 아무리 한문학에 능통한 사람이라도 고작 네 줄의 한시에서 온전히 느끼기 힘들 것이다.

　〈몽혼〉에 얽힌 설화를 접하면 더욱더 그러한 혐의가 짙어진다. 이 한시가 미처 다 표현하지 못한 화자의 감성을 아이들에게 어떻게 온전히 전할 수 있을까? 이번 수업은 이런 고민에서 시작되었다.

손바닥만 한 화석 한 조각으로도 쥐라기 공룡의 원형을 상상해 내는 고고학자처럼, 한시의 정형적인 틀 안에 갇혀 있는 옛 화자의 감성을 끄집어내는 것 역시 상상력에 의존할 수밖에 없다. 그래서 나는 상상력의 원천이 되는 '꿈'의 시적 기능을 가지고 이 노래에 접근해 보려고 했다. 다행히 케이팝에 '꿈'을 노래한 것이 꽤 많이 있어서 큰 도움을 받을 수 있었다.

〈몽혼〉의 창작 배경이 되는 배경 설화를 아이들에게 들려주고, 한시에 갇힌 화자의 숨겨진 감성을 아이들이 저마다의 상상력으로 채워 보기를 기대하며 수업을 시작하였다. 먼저 문학에서 '꿈'이 일반적으로 어떻게 기능하고 있는지 살펴본다.

핵심 개념을 짚다 – '꿈'은 상상력의 원천

'꿈'은 예부터 문학의 소재로 수없이 많이 다루어졌으며, 우리 문학에서 차지하는 비중도 매우 크다. 고대 설화에서 시작하여 고대 가요, 한시, 고소설, 가사, 민요, 시조, 그리고 근현대의 소설과 시에 이르기까지 우리가 알고 있는 모든 문학 장르를 통틀어 '꿈'을 다루지 않은 적이 없다. 이렇듯 '꿈'과 '문학'은 따로 떼어 놓을 수 없을 만큼 오랫동안 아주 긴밀한 관계를 유지해 오고 있다.

'문학'이라고 하는 놈은 다양한 속성과 정의를 가지고 있는데, 거기에서 공통분모를 뽑아낸다면 단연코 '상상력'이라는 녀석이 빠질 수 없다. 그리고 '상상력'이라는 문학의 속성을 거칠게나마 문학을 정의하는 데 활용한다면, '문학은 꿈이다.'라고 말할 수 있을 것 같다. 왜냐하면, 인간이 꿈을 꾼다는 것은 상상한다는 것이고, 상상할 수 있다는 것은 곧 문학을 창작하는 원천이 되기 때문에 그렇다. 아마도 인간에게 꿈이 없었다면 인류에게 문학도 없었을지 모른다. 바꿔 말해, 우리가 꿈꾸는 모든 것이 상상력의 소산이고, 이 상상력이 문학의 원천이 된다. 또 인간은 꿈을 통해 상상력을 극대화하고, 인간이 상상하는 것은 꿈을 통해 형상화되기도 한다. 이런 의미에서 '문학은 꿈이다.'라는 명제는 큰 무리 없이 성립할 듯하다.

이번에 감상할 작품은 화자가 가지고 있는 현실적 욕구가 상상력을 통해 실현되는 공간으로서의 '꿈'을 노래한 것이다. 이때 '꿈'은 화자가 처해 있는 현실에서의 결핍을 대리로 충족하는 공간으로 기능하게 된다. 제시되는 두 노래를 감상하여 보고, 현실에서 이루지 못한 욕구를 꿈속에서나마 이루기 위해 화자가 어떤 상상력을 동원하고 있는지 살펴보도록 하자.

케이팝 읽기 – 깨어나기 싫은 꿈, 깨질 수밖에 없는 꿈

'오매불망(寤寐不忘)'이라는 말이 있다. 자나 깨나 머릿속에서 떠나지 않는 생각. 박정현이 부른 〈꿈에〉라는 노래 속 화자는 사랑하는 사람을 보고 싶은 마음에 자나 깨나 '그대'를 생각하였다. 그렇게 애타게 그리워하니 바라던 대로 '그대'를 마침내 꿈속에서 만나게 된다. 화자에게는 한없이 설레고 달콤하기만 한 꿈. 화자는 이 꿈을 얼마

나, 언제까지 만끽할 수 있을까?

1 어떤 말을 해야 하는지 난 너무 가슴이 떨려서
   우리 옛날 그대로의 모습으로 만나고 있네요
   이건 꿈인 걸 알지만 지금 이대로 깨지 않고서
   영원히 잠잘 수 있다면
   날 안아 주네요 예전 모습처럼
   그동안 힘들어진 나를 보며 위로하네요
   내 손을 잡네요 지친 마음 쉬라며
   지금도 그대 손은 그때처럼 따뜻하네요

2 혹시 이게 꿈이란 걸 그대가 알게 하진 않을 거야
   내가 정말 잘할 거야 그대 다른 생각 못 하도록
   그대 이젠 가지 마요 그냥 여기서 나와 있어 줘요
   나도 깨지 않을게요 이젠 보내지 않을 거예요
   계속 나를 안아 주세요 예전 모습처럼
   그동안 힘들어진 나를 보며 위로하네요
   내 손을 잡네요 지친 마음 이제 쉬라며
   지금도 그대 손은 그때처럼 따뜻하네요
   대답해 줘요 그대도 나를 나만큼 그리워했다고

3 바보같이 즐거워만 하는 날 보며
   안쓰러운 미소로 이제 나 먼저 갈게 미안한 듯 애길하네요
   나처럼 그대도 알고 있었군요 꿈이라는 걸

그래도 고마워요 이렇게라도 만나 줘서

날 안아 주네요 작별 인사라며 잘 있으라며

나 웃어 줄게요 이렇게 보내긴 싫은데

뒤돌아서네요 다시 그때처럼 떠나가네요

나 잠 깨고 나면 또다시 혼자 있겠네요

저 멀리 가네요 이젠 익숙하죠 나 이제 울게요

또다시 보내긴 싫은데 보이지 않아요

4 이제 다시 눈을 떴는데 가슴이 많이 시리네요

고마워요 사랑해요

난 괜찮아요

다신 오지 말아요

◀) 박정현의 〈꿈에〉를 임의로 편집하여 제시함.

　1연은 '그대'를 꿈속에서 만나는 장면이다. 그토록 애타게 기다리
던 사람이지만 막상 눈앞에 나타나니 '너무 가슴이 떨려' 할 말이 떠
오르지도 않는다. 화자 스스로도 꿈이라는 것을 알지만 '그대'가 따
뜻하게 손을 잡고 안아 주니, 그동안 그 사람 곁을 떠나서 힘들어하
던 화자에게는 크나큰 위로가 된다.

　2연은 '그대'와 함께하는 꿈속의 시간이 영원하기를 화자가 간절히
바라는 장면이다. '이게 꿈이란 걸' 그대에게 숨긴 채, 꿈속에 갇힐망
정 영원히 꿈속에 함께 있자고 한다. 그리고 가지 말라고 말한다. 화
자는 '그대'를 보내지 않을 것이며, 꿈에서 깨어나지도 않겠다고 단

호하게 말한다. 그러나 '그대'는 묵묵히 화자의 손을 잡으며 '지친 마음 이제 쉬라'는 위로를 할 뿐이다. 왜냐하면, 지금 함께 있는 시간이 '꿈'이라는 것을 그가 이미 알고 있기 때문이다. 언젠가 꿈에서 깨어나게 되면 '꿈속에서 영원하자'는 화자의 부탁마저도 어차피 들어줄 수 없기에 '그대'는 그렇게 화자에게 위로를 했던 것이다.

3연은 꿈속에서 또다시 헤어짐의 순간을 겪는 장면이다. 헤어짐의 순간은, 마냥 '바보같이 즐거워만 하는' 화자보다 '그대'가 먼저 직감한다. '안쓰러운 미소'를 지으며 '나 먼저 갈게'라고 '나'를 안아 주면서 작별 인사를 하는 그대. 그리고 뒤돌아서 예전처럼 또다시 화자의 곁을 떠나는 그대. 저 멀리 사라지는 그대를 보며 잠 깨고 난 후에 또다시 혼자가 된다는 생각에 화자는 눈물을 흘린다. '보내기 싫은' 화자의 마음은 아랑곳없이 그렇게 운명처럼 '그대'는 또 떠나 버린다.

4연은 화자가 꿈에서 깨어난 후의 장면이다. 잠에서 깨어난 화자는 꿈속의 이별에 가슴이 시려 온다. 그럼에도 꿈속에서나마 '나'를 위로해 준 '그대'에게 고마운 마음뿐이다. 한편, 마지막 행에서 '나'를 위해 수고롭게 먼 길 찾아온 '그대'에게 '이제 난 괜찮으니 다신 오지 말라'고 매정하게 말하는 화자의 의도는 무엇일까? 화자 자신의 처지에 대해 걱정하고 있는 '그대'를 안심시키려는 의도의 발언이기도 하고, 또 꿈에서 깬 후 화자 스스로 아픔을 극복하고자 하는 의지를 보여 주는 부분이기도 하다. 어쨌든 '다신 오지 말아요'라는 마지막 구절로 미루어 짐작컨대, 화자는 이제 이별을 현실로 받아들일 준비가 되어 가는 듯하다.

화자의 '꿈'은 바로 화자의 상상력이 발현되는 공간이다. 멀리 떨어진 임을 간절히 만나고 싶어 했던 화자가 (이 노래의 제목처럼) '꿈'에서 드디어 '그대'와 조우하게 된다. 과연 꿈이 아니었더라면 화자의 바람이 이루어질 수 있었을까?

이제는 케이팝 〈꿈에〉보다 오백 년도 더 전에 사랑하는 임을 만나기 위해 꿈속을 헤매었던 또 다른 화자를 만나러 가 보자.

케이팝에 견주어 〈몽혼〉 읽기
– '꿈속의 넋'이 임을 찾아 억겁의 시간을 헤매다

조선 중기에 충청도 어느 시골 마을에 서녀 출신의 '옥봉'이 살았다. 그녀는 영특할 뿐만 아니라 시문에 뛰어난 재능을 보였다. 우연히 '조원'이라는 선비를 알게 되고 사랑에 빠져 스스로 그의 첩이 되겠다고 자청하였는데, 조원은 아녀자가 글을 쓰는 것을 못마땅하게 여겨 옥봉에게 앞으로는 시문을 짓지 않겠다는 맹세를 받고서야 그녀를 받아들인다.

어느 날 이웃의 아낙이 옥봉에게 찾아와 자신의 남편이 누명을 쓰고 잡혀갔는데, 제발 누명을 벗게 해 달라고 간청하였다. 옥봉이 전후 사정을 들으니 누명을 쓴 것이 분명하여 사실대로 탄원서를 써 주니, 원님이 그 글을 읽고 감탄하여 결국 이웃의 사내가 풀려나게 된다.

그러나 조원은 옥봉이 자신과의 약속을 어기고 글을 써서 관청의 일에 관여한 것에 크게 분개하여 옥봉을 내쫓아 버린다. 옥봉은 할 수 없이 친정으로 내려가 남편 조원의 마음이 돌아서기를 몇 년 동안 기다렸으나 허사였다. 결국 옥봉은 야속하고 애통한 마음을 견디지 못하고 바다에 뛰어들어 자결을 하고 만다. 그리고 옥봉은 흘러가는 시간 속에서 뭇사람들에게 서서히 잊혀 가는 존재가 되어 가고 있었다. 그런데 40년이 훌쩍 지나서 조선의 '조희일'이라는 자가 명나라 사신으로 가게 된다. 그때 명나라 관리가 조희일에게 이렇게 묻는 것이다.

"혹시 조원이라는 사람을 아시오?"

관리의 질문에 조희일이 깜짝 놀라며 대답했다.

"네, 저의 부친입니다만……."

그때 관리가 책을 꺼내 놓는데 책의 표지에 '이옥봉 시집'이라고 적혀 있는 것이었다. 명나라 관리에게서 부친의 이름이 거론되고, 또한 부친의 옛 소실의 이름이 적혀 있는 책이 명나라 관리의 손에 들려 있는 것을 보니 놀랍고도 의아스러웠다.

"이것이 어찌 된 일입니까?"

명나라 관리가 말을 이었다.

"지금으로부터 40년 전쯤에 바닷가에 괴이한 시체가 파도에 떠밀려 왔소. 그것을 건져 내어 보니 온몸을 종이로 수백 겹 감고 있는 여인의 시체였소. 종이를 풀어 보니 거기에 시가 빽빽하게 쓰여 있었고, '조선의 조원의 첩 이옥봉'이라고 적혀 있었소. 그 시가 모두 빼어나 내가 이렇게 책으로 만든 것이오."

조희일은 옥봉이 40년 전에 남긴 시를 넘겨 보며 눈물지었다. 그때 그 시집에 실렸던 시 가운데에 〈몽혼〉이라는 시가 있다.

近來安否問如何 (근래안부문여하)
요즈음 어떻게 지내시는지 당신의 안부가 궁금해요

月到紗窓妾恨多 (월도사창첩한다)

창가에 달빛이 비칠 때면 마음속에 한이 깊어만 가요

若使夢魂行有跡 (약사몽혼행유적)

꿈속에서 방황하는 나의 영혼이 자취를 남길 수 있다면

門前石路半成沙 (문전석로반성사)

문 앞의 돌길이 아마도 절반은 이미 모래가 되었을 거예요

— 이옥봉의 〈몽혼(夢魂: 꿈속의 영혼)〉을 현대어로 의역하여 제시함.

이 노래의 첫 행은 자신을 찾아 주지 않는 임에 대한 그리움으로
시작한다. 창가에 비치는 달빛을 보면서 화자는 깊은 애상에 빠져든
다. 그리움이 짙어지면 '한(恨)'이 된다고 한다. 얼마나 수많은 밤을 기
약도 없는 '임'을 기다리며 뜬눈으로 지새웠을까? 3행에서 화자는 현
실에서는 만날 수도 그렇다고 찾아갈 수도 없는 임을, 겨우 꿈속에서
나 찾아 나선다. 하룻밤에도 수십 번, 아니 수만 번을 문턱을 넘나
들며 임을 찾아 헤매었을 화자. 꿈속에서 돌아다니던 자신의 영혼이
현실에 흔적을 남길 수 있다면 문 앞의 돌길을 절반쯤 마모시켰을 것
이라고 말하는 화자. 이는 단순한 과장법이 아니다. 아주 쉽게 생각
하면 이 구절은, 간절한 그리움이 구체화된 표현으로 이해할 수 있
다. 그리고 집 앞의 돌길이 절반은 모래로 변할 정도로 꿈속의 영혼
이 출입을 반복하였음을 상상해 보자. 얼마나 간절하였으면 임을 그
리는 영혼이 단단한 돌길을 모래로 만들 정도로 밤길을 헤매었겠는
가를 말이다.

이것을 출입의 횟수가 아닌 기다림의 시간으로 환산해 보면 더욱
더 가슴 아픈 사연이 된다. 돌이 모래로 닳아지기까지의 시간을 계

산해 보면 가히 우주적 시간이 될 것이다. 이것은 실제의 물리적 시간이 아닌, 기다림에 고통 받았던 화자의 심리적 시간이다. 억겁의 시간을 절망 속에서 보냈을 화자의 마음을 아이들은 과연 이해할 수 있을까? 그래서 이 구절은 우리가 단순한 과장법이라고 건조하게 가르치고 말 것이 아니라, 절망의 세월을 보낸 화자의 고통의 깊이를 오롯이 느끼면서 감상할 수 있도록 해야 하는 것이 아닐는지.

이 작품에서 시적 화자가 꿈속에서 임을 만나고 왔는지, 아니면 끝까지 못 만났는지는 확실히 알 수 없다. 이 부분에 대해서는 아이들 각자의 문학적 상상력에 전적으로 맡기는 게 좋지만, 앞서 읽은 박정현의 〈꿈에〉의 화자처럼 임을 만나 그로부터 따뜻한 위로를 받고 돌아오는 것이었으면 좋겠다는 생각이 든다. 밤마다 방황하는 꿈속의 영혼이 단 한 번도 임을 만나지 못했다고 상상하면 너무 안쓰럽고 독자로서도 가슴이 아프니까 말이다.

케이팝에 견주어 〈상사몽〉 읽기 – 우리 이제 어긋나지 말자

꿈속에서 임을 만나고 싶어 하는 화자의 모습이 개성적으로 드러난 또 다른 한시가 있으니, 이를 아이들과 살펴보아도 좋을 듯하다.

相思相見只憑夢 (상사상견지빙몽)
서로 그리워 만나는 건 다만 꿈에 의지할 뿐
儂訪歡時歡訪儂 (농방환시환방농)
내가 임 찾으러 갈 때 임은 날 찾아왔네

願使遙遙他夜夢 (원사요요타야몽)

바라노니, 아득한 다른 날 밤 꿈에

一時同作路中逢 (일시동작로중봉)

동시에 함께 일어나 길에서 만나지기를

— 황진이의 〈상사몽(相思夢)〉을 현대어로 의역하여 제시함.

이 노래의 화자도 오로지 꿈속에서만 그리운 임을 만날 수 있다. 그런데 야속하게도 꿈속에서마저 그 임이 나타나지를 않는다. 실망하고 낙담할 만한 상황인데 화자는 이 상황을 낙관적인 상상력으로 극복한다.

2행에서 보듯이 '내가 임을 찾으러 갈 때'에 공교롭게도 그 '임'도 화자를 찾아 길을 나섰다고 상상하는 것이다. 그러니 화자가 실망할 일이 없다. 이번 꿈에는 못 만났지만 다른 날에 다시 만날 수 있다는 희망이 아직 남아 있으니까 말이다. 비록 이번 꿈에서는 길이 어긋났으나 다음 꿈에서는 어긋나지 않고 '만나지기를' 화자는 소망한다. 그러고 나니 오늘밤 꿈에 나타나지 않은 임이 야속하지도 않을뿐더러, 화자 스스로도 낙망하지 않고 또 하룻밤을 견뎌 낼 새 힘을 얻는다.

서두에서 꿈은 현실에서 이루지 못한 욕구를 상상력으로 이루어 내는 공간이라고 말한 바 있다. 그런데 지금까지 살펴본 노래들을 보면, '꿈'이 모든 것을 이루어 내는 만능의 공간은 아닌 것 같다. 아무리 많은 꿈을 꾸고, 그 꿈속에서 사랑하는 사람을 실컷 본다고 해도 사랑하는 사람을 향한 간절한 그리움은 쉽게 사그라지지 않으니 말이다. 오죽하면 어떤 시인이 "그대가 곁에 있어도 나는 그대가 그립다"라고 노래했겠는가.

꿈속에서 화자가 '임'을 만나 어떻게 상호 작용하는지 비교해 보고, 각각 어떤 문학적 상상력을 동원하고 있는지도 살펴보자. 그리고 꿈속에서와 꿈에서 깨어났을 때 화자에게 어떤 태도의 변화가 일어날지 생각해 보자.

꿈에

① 꿈속에서나마 임을 만나 따뜻한 위로를 받고 현실적 욕구를 어느 정도 덜어 냄. (임과의 상호 작용이 있었음.)
② 화자가 꿈속에서 임을 만나서 따뜻한 위로를 받으며, 꿈에서 깨지 않으려는 문학적 상상력을 발휘함.

- 임이 부재한 상황을 극복할 상상력의 공간으로 '꿈'을 설정함.
- 화자의 현실적 욕구를 꿈속에서 대리 충족하려고 노력하나 꿈을 깨고 나면 현실의 문제는 해결되지 않은 채 남아 있음.

① 꿈속에서마저도 임을 제대로 만나지 못하여 화자의 고통이 고스란히 유지됨. (임과의 상호 작용이 전혀 없었음.)
② 화자의 영혼이 꿈속에서 돌길이 닳아 모래가 되도록 임을 찾아다니는 문학적 상상력을 발휘함.

몽혼

이 밤이 가기 전에
붙잡아야 할 사람

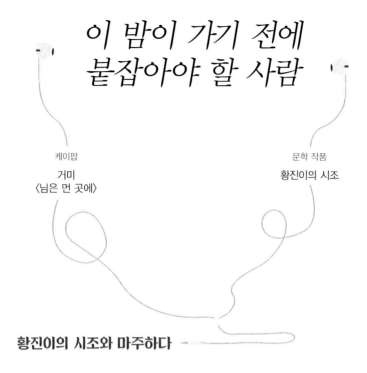

케이팝
거미
〈님은 먼 곳에〉

문학 작품
황진이의 시조

황진이의 시조와 마주하다

문학 교과서에는 수십 편의 시조가 실려 있다. 하지만 아이들이 공부해야 할 시조는 교과서에 실린 시조뿐만이 아니다. 고등학교 시절을 통해 기본적으로 알아 두어야 할 시조만도 족히 100편은 넘는다. 그런데 시조라는 게 길이는 짧지만 의외로 시조의 맥락을 모르면 쉽게 감상하기 어려운 속성이 있다. 해당 시조의 작가에 대해서도 알아야 하고, 그것이 창작된 배경도 파악해야 제대로 된 감상이 가능하다는 말이다.

그런데 시조는 작가별, 시대별로 내용과 형식 면에서 비슷한 경향을 띠기 때문에 시조를 작가별, 시대별로 묶어서 감상하면 효율적인 시조 학습이 가능해진다. 그래서 대부분의 교과서가 문학 작품을 시대별로 구성하고 있는지도 모르겠다.

　나는 시조를 작가별로 가르치는 것을 즐기는데, 그중에서도 시조가 가진 감성을 제대로 보여 줄 수 있는 작품으로 단연 황진이의 시조를 꼽는다. 여성 작가로서의 진솔하고 섬세한 감성이 돋보이고, 다양한 표현 기법을 통해 시조의 참맛을 견본처럼 보여 주는 시조들을 즐비하게 창작한 작가가 바로 황진이가 아닌가 싶다. 수백 편이 넘는 시조를 일일이 모두 가르칠 수 없다면, 아이들에게 시조가 가진 감성만이라도 '찐하게' 느끼게 해 주면 어떨까?

핵심 개념을 짚다 – 시조 작가로서의 황진이

　아이들에게 수업 전에 황진이에 대해서 아는 게 있느냐고 물어보면, 어떤 아이는 드라마를 말하고, 어떤 아이는 가요를 말한다. 또 어떤 아이는 특정 연예인의 이름을 말하기도 하는데, 시조 작가 황진이는 잘 몰라도 대중매체에 소개된 황진이를 잘 알고 있다는 증거이겠다.

　역사적으로 남겨진 수많은 인물을 돌이켜 보건대, 남성 위주의 역사에서 그래도 황진이만큼 대중의 사랑을 듬뿍 받은 여성도 흔치 않다는 생각이 든다. 소설로, 드라마로, 가요로, 영화로 그녀의 삶을 조명하는 작업이 수차례 있었고, 그때마다 대중은 황진이를 외면하지 않았다. 신드롬에 가까웠던 적도 있었던 황진이에 대한 대중의 관심은 그녀의 뛰어난 미모나 그녀를 둘러싼 흥미로운 일화들에만 기인하는 것은 아니다.

그녀는 전통적인 여성상을 간직하면서도 동시에 제도와 규범을 뛰어넘으려는 자유, 그리고 도전 정신으로 충만했던 여성이다. 대중에게 '황진이'라는 캐릭터가 인기가 있었던 것은, 아마도 황진이라는 인물이 종래에 경험하지 못한 새로운 인물 유형이었기 때문인지도 모른다.

음악, 그림, 글씨, 그리고 심지어 성리학과 고전에도 능하였던 그녀가 '서경덕·박연폭포'와 함께 '송도삼절(松都三絶)'로 불렸다는 것은 주지의 사실이다. 더구나 그녀는 역사상 손에 꼽힐 만한 뛰어난 문학적 재능의 소유자이기도 했으니, 황진이에 대한 세간의 관심이 그리 이상할 것도 없다.

황진이가 남긴 시조를 보면, 남녀 간의 애정을 노래하면서도 참신한 비유와 감각적인 언어를 활용하여 매우 정교하고 세련된 작품을 창조해 냈다는 것을 알 수 있다. 때로는 기발한 발상으로 무릎을 치게 만들고, 때로는 진솔한 표현으로 독자의 심금을 울리는 등 완성도 높은 노래를 후세에 많이 남겼다. 후세에 남겨진 그녀의 시조와 한시는 현대의 케이팝의 곳곳에 그 영향력을 행사하고 있다. 이번 시간에는 황진이의 수준 높은 연가(戀歌) 몇 수를 살펴보고, 케이팝 곳곳에 깃들어 있는 황진이의 흔적을 찾아볼까 한다.

황진이의 시조 읽기 1 – 구태여 하지 않았어도 되는 것

이 시조는 고려 가요 〈가시리〉와 〈서경별곡〉, 그리고 김소월의 〈진달래꽃〉을 매개하는 이별 노래의 대표 작품으로 꼽힐 만한 수작(秀

作)이다. 이별의 상황에 처한 시적 화자가 자존심과 그리움 사이에서 겪는 미묘한 심리적 갈등을 절묘하게 표현하여 읽는 이로 하여금 깊은 공감을 불러일으키게 한다.

> 어져 내 일이야 그릴 줄을 모로두냐
> 이시라 ᄒ더면 가랴마ᄂ 제 구틔어
> 보닉고 그리ᄂ 정은 나도 몰라 ᄒ노라
>
> —황진이의 시조를 원문 그대로 제시함.

이 시조는 영탄법과 도치법을 활용하여 화자가 당한 이별의 안타까움을 노래하고 있는데, 중장과 종장에 걸쳐 있는 '제 구틔어'를 어떤 행에 두느냐에 따라 아주 오묘한 의미의 차이가 생겨나서 재미있으면서도 기발하다는 생각을 하게 된다. 어느 것으로 읽어도 이 시조가 가진 주제 의식과 형식미를 해치지 않는다는 점에서 황진이의 천재성을 엿볼 수 있다.

① 아, 내가 저지른 일이여! 그리워할 줄을 몰랐단 말인가
　있으라고 붙잡았다면 그가 구태어 날 버리고 떠나갔을까마는
　보내 놓고 나서야 그리워하는 마음은 나도 미처 몰랐노라

② 아, 내가 저지른 일이여! 그리워할 줄을 몰랐단 말인가
　있으라고 붙잡았다면 날 버리고 떠나갔을까마는
　내가 구태어 보내 놓고 나서야 그리워하는 마음은
　나도 미처 몰랐노라

118

화자는 이별의 상황에서 '그'를 붙잡지 않은 것을 뒤늦게 후회한다. 가 버린 '그'를 이토록 애타게 그리워하게 될 줄은 미처 생각도 못했던 것이다. 알량한 자존심에 '갈 테면 가라'고 내버려 두었으나 이제 와 생각해 보니 '내가 저지른' 명백한 실수였다. 그깟 자존심 다 버리고 '당신이 아니면 나는 못 산다' 그러니 제발 그냥 '있어 달라고' 부탁했더라면 '그가 구태여' 떠나가지는 않았을 것 같다. 그때 진작 붙잡을 것을, 떠나갈 마음도 없는 '그'를 '구태여 보내 놓고 나서' 시간이 흐를수록 그리워하는 마음이 더해지니, 때늦은 후회가 아무 소용이 없게 되었다.

문학 작품에 견주어 케이팝 읽기 1 – 망설이다가 영원히 먼 곳에

'어져 내 일이야'로 시작하는 황진이의 시조가 가진 정서는 케이팝 〈님은 먼 곳에〉에 그대로 투영되어 나타난다. 이 노래의 감성을 아이들이 좀 더 잘 느낄 수 있도록 하려면 영화 〈님은 먼 곳에〉의 예고편 동영상을 보여 주어도 좋다.

〈님은 먼 곳에〉라는 노래는 김추자가 1970년에 처음 발표하였고, 조관우가 1995년에 리메이크 하기도 했다. 내가 아이들에게 들려주는 노래는 2008년 이준익 감독이 제작한 동명의 영화에 OST로 삽입되었던, 가수 거미가 부른 〈님은 먼 곳에〉이다.

사랑한다고 말할 걸 그랬지 님이 아니면 못 산다 할 것을
사랑한다고 말할 걸 그랬지 망설이다가 가 버린 사람

마음 주고 눈물 주고 꿈도 주고 멀어져 갔네 님은 먼 곳에

영원히 먼 곳에 망설이다가 님은 먼 곳에

님이 아니면 못 산다 할 것을 사랑한다고 말할 걸 그랬지

망설이다가 가 버린 사람 망설이다가 님은 먼 곳에

🔊 거미의 〈님은 먼 곳에〉 일부를 발췌하여 제시함.

시적 화자가 자존심을 내세우며 이것저것 재면서 망설이는 동안에 '님'은 그만 '먼 곳'으로 떠나 버리고 말았다. 심지어 '영원히' 떠나 버렸다. 〈어져 내 일이야〉의 화자처럼 떠나기 전에 진작 '사랑한다고 말할 걸' 하고 때늦은 후회를 한다.

'사랑한다'는 흔한 말로 설득이 안 된다면 무릎이라도 꿇고 '님이 아니면 못 산다'고 애걸복걸 빌어 보기라도 할 걸, 후회는 끝이 없이 이어진다. '님'은 나에게 '마음'도 주고 '눈물'도 주고 '꿈'도 주었던 사람이다. 그야말로 희로애락을 함께했던 화자의 '님'이었다. 그런 '님'을 망설이다가 놓치고 만 것이다.

그런데 이 노래가 〈어져 내 일이야〉보다 안타까움의 정서가 더 깊게 느껴지는 것은, 계속 반복되어 화자와 '님'과의 거리를 인식하게 하는 '님은 먼 곳에'라는 구절 때문이다. '님'을 '먼 곳'으로 보내 버린 것이 바로 화자의 '망설임' 때문이다. 모름지기 사랑을 이루기 위해서는 망설임 없는 용기가 필요하다.

황진이의 시조 읽기 2 – 기다리는 임이 오기만 한다면야

황진이의 시조 중에는 언제 올지 알 수 없는 임을 하염없이 기다리는 화자의 절실한 마음을 표현한 것도 있다. 다음에 제시하는 시조는 밤이 긴 동짓달에, 사랑하는 임이 그리워 잠을 이루지 못하고 있는 화자의 마음을 노래하고 있다. 한 여인의 보편적인 인간 정서를 우리말(서리서리, 구뷔구뷔)의 묘미를 활용하여 효과적으로 표현하고 있다는 점에서 문학성을 높게 평가받고 있는 작품이다. 이 작품의 높은 문학성에 기여하는 요소가 또 있다.

> 동짓돌 기나긴 밤을 한 허리를 버혀 내어
> 춘풍 니불 아릭 서리서리 너헛다가
> 어론 님 오신 날 밤이여든 구뷔구뷔 펴리라
>
> — 황진이의 시조를 원문 그대로 제시함.

이 시조는 다음과 같이 해석이 된다. 동짓달 기나긴 밤의 한가운데를 잘라 내어, 봄바람 같은 이불 아래에 차곡차곡 포개 넣었다가, 고운 님 오신 날 밤이 되거든 하나씩 꺼내어 펴 내겠다는 것.

임이 없는 동짓달의 기나긴 밤은 지루하다 못해 괴롭기까지 하다. 그렇게 괴롭고 쓸데없는 시간을 따로 챙겨 두었다가 임과 함께 있는 밤에 꺼내어 재활용할 수 있다면 얼마나 요긴할까? 화자의 이런 발상은 임을 향한 시적 화자의 애틋한 그리움을 매우 구체적으로 드러내어, 독자로 하여금 격한 공감을 이끌어 내는 데 기여한다.

한편, 이 시조에는 문학적으로 꽤 의미가 있는 유명한 표현 기교가 하나 있다. '동짓달의 기나긴 밤'은 추상적 관념인 '시간'의 영역인데 이것을 마치 손으로 만질 수 있는 구체적 사물인 양 '이불 아래에 넣었다가 나중에 다시 꺼내겠다'고 한 것은 범상치 않은 표현이다. 눈에 보이지 않는 것을 눈에 선명히 보이도록 표현한 방법, 이른바 '추상적 관념'의 '구체적 형상화'가 이루어진 부분이다. 나는 이 지점에서 내가 오래전에 들었던, 그룹 솔리드의 〈이 밤의 끝을 잡고〉를 자연스럽게 아이들에게 들려주었다.

문학 작품에 견주어 케이팝 읽기 2
- 지나가는 이 밤의 끝을 부여잡을 수만 있다면

이별을 기약하고 마지막 시간을 함께 보내는 연인을 소재로 한 이노래는, 헤어짐을 앞둔 화자가 '이 밤의 끝을 잡고' 야속하게 흘러가는 시간을 멈추고 싶을 정도로 이별을 안타까워하는 모습이 그려져 있다. 왜 이별을 해야 하는지 명확한 이유가 제시되지 않아 시적 상황을 파악하는 데 어려움이 있지만, 어쨌거나 화자는 상대방을 위로하고 행복을 기원하여 이별의 아픔을 참아 내려고 애쓰고 있다.

1 다신 널 볼 수 없겠지
  우리는 이 밤의 끝을 잡고 사랑했지만
  마지막 입맞춤이 아쉬움에 떨려도 빈손으로 온 내게
  세상이 준 선물은 너란 걸 알기에 참아야겠지
  내 맘 아프지 않게 그 누구보다 더

행복하게 살아야 해 모든 걸 잊고

이 밤의 끝을 잡고 있는 나의 사랑이 더 이상 초라하지 않게

나를 위해 울지 마 난 괜찮아

2 그래 어쩌면 난 오래전부터 우리의 사랑도

어쩔 수 없는 이별이 찾아올지도 모른다고 생각했어

하지만 울지 마 이 밤의 끝은 내가 잡고 있을 테니

넌 그렇게 언제나 웃으면서 살아야 돼

제발 울지 말고 나를 위해 웃어 줘 제발

🔊 솔리드의 〈이 밤의 끝을 잡고〉 일부를 임의로 연을 나누어 제시함.

    이 노래는 표현 기교 면에서 〈동짓돌 기나긴 밤〉과 크게 다르지 않다. '밤'이라는 시간의 개념을 마치 구체적인 사물이라도 되는 양, '끝을 잡고' 있다고 표현한 화자의 발상은 다름 아닌 추상적 관념의 구체적 형상화인 것이다. 특히 2연에서 '이 밤의 끝은 내가 잡고 있을 테니' 너는 언제나 웃으면서 살라고 부탁하는 부분에서 확연히 드러난다. 즉, '밤'이라는 시간을 손으로 만질 수 있을 정도의 매우 구체적인 사물로 인식하고 있는 것이다.

    다만 시적 상황은 차이가 있다. 〈동짓돌 기나긴 밤〉은 아직 오지 않은 임을 절실하게 기다리고 있는 상황에서, 임이 부재하는 겨울밤이라는 부정적 시간을 임이 오는 날 밤이라는 긍정적 시간으로 바꾸고 싶어 하는 심정이 시상으로 전개되고 있다. 반면에, 〈이 밤의 끝을 잡고〉는 임과의 헤어짐이 예약되어 있는 상황에서 예정된 시각까

지 함께하는 시간이 조금씩 사라지고 있는 것에 대한 아쉬움이 주를 이룬다. 한편, 이별의 순간을 향한 예정된 시각을 아쉬워한다는 점에서 나는 다시 황진이의 한시가 떠올랐다.

황진이의 한시 읽기 - 내일 아침이면 헤어지지만 그리움은 영원해

이 시는 황진이가 보기 드물게 진심을 나누며 교감하였던 '소세양'이라는 남자에게 전한 작별 노래인데, 소세양이 당시 '판서'의 벼슬에 있었기에 이 한시에는 '봉별소판서세양(奉別蘇判書世讓)'이라는 제목이 붙어 있다. '소판서 세양을 보내며' 정도로 해석이 되겠다.

한시라고 지레 겁먹지 말고 시어와 시구를 꼼꼼히 쫓아 읽다 보면 황진이의 절절함을 오롯이 느낄 수 있다. 이 노래가 얼마나 절절했던지, 한시를 전해 받은 소세양이 크게 감동하여 차마 황진이 곁을 떠나지 못했다는 일화가 함께 전해지고 있다. 진심을 담은 노래는 사람의 마음을 이토록 쉽게 움직이게도 하나 보다.

月下庭梧盡 (월하정오진)

달빛 어린 뜰에는 오동잎 지고

霜中夜菊黃 (상중야국황)

서리 맞은 들국화 노랗게 피었네

樓高天一尺 (누고천일척)

누각은 높고 높아 하늘에 닿을 듯하고

人醉酒千觴 (인취주천상)

술에 취해도 오가는 술잔은 끝이 없네

流水和琴冷 (유수화금랭)

흐르는 물소리는 거문고 소리에 화답하고

梅花入笛香 (매화입적향)

매화 향기는 피리 소리에 젖어드네

明朝相別後 (명조상별후)

내일 아침 그대와 나 이별하고 나면

情與碧派長 (정여벽파장)

그리운 마음은 강물처럼 이어지리라

— 황진이의 〈봉별소판서세양〉을 현대어로 의역하여 제시함.

이별을 앞두고 마지막 밤을 보내고 있는 두 사람. 너무나도 아름다운 이별 장면이 연출된다. 달빛 받은 오동잎, 서리 맞은 들국화. 여기에 그치지 않는다. 하늘에 닿을 듯 높은 누각에 단둘이 앉아 이별의 술잔을 밤새 기울이는데, 물소리와 거문고 소리가 섞이고 매화 향기와 피리 소리가 분위기를 돋운다. 이런 서정적인 풍경 덕분인지 이별을 앞둔 장면이 〈이 밤의 끝을 잡고〉처럼 처연하지 않아 좋다.

처연하지 않다고 해서 이 밤이 새고 내일 아침이 되었을 때 이별을 해야 한다는 사실이 바뀌지는 않는다. 그렇기 때문에 화자는 임과의 마지막 밤을, 처연하게 눈물 흘리기보다 낭만적으로 보내고 싶었던 것인지도 모른다. 이별 후에는 끝없이 흐르는 강물처럼 그리움이 길고 길어지겠지만 마냥 슬퍼하고 있기에는 오늘 밤이 너무나도 아름답기만 하다. 시적 화자의 진심이 이런 아름다운 노래에 묻어 전해지니 소세양의 마음이 어찌 움직이지 않을 수 있었을까.

두 노래에서 화자의 어떤 정서가 공통적으로 표출되는지 살펴보고, 각 노래에서 인상적인 시어나 시구를 발표해 보자. 왜 그 부분이 인상적이었는지 감상평도 곁들여 보자.

님은 먼 곳에

① 시조의 압축된 형식미를 잘 활용하여 화자의 후회의 정서를 잘 드러냄.
② '제 구투여'를 행간에 걸쳐 놓아 중의적 해석의 묘미를 살림.

> 이별 후에 찾아온 절실한 그리움에 괴로워하며 임에게 떠나지 말라고 진작 말하지 못한 자신의 행동을 자책하고 후회함.

① 시조의 압축된 형식미를 잘 활용하여 화자의 후회의 정서를 잘 드러냄.
② '제 구투여'를 행간에 걸쳐 놓아 중의적 해석의 묘미를 살림.

어져 내 일이야

두 노래에 공통적으로 쓰인 추상적 관념의 구체적 형상화가 무엇인지 예를 들어 설명해 보고, 두 노래의 시적 상황이 어떻게 다른지 구별해 보자.

이 밤의 끝을 잡고

헤어짐의 시각이 확정된 가운데 임과의 마지막 밤을 아쉬움 속에 보내며 임의 행복을 기원함.

추상적 관념의 구체적 형상화가 이루어짐.

임이 부재한 현실에서 임이 돌아올 미래의 상황을 화자가 학수고대하고 있음.

동짓돌 기나긴 밤을

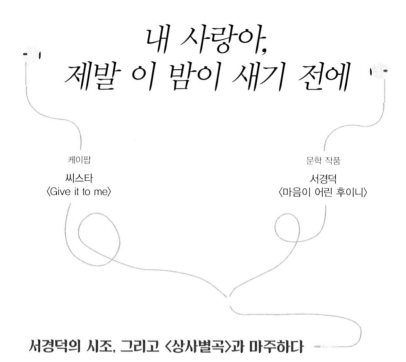

내 사랑아, 제발 이 밤이 새기 전에

케이팝
씨스타
〈Give it to me〉

문학 작품
서경덕
〈마음이 어린 후이니〉

서경덕의 시조, 그리고 〈상사별곡〉과 마주하다

외국어로 번역도 잘 되지 않는다는 우리 고유의 정서인 '한(恨)'을 아이들에게 어떻게 가르쳐야 할까? 설령 내가 가르친다고 한들, 내가 가르치는 그것이 '한'이 맞을까? 아이들이 직접 읽고 느낄 수 있도록 그냥 넘어갈까? 문학 시간에 접하는 수많은 작품 속에서 시도 때도 없이 마주치게 되는 '한'을 어찌 모른 체 넘어갈 수 있을까.

20년 넘게 문학을 가르치면서도 '한'과 마주하는 시간마다 아이들에게 시원스럽게 대답 한번 해 주지 못했던 나. 이번에야말로 내 방식대로 과감히 '한'의 정서에 도전해 봐야겠다는 생각이 들었다. 그 도전은 '한'에 대한 개념을 정리하는 것부터 시작되었다. 나는 '한'의 정서를 '기다림'의 정서와 거칠게나마 연관 지어 보려고 했다.

핵심 개념을 짚다 – 한(恨)의 정서

한국 문학의 특징을 한마디로 말해 보라고 하면, '한(恨)의 문학'이라고 규정하는 사람이 많다. 그만큼 우리 문학의 밑바탕에는 한의 정서가 짙게 배어 있다는 것일 게다. 그런데 '한'이 무엇인가? 도대체 그것이 무엇이기에, 우리 문학의 밑바탕을 이룰 만큼 보편적인 정서로 자리 잡았을까? 마땅한 대체어를 찾기도 어려운, '한(恨)'이라는 정서는, 우리말로 풀어 보려 해도 좀처럼 시원하게 설명하기 어려울 정도로 추상적인 개념어에 속한다. 우리가 흔히 '한'이라고 하면 '억울함, 안타까움, 원망, 눈물, 여인의 삶, 마음의 고통' 따위를 떠올린다.

그렇지만 무엇보다도 한의 정서는 '기다림'의 정서와 많은 부분을 공유한다. 우리 문학 작품을 들여다보면, 참 많은 것을 기다린다. 대승적으로 조국이 독립 되기를, 전쟁이 끝나기를, 민주주의가 실현되기를, 남과 북이 통일이 되기를 기다린다. 그런가 하면 개인적으로는 부모 혹은 자식이 집에 돌아오기를, 가난이 끝나기를, 꽃피는 봄이 오기를, 아픈 병이 낫기를, 그밖에 여러 가지 괴로운 시간들이 어서 지나가기를 간절하게 기다린다. 그런 것들을 애타게 기다리다가 끝내 이루지 못한 채 좌절이 되면, 그것이 '한'이 된다.

한편, 수많은 기다림 중에 가장 간절하고 애타는 기다림이 무엇일까? 우리 문학 속에서는 단연 사랑하는 임에 대한 기다림이 아닐까? 우리 문학에서 임을 기다리는 화자의 마음은 가장 흔하면서도 가장 가슴 아픈 이야기로 많은 노래에 담겨 있다. 꼭 온다고 약속한 임이 오지 않아 애간장을 태우며 기다리기도 하고, 기약 없는 기다림에 혹시 임이 오지 않을까 하여 밤을 새는 화자도 있다. 심지어 이미 헤어져 돌아올 리 없는 임을 실오라기 같은 희망으로 기다리기도 하니, 임에 대한 기다림의 깊이와 종류도 참 가지가지이다. 그러나 그 모든 기다림에는 공통적으로 누구나 공감하는 애틋함이 있고 가슴 아픈 사연이 있다.

이 기다림의 정서는, 옛 문학 작품에서 흘러나와 지금의 케이팝에 자연스럽게 물 고이듯 고여 보편적인 정서가 되었다. 케이팝이 '한'을 노래하면 어떤 느낌일까? 걸그룹 '시스타'의 노래에서 그 단서를 찾아보았다.

케이팝 읽기 – 사랑을 달란 말야, 그거면 돼

이 노래는 시종일관 뭘 자꾸 달라고 한다. 후크에 가까운 'give it to me'가 무한히 반복되는데, (아래 제시된 노랫말에는 이 부분을 의도적으로 생략하고 제시하였음) 화자가 달라는 것은 오직 하나, '사랑'이다. 화자는 노래 안에서 '그거면 (만족) 된다'고 말한다. 그런데 '사랑'이라는 것은 구체적 사물이 아니라 추상적 관념이다. 그렇다면 화자가 달라고 하는 사랑의 실체는 과연 무엇일까?

1 서른이 넘기 전에 결혼은 할는지 사랑만 주다 다친 내 가슴 어떡해
  애꿎은 빗소리에도 가슴이 아파서
  아직도 어리고 여려 순진하고 여려 눈물은 많은지

2 아무리 원하고 애원해도 눈물로 채워진 빈자리만

사랑을 달란 말이야 그거면 된다는 말이야

3 아침이 오기 전에 그대가 올는지 바보같이 너 하나를 보는 나
운다 하루 종일 울다 동이 튼다
저 해가 달인지 밤이 낮인지도 몰라

4 수십 번 수백 번을 쓰다가 또 찢어 버린 편지
사랑은 왜 이렇게 내게만 무겁지
운다 하루 종일 울다 동이 튼다
저 해가 달인지 밤이 낮인지도 몰라
사랑을 달란 말이야 그거면 된다는 말이야

🔊 씨스타의 〈give it to me〉 일부를 임의로 연을 구분하여 제시함.

이 노래를 따라 불러 보면, 화자가 달라고 하는 '사랑'은 구체적 사물이 아니라 '나를 사랑해 줄 그대'라는 것을 알 수 있다. 지금 '그대'를 밤새 기다리고 있는 화자의 상황을 고려하건대 그렇게 생각할 수밖에 없다. '그대'가 와 주기만 하면 그토록 애타게 달라고 하는 '사랑'이 채워지는 것이다.

이 노래의 시작인 1연은 참 흥미롭다. 화자는 사랑의 상처를 반복적·지속적으로 받았는지, '서른이 넘기 전에는 결혼도 못할 것 같다'는 너무나도 현실적인 걱정을 한다. 그것도 심각하게 말이다. 상투적이지 않고 지나치게 감상적이지 않은 표현 방법으로 읽는 이에게 깨알 같은 재미를 준다.

뒤에 이어지는 '애꿏은 빗소리'라는 표현이 또한 많은 것을 상상하게 한다. 애꿏은 빗소리 때문에 가슴이 아프다고 하였는데, 아직도 어리고 여리기만 한 화자는 그것 때문에 눈물까지 흘린다. '빗소리'는 '그대'를 기다리는 화자와 사실상 아무런 상관이 없는 사물이다. 그런데 그 상관없는, 그래서 '애꿏은' 빗소리 때문에 가슴이 아프다고 한다. 무슨 사연일까? 이 물음에 대한 답은 뒤에 나오는 조선 시대 서경덕의 시조에서 찾을 수 있다.

우선은 3연으로 넘어가 본다. 깊은 밤, 화자는 사랑을 가지고 나타날 '그대'만 눈이 빠지도록 기다린다. 제발 '아침이 오기 전에' 그대가 오기를 간절히 바란다. '그대'가 오지 않는다면 단념하고 다른 사랑을 찾아 떠날 수도 있건만, '바보같이' 오로지 '그대'만 기다린다.

밤새 기다리다가 결국 동이 튼다. 동이 트고도 단념할 수 없는 화자. 화자에게 그만큼 '사랑'은 간절한 것이다. 해가 달인지 달이 해인지 구분이 안 갈 정도라고 하니 시간의 경과를 인식할 수 없을 만큼 간절한 기다림의 연속이다. 이렇게 사랑하는 '그대'가 오지 않은 빈 방에서 사랑하는 사람을 애타게 기다리는 화자의 마음은 옛 노래에서 어떻게 표현되고 있을까?

케이팝에 견주어 〈마음이 어린 후이니〉 읽기
– 애꿏은 빗소리, 혹시 그 사람이 아닐까

앞서 말한 〈give it to me〉의 화자가 빗소리에 가슴 아파하는 이유를 생각해 보자. 다음 시조의 초장에서 화자는, 마음이 어리석어서 하는 일마다 자꾸 어리석게 된다고 노래하고 있다. 왜 마음이 어리석을까? 바로 사랑에 눈이 멀어서다.

마음이 어린 후(後)이니 하는 일이 다 어리다
만중(萬重) 운산(雲山)에 어찌 임 오겠냐마는
지는 잎 부는 바람에 행어 그인가 하노라

— 서경덕의 시조를 현대어로 의역함.

중장에서 말하듯이, 겹겹이 쌓인 구름 낀 산이 임과 화자 사이에 가로막혀 있다. 다시 말해, 임이 올 수 없는 가지가지 상황 때문에, 이 밤에 임이 나를 찾아온다는 것은 거의 불가능하다는 말이다. 화자도 그것을 알고 있다. 그런데 이미 사랑에 눈이 멀어서 마음이 어리석어진 화자는 자꾸 어리석은 기대를 하게 된다. 혹시 임이 올지도 모른다고 말이다. 낙엽이 떨어지는 그 미세한 소리를 듣고도 '혹시 임이 왔나' 하고 귀를 기울이게 되고, 바람 소리만 들려도 혹시 임이 오는 소리인가 하고 문밖을 쳐다보게 되었을 것이다. 그러다 '역시 아니 오시는구나.' 하면서 애꿎은 낙엽 소리와 바람 소리만 원망했을 것이다.

〈give it to me〉의 화자가 왜 애꿎은 빗소리를 듣고 가슴 아파하고 눈물을 흘렸는지 이제 이해가 되는가? 〈give it to me〉의 화자와 〈마음이 어린 후이니〉의 화자가 처한 상황이 크게 다르지 않을 것이다. 떨어지는 비를 보면 사람이 애상적이 되기도 하지만, 이 노래에서는 화자가 비를 보고 눈물을 흘린 것이 아니라 '빗소리'에 직접 몸이 반응했다는 점에 주목하자. 빗소리를 듣고 화자는 몇 번이나 고

개를 돌려 방문 쪽을 쳐다보았을 것이며, 실제로 방문을 몇 번이나 열어 보았을 것이다. 그러니 그 빗소리는 화자에게 '애꿎은 빗소리'가 될 수밖에 없었던 것이리라. 기다림에 지친 화자가 빗소리를 임이 돌아오는 소리로 수차례 착각하고 심적으로 과민 반응을 했겠다고 유추하는 것이 전혀 무리가 아니다. 게다가 기다림에 지친 화자가 정말로 '어리고 여린' 사람이었다니 더욱더 많은 '한'의 눈물을 흘릴 수밖에 없었겠다.

케이팝에 견주어 〈상사별곡〉 읽기
– '자나깨나 깨나자나' 임을 보고 싶어

조선 후기의 가사 가운데 남녀 간의 순수한 애정을 여인의 입장에서 절절하게 읊은 노래가 있다. 〈상사별곡〉이라는 노래인데, 이 제목에 쓰인 '상사'는 우리가 흔히 말하는 '상사병 걸렸다'고 할 때의 그 '상사'와 의미가 똑같다. 사랑하는 사람을 보고 싶어 병이 날 정도의 애절한 마음, 그것이 바로 '상사'이다.

인간이 이별하는 온갖 일 중에 독수공방이 더욱 서럽다
임을 그리워하면서도 보지 못하는 나의 애틋한 마음을 누가 알리
맺힌 설움과 흐트러진 근심을 다 내팽개쳐 버리고
자나깨나 깨나자나 임을 보고 싶은 마음에 가슴이 답답하다
임의 앳된 얼굴과 고운 목소리가 눈과 귀에 선하여
보고 싶구나 임의 얼굴 듣고 싶구나 임의 소리

비나이다 하느님께 임 생기라 하고 비나이다.

— 작자 미상의 〈상사별곡(相思別曲)〉 일부를 현대어로 의역함.

사람은 누구나 이별을 하게 마련이다. 그런데 화자는 이별과 관계된 일 중에, 정확히 말하면 이별 후에 겪게 되는 온갖 일 중에 가장 서러운 것이 '독수공방(獨守空房)'이라고 노래한다. 외로이 빈 방을 홀로 지키는 것. 사랑을 받지 못하고 혼자 있는 것. 그것이 서럽다고 한다. 임을 그리워하면서도 보지 못하는 애틋함이 가장 힘들다고 화자는 노래한다. 그것뿐만이 아니다. 제대로 잠도 못 자서 '자나깨나 깨나자나' 임을 보고 싶은 마음에 가슴이 답답할 지경이다. 이쯤 되면 〈상사별곡〉의 화자가, 하루 종일 울다가 잠을 설치고 결국 날을 샌 〈give it to me〉의 화자와 하나도 다를 게 없다.

그렇게 임의 앳된 얼굴과 고운 목소리를 상상하며 밤새도록 애간장을 태우던 화자는, 결국 하느님께 빌고 또 빌어 부탁을 한다. '제발 임이 오게 해 달라'고 말이다. 〈give it to me〉의 화자처럼 '나에게도 사랑을 달라, 그거면 된다'고 무작정 떼를 쓰고 있는 것이다. 사랑에 눈이 멀면 눈치도 없고 염치도 없어지는 것이니까 말이다.

겹쳐 보기

두 노래에 표현된 화자의 공통된 마음을 찾아보고, 두 노래에 나오는 '빗소리', '지는 잎', '부는 바람' 등은 어떤 역할을 하는지 생각해 보자.

GIVE IT TO ME

① 임에 대한 기다림의 정서를 환기시키는 소재로 '빗소리'를 동원함.
② 화자는 눈물로 밤을 지새우며 현실적인 해결책을 스스로 모색하지만, 결국은 '사랑을 달라'는 본능적인 절규만 남게 됨.

- 밤이 새도록 사랑하는 임을 기다리는 화자의 간절한 마음을 표현함.
- 임에 대한 기다림의 정서를 환기시키는 소재가 등장함.

① 임에 대한 기다림의 정서를 환기시키는 소재로 '잎', '바람' 등을 동원함.
② 화자는 '만중운산'에 가로막혀 임이 못 온다는 것을 알면서도 임이 온 것 같은 착각을 하면서 밤을 지새움.

마음이 어린 후이니

보통 남자들처럼만 해 주었더라면

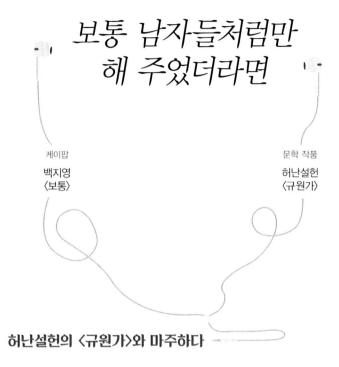

케이팝
백지영
〈보통〉

문학 작품
허난설헌
〈규원가〉

허난설헌의 〈규원가〉와 마주하다

조선 사회에서 여성의 삶은 상상하기 어려울 정도로 정신적 인내를 쉼 없이 요구하는 것이었다. 그런 여성의 삶의 모습을 여실하게 드러낸 대표적 문학 작품으로 허난설헌의 〈규원가〉를 꼽을 수 있을 것이다. 〈규원가〉라는 제목 자체가 암시하듯, 규방(閨房)에서 독수공방해야 했던 아낙네의 삶은 원망으로 가득할 수밖에 없었다. 그런데 교실에서 아이들과 이 작품을 함께 공부하고 나면 그런 여성의 삶을 마음으로 느끼기보다는 다른 반응을 보이기 일쑤이다.

"왜 그렇게 살아?"

"나 같으면 그렇게는 안 산다."

물론 이렇게 반응하는 것이 틀린 것은 아니다. 하지만 아이들이 그 당시 여성의 삶을 고려하고, 여성 화자의 마음을 헤아릴 수 있다면 좀 더 다양한 반응을 이끌어 낼 수 있을 것이라고 생각했다. 그래서 여성 화자가 자신이 처한 상황을 현실처럼 노래하고, 여성 화자의 마음을 있는 그대로 꾸밈없이 드러낸 두 노래를 살펴보고자 한다. 여성 화자의 노래가 왜 다른 노래들에 비해 가슴 아픈 노래인지 함께 느껴 볼 수 있었으면 한다.

핵심 개념을 짚다 – 여성 화자의 노래

화자가 처한 상황과 작자가 처한 상황이 반드시 일치하는 것은 아니다. 그런데도 종종 우리가 화자와 작자를 동일시하는 우를 범하는 것은, 노래 속의 화자가 1인칭 '나'로 등장하는 데에 그 원인이 있다.

우리가 접하는 대부분의 읽을거리에서는 '나'와 '글쓴이'가 일치한다. 우리가 일상적으로 읽는 이메일이나 문자 메시지만 봐도 그렇다. 이메일이나 문자 메시지에 등장하는 '나'는 다름 아닌 그것을 보낸 '글쓴이'이다. 이렇듯 '나=글쓴이'의 관계가 성립하는 글을 읽으면서 생긴 읽기의 버릇이 '화자=글쓴이'라는 착각을 하게 만들곤 한다.

하지만 화자가 실제의 작자와 일치하라는 보장은 없다. 가령, 작자가 남성이라고 해서 화자 역시 남성일 것이라는 인식이나, 작품 속의 화자가 여성이라고 해서 글쓴이가 여성이라고 판단하는 것은 모두 착각일 수 있다는 말이다.

예를 들어, 작자가 남성임에도 불구하고 여성 화자를 내세우는 경우는 얼마든지 있다. 대표적으로 김소월이 그렇다. 〈진달래꽃〉의 '나

보기가 역겨워 가실 때에는……'에 등장하는 시적 화자 '나'는 주지하다시피 바로 여성 화자이다. 조선 시대의 가사인 〈사미인곡〉을 지은 정철도 작품 안에서는 여인의 목소리를 내고 있다.

그렇다면 이들 남성 작자들은 왜 굳이 여성 화자를 내세운 것일까? 여성 화자는 섬세한 정서를 나타내기에 유리하고, 다양한 상황에서 풍부한 감성을 표현하는 데 유용한 기능을 발휘하기 때문이다. 다만 남성의 눈으로 헤아리는 여성의 마음이란 일반적인 이상론에 그치거나 혹은 추상적일 수밖에 없는 한계가 있기 마련이다.

그런데 이제 살펴볼 두 노래의 화자는 여성의 처지를 추상적으로 말하지 않고, '날것' 그대로를 생생하게 노래한다. 독자가 '여성 화자 =여성 작자'임을 확신하게 하는, 그리고 여성 작자가 아니고서는 도저히 표현할 수 없는, 여자의 처지를 생생하게 보여 주는 진짜 '여자의 노래'가 있다. 우리 전통 사회에서, 그리고 현대 사회에서도 여전히 약자로 존재할 수밖에 없는 여자로서의 삶, 그 자체를 고스란히 담은 두 노래를 살펴보자.

케이팝 읽기 – '나쁜' 남자를 만나 '보통'도 되지 못한 여자

이 노래의 화자는 진작부터 '보통'의 남자와 함께 엮어 가는 '보통'의 삶을 지향하였다. 그러나 불행하게도 그러지 못했다. '나쁜' 남자를 만나 '보통 이하'의 삶을 살게 되었던 것이다. 그래서 화자는 자신에게 찾아온 얄궂은 운명을 원망한다. 이 노래의 여성 화자는 '보통'도 되지 못한 자신의 삶을 눈물로 한탄한다.

1 보통 남자를 만나 보통 사랑을 하고

보통 같은 집에서 보통 같은 아이와

보통만큼만 아프고 보통만큼만 기쁘고

행복할 때도 불행할 때도 보통처럼만 나 살고 싶었는데

어쩌다가 하필 특별히 나쁜

나쁜 너를 만나서 남들처럼 보통만큼도 사랑받지도 못하고

곁에 있을 때도 혼자 같아서 눈물 마르는 날 없게 하더니

떠난 뒤에도 왜 이렇게 괴롭혀 보통만도 못한 사람

2 뭐 어려운 거라고 보통 사랑 하는 게

보통 여자들처럼 사랑받고 사는 게

내리 주고 또 더 줘도 그만큼 더 멀어지는

특별한 만큼 특별한 값 하는 너 같은 사람 원한 적 없었는데

어쩌다가 하필 특별히 나쁜

나쁜 너를 만나서 남들처럼 보통만큼도 사랑받지도 못하고

곁에 있을 때도 혼자 같아서 눈물 마르는 날 없게 하더니

떠난 뒤에도 왜 이렇게 괴롭혀 보통만도 못한 사람

3 이렇게 아픈 게 보통일 거라고 남들도 나처럼 똑같이 아플 거라고

나만 특별할 리 없다고 믿어 보려 해도

이렇게 아픈 게 어떻게 보통일 수 있어

보통이면 정말 충분하다고 보통만 해 달라고

남들처럼 보통만큼만 사랑해 주면 된다고

그게 뭐가 그리 어려운 건지 맨날 내 가슴 다 찢어 놓더니

떠난 뒤에도 왜 이렇게 괴롭혀 보통만도 못한 사람

🔊 백지영의 〈보통〉을 임의로 연을 구분하여 제시함.

　이 노래의 화자가 바라는 삶은 그저 소박한 것에 지나지 않는다. 그녀는 삶의 모든 것이 '보통' 수준이기만을 바란다. 심지어 기쁘고 행복한 감정마저도 '보통'이기만 하면 된다고 생각했다. 그야말로 '평균인'을 꿈꾸었던 화자. 그런데 화자가 만난 남자는 그녀의 그 소박한 꿈마저도 이루어 주지 못했다. 아니, 화자에게 얼마나 못되게 굴었는지 그냥 나쁜 남자가 아니라, '특별히' 나쁜 남자라고 그녀는 노래한다.

　특별히 나쁘다고 생각한 데는 그럴 만한 이유가 있다. 남자는 여자에게 몇 가지 죄를 지었다. 첫째, 남들처럼 보통만큼도 그녀를 사랑해 주지 못한 죄. 둘째는 곁에 있으나 마나 한 존재로 그녀를 외롭게 만들어 눈물 흘리게 한 죄. 셋째는 떠난 뒤에도 그녀를 괴롭힌 죄. 바로 이 세 가지 죄가 노래 안에 담겨 있다.

　2연을 보면 그녀가 '보통 사랑'을 위해 얼마나 노력하였는지 엿볼 수 있다. 그 남자를 위해 무엇인가를 해 주면(계속해서 주었고, 더 주었다.) 그에 상응하는 사랑이 되돌아올 것으로 기대하였다. 그러나 그 남자는 오히려 더 멀어지기만 한다. 비로소 그녀는 이제 그 남자에게서 '특별한' 것을 기대할 수 없다는 사실을 깨닫게 된다. 그리고 그 남자는 결국 화자의 곁을 떠나고 만다.

　3연에 가면, 화자는 사랑을 하는 다른 사람들도 자신과 똑같이 아프고 힘들어할 것이라고 발상의 전환을 해 보려 한다. 그렇게 함으로써 이렇게 아프고 힘든 것이 아마 '보통'의 삶이 아닐까 하는 자조

섞인 위로를 해 보려 한다. 그러나 아무리 생각해 봐도 '이렇게 아픈 게' 보통일 리가 없다는 결론을 내린다.

그 남자가 화자에게 가장 나쁜 남자일 수밖에 없는 까닭은, 남자가 떠난 뒤에도 여전히 화자를 괴롭히는 '악질(惡質)'이기 때문일 것이다. 화자는 1~3연에서 공통적으로 '보통'만도 못한 자신의 삶을 원망한다. 그러면서도 각 연의 마무리는 항상 일관되게 '떠난 뒤에도 왜 이렇게 괴롭'히냐고 하면서 그 남자를 향한 피맺힌 항변으로 끝을 맺는다. 떠난 후에도 자꾸만 부질없이 생각나는 화자의 미련도 자신을 괴롭히는 요인이겠지만, 아마도 떠난 그 남자가 여전히 화자에게 지질하게 굴었을지 모른다. '보통'만큼도 못한 남자, 이 남자로 인해 '보통'의 삶을 꿈꾸었던 화자의 바람은 처참하게 무너져 내려 한(恨)으로 쌓여 있다.

한편, 이보다 몇백 년 전에 이보다 더한 눈물과 한숨으로 일생을 보낸 한 여인의 노래가 있다. 조선의 규방 가사인 〈규원가〉를 살펴보도록 하자.

케이팝에 견주어 〈규원가〉 읽기 – 한숨과 눈물, 여자의 한

〈규원가(閨怨歌)〉라는 이 노래의 제목을 직역하면 '여인네의 원망을 담은 노래'라는 뜻이다. 이 제목이 그대로 말해 주듯, 화자는 아무도 없는 빈 방에서 자신의 신세를 원망하듯 읊조린다.

1 엊그제까지 젊었는데 어찌 벌써 이렇게 다 늙어 버렸는가

어릴 적 즐거움을 생각하니 말을 해도 아무 소용이 없다

늙은 뒤 서러운 사연 말하자니 목이 멘다

부모님이 낳아 힘들게 이내 몸 길러 내실 때

높은 벼슬 가진 사람의 짝은 바라지 못해도

군자의 좋은 짝 정도는 되기를 바랐는데

전생의 원망스런 업보이자 중매쟁이의 인연으로

장안의 놀기 좋아하는 가벼운 사람을 꿈같이 만나

시집간 뒤 남편 모시기를 살얼음 디디는 듯 조심하고

열다섯 열여섯 살 겨우 지나 타고난 아름다움이 저절로 나타나니

이 얼굴과 이 태도로 평생 동안 변함없기를 바랐더니

세월이 빨리 흐르고 조물주가 나를 질투하여

봄바람 가을 물처럼 흐르는 세월이 베틀 올에 북 지나듯 빨리 지나

고운 머리칼과 꽃같이 아름다운 얼굴 어디에 두고

보기 싫은 얼굴이 되었구나

내 얼굴 내가 보거니 어느 임이 나를 사랑할 것인가

스스로 부끄러운데 누구를 원망하리

2 삼삼오오 어울려 다니는 기생집에 새 기생이 왔단 말인가

꽃 피고 날 저물 때 정처 없이 나가 있다가

화려한 옷차림으로 어디어디 머물며 노니는가

원근을 모르는데 임의 소식을 어찌 알 수 있겠는가

인연을 끊은들 생각조차 없겠는가

얼굴을 못 보거든 그립지나 않으면 좋으련만

하루 열두 때 길기도 길고 한 달 삼십 일이 지루하기만 하다

창밖에 심은 매화 몇 번이나 피고 졌는가
겨울밤 차고 찬 때 싸래기눈 섞어 내리고
여름날 길고 긴 때 궂은비는 무슨 일인가
아름다운 봄철 좋은 시절에 아름다운 풍경을 보아도 감흥이 없다
가을 달빛 방에 들고 귀뚜라미 침상에서 울 때
긴 한숨 떨어지는 눈물에 헛되이 생각만 많다
아마도 모진 목숨 죽기도 어렵구나

— 허난설헌의 〈규원가〉 일부를 현대어로 의역하여 제시함.

1연을 보면 화자에게는 (말하려니 목이 메어 올 정도로) '서러운 사연'이 있다. 그 사연은 그대로 〈규원가〉의 중심 내용이 되었다. 화자가 애당초 '높은 벼슬 가진 사람의 짝'이 되기를 바랐던 것은 아니다. '군자의 좋은 짝 정도는 되기를 바랐'다고 노래한 데서 알 수 있듯이, 그저 착하고 좋은 사람 만나서 알콩달콩 살기만을 바랐다. 백지영의 노래 〈보통〉에서처럼, '보통'의 삶을 꿈꾸었을 뿐 언감생심 '특별한' 것을 바라지 않았다. 그저 '보통 남자'의 짝이 되기를 소박하게 바랐다. 그러나 현실은 어땠는가. 〈보통〉에 등장했던 '나쁜 남자'와의 싱크로율 100퍼센트에 가까운 나쁜 남자, '놀기 좋아하는 가벼운 사람'을 만나 고통이 시작된다. 그 남자와 백년가약을 맺은 직후 열다섯의 꽃다운 나이에 시집살이가 시작되고, 그렇게 덧없이 시간은 흘러 어느새 늙어 버린 자신을 발견한다. 늙어 버린 자신의 행색을 보니, 떠나 버린 그 남자의 마음을 돌리기엔 너무나 초라하여 자신이 보아도 '스스로 부끄러운' 지경에까지 이르렀다고 노래하고 있다.

2연에 그 남자의 행패(行悖)가 어떠했는지를 짐작할 수 있는 내용

이 언급된다. 또래 무리와 어울려 다니며 기생집을 드나들고, 저녁때만 되면 옷을 그럴듯하게 빼입고 나가서 유흥을 즐기기에 여념이 없는 사람이 바로 그 남자였던 것이다.

그런데 여기서 화자의 심적 고통이 더해지는 부분이 생긴다. 겉으로는 부부의 연을 없는 셈 치고 태연하게 살아가려고 하지만 머릿속에서는 '생각'이라는 게 자꾸 생겨나고, 마음속에서는 그래도 남편이 랍시고 그리움이 새록새록 솟아난다. 얼굴 한번 변변하게 마주치지 못할 정도로 가정에 소홀한 남편, 어쩌면 데면데면한 사이가 되었을 그 상황에서 화자는 '그리움'을 말한다. 이것이야말로 남성 작자가 여성 화자를 내세운다 하더라도 흉내 내지 못할, 도저히 아는 체할 수 없는 섬세한 정서가 아닐까?

이렇게 보내는 하루가, 그리고 한 달이 화자에게 길고 지루하게 느껴지는 것은 당연한 일이다. 계절이 수없이 바뀌어 해가 바뀌어도 화자 주변에 변하는 것은 아무것도 없다. 그저 '한숨'과 '눈물'뿐 무엇이 더 있으랴. '죽지 못해 산다'는 말이 있는데, 화자 역시 '모진 목숨 죽기도 어렵'다고 토로하는 것에서 그 고뇌와 한을 짐작할 수 있다.

아이들에게 난설헌의 생애를 알려 주는 것도 여성 화자의 삶을 이해하게 하는 데 적잖이 도움을 줄 수 있으니 난설헌의 이력을 간략하게나마 수업 시간에 활용해 보자.

〈규원가〉를 지은 허난설헌은 본명이 '허초희'로서, 1563년 강릉에서 태어났다. 15세가 되던 해에 당대 이름난 가문이었던 안동 김씨 집안의 김성립과 혼인하였는데, 이때부터 난설헌의 불행이 시작되었다. 김성립은 결혼 초부터 과거 공부를 한다는 핑계로 밖으로 나돌았고, 가정을 돌보기보다는 주색을 즐기는 데 열중하였기 때문에 난설헌의 결혼 생활은 말 그대로 독수공방(獨守空房)의 연속이었다. 또한 고부간의 갈등도 상당했다고 전해지는데, 시집살이가 아무리 고통스러워도 혼인을 한 사대부가의 여인이 시댁을 등질 수도 없는 일. 그래서였는지 그녀는 여필종부를 부녀자의 미덕, 아니 의무처럼 여겼던 당대에 '왜 하필 여자로 태어났나' 하고 스스럼없이 한탄하고는 했다. 불행하게도 1589년 불과 스물일곱 이른 나이에 세상을 떠난 그녀이지만, 평생에 걸친 그녀의 억눌림과 한스러움은 아름다운 문학 작품으로 승화되어 후세에까지 오래도록 빛나고 있다.

두 노래의 공통된 소재가 무엇인지 살펴보고, 두 노래에 설정된 화자가 어떤 점에서 공통점이 있는지 생각해 보자.

보통

①사랑이 끝난 후에 화자에게 찾아온 이별의 아픔과 회한을 노래함.
②떠난 남자에 대한 그리움의 정서보다는 원망의 어조가 강함.

- 화자의 삶을 '보통' 이하로 만든 나쁜 남자가 등장함.
- 여성 화자가 자신의 기구한 삶을 구체적 사연으로 직접 노래함.

①남편의 불성실한 생활 태도로 인한 화자의 한숨과 눈물을 노래함.
②자신의 처지를 숙명론적으로 받아들이는 한편, 남편에 대한 일말의 그리움의 정서를 표출함.

규원가

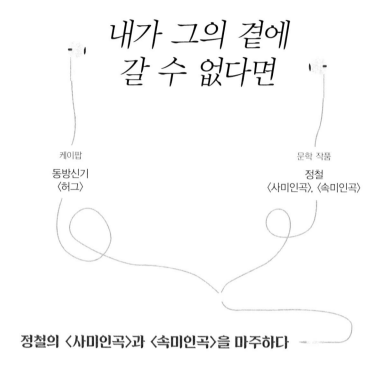

내가 그의 곁에
갈 수 없다면

케이팝
동방신기
〈허그〉

문학 작품
정철
〈사미인곡〉, 〈속미인곡〉

정철의 〈사미인곡〉과 〈속미인곡〉을 마주하다

〈사미인곡〉과 〈속미인곡〉은 문학 시간에 반드시 가르쳐야 하는 중요한 작품이다. 이 작품이 지닌 문학적 가치를 아이들이 오롯이 느끼게 하려면 해결해야 할 몇 가지 문제가 있다. 일단 작가 정철이 작품 속에서 왜 '여자'의 목소리를 내고 있는지 이해시키는 일이다. 이때의 '여자'란 그냥 단순한 여자가 아니라, 임을 향해 소극적 태도로 일관할 수밖에 없었던 사회문화적 맥락 속에 위치한 여자라는 것을 명심해야 한다. 임을 향해 소극적일 수밖에 없는 처지에 있게 된 두 노래 속의 화자는 어떻게 행동할까? 현실에서 이루지 못한 욕망을 스스로 나서서 해결하거나 적극적으로 충족할 수 없는 여성 화자는 결국 '호랑나비'와 '달', 그리고 '궂은비'를 내세워서 '임'에게 다가가려고 하는 행동을 취하게 된다. 이런 문학적 설정은 아이들에게 어떻게 설명해야 할까? 나는 〈사미인곡〉과 〈속미인곡〉의 핵심을 이 부분에 두고 수업을 시작하였다.

핵심 개념을 짚다 – 화자를 대신하는 분신(分身)

인간은 늘 욕망하는 존재이다. 그러나 인간은 신이 아니기에, 자신의 욕망을 현실에서 실시간으로 이루어 내는 능력이 없다. 그래서 그 욕망을 나중에라도 이루기 위해 부단히 노력하게 된다. 그럼에도 불구하고 '욕망'은 실현되는 경우보다 좌절되는 경우가 더 많기 마련이다. 특히 사랑에 대한 욕망이 그렇다. 주지하다시피 사랑의 대상이나 시기가 자기 뜻대로 결정되는 경우는 거의 없다. 그래서 사랑에 관한 한 인간은 좌절하기 일쑤이다. 가만히 생각해 보면, '짝사랑'이라는 개념도 사랑에 대한 욕망의 좌절 상태라고 볼 수 있지 않은가. 이렇듯 사랑하는 사람에게 다가가고 싶은 욕망은 현실에서 쉬이 이루어지지 않는 것이 일반적이다.

한편, 현실에서 쉽사리 이루어지지 않은 사랑의 욕망은, 노래 속에서 화자의 '분신(分身)' 혹은 '화신(化身)'의 형태도 나타나 심리적 해결책을 모색하기도 한다. 분신이나 화신이라는 말은 원래 불교 용어로서 '(부처가 중생을 교화하기 위하여) 여러 모습으로 나타나거나 변화하는 일, 혹은 그 몸'을 일컫는 말이었는데, 이제는 일상적으로도 자주 쓰는 말이 되었다.

우리 노래를 살펴보면, 노래 속 화자가 종종 사랑하는 사람 앞에

다가설 수 없는 상황에 처할 때가 있다. 이때 그 사람 곁에 머물고 싶은 화자가 '분신'이나 '화신'을 통해, 인간의 몸뚱이를 포기하고 다른 모습으로라도 그의 곁에 존재하기를 욕망하게 된다.

케이팝 읽기 – 침대, 일기장, 고양이, 그것이 나의 분신

동방신기의 〈허그〉는 '포옹'이라는 의미를 담은 노래 제목처럼 사랑스러운 연인을 품에 안고 영원히 있고 싶은 화자의 예쁜 마음을 표현한 노래이다. 그런데 노래를 가만히 들어 보면, 지금 화자는 연인과 함께 있는 것이 아니다. 이 사실은 '내가 없는 너의 하루'가 '어떻게 흘러가는 건지' 궁금하다고 말하고 있는 것에서 유추할 수 있다. 그렇다면 화자가 물리적으로 떨어져 있는 연인과 만날 수 있는 방법은 무엇이었을까? 바로 화자가 자신의 분신(혹은 화신)을 가동하는 것이었다.

1 하루만 네 방의 침대가 되고 싶어
    더 따스히 포근히 내 품에 감싸 안고 재우고 싶어
    아주 작은 뒤척임도 너의 조그만 속삭임에
    난 꿈속의 괴물도 이겨 내 버릴 텐데

2 내가 없는 너의 하루는 어떻게 흘러가는 건지
    나를 얼마나 사랑하는지 난 너무나 궁금한데

3 너의 작은 서랍 속의 일기장이 되고 싶어

 알 수 없는 너의 그 비밀도 내 맘속에 담아 둘래 너 몰래

4 하루만 너의 고양이가 되고 싶어

 네가 주는 맛있는 우유와

 부드러운 네 품 안에서 움직이는 장난에도

 너의 귀여운 입맞춤에 나도 몰래 질투를 느끼고 있었나 봐

5 내 마음이 이런 거야 너밖엔 볼 수 없는 거지

 누구를 봐도 어디 있어도 난 너만 바라보잖아

6 단 하루만 아주 친한 너의 애인이 되고 싶어

 너의 자랑도 때론 투정도 다 들을 수 있을 텐데 널 위해

7 In My Heart In My Soul

 나에게 사랑이란 아직 어색하지만

 이 세상 모든 걸 너에게 주고 싶어 꿈에서라도

8 내 마음이 이런 거야

 지켜볼 수만 있어도 너무 감사해 많이 행복해

 나 조금은 부족해도 언제까지 너의 곁에 연인으로 있고 싶어

 너를 내 품에 가득 안은 채 굳어 버렸으면 싶어 영원히

🔊 '동방신기'의 〈허그〉를 임의로 연을 구분하여 제시함.

사랑하는 연인 곁을 지킬 수 없는 화자는 1연에서 '침대'를 분신으로 설정한다. 자신이 몸소 그녀에게 갈 수는 없지만 그녀의 '침대'가 될 수만 있다면, '너'를 포근히 감싸 안고서 잠자리를 안전하게 지켜 주는 수호천사가 되고 싶다는 소망을 드러낸다. 또 혹시라도 꿈속에서 '너'를 괴롭힐지 모를 괴물마저도 무찔러 버릴 수 있다는 화자의 발상이 참 순박하고 귀엽기만 하다.

'나를 얼마나 사랑하는지' 궁금한 화자가 3연에서는 '일기장'이 되고 싶다고 한다. 인간의 몸인 화자로서는 '너'의 마음속 비밀을 알 수 없으니 '일기장'이 되어서 그것을 알고 싶다는 것이다. 뒤이어 그렇게 알아낸 비밀을 화자의 마음속에 소중이 간직하겠다고 노래한다.

화자가 아직 어색하여 얼굴도 마주하기 힘든 '너'이지만, '너'의 입맞춤을 마음껏 받으며 '너'의 품속에서 마음껏 뛰노는 존재가 있으니 바로 '고양이'이다. 화자는 4연에서 '고양이'를 분신(혹은 화신)으로 설정하여 '너'의 사랑을 마음껏 받고 싶어 한다.

그리하여 화자의 최종 목표는 6연에서 제시한 것처럼 '애인'이 되는 것이다. 화자가 꿈꾸는 '애인'의 모습은 다름 아닌 '너의 자랑'과 '투정'을 모두 받아 내는 포용력을 갖춘 사람이다. 노래의 마지막에 '너를 내 품에 안고 영원히 굳어 버렸으면' 좋겠다고 말하는 화자는 그야말로 순박한 사랑의 화신(化身)이 아닌가 한다.

이번에는 허각의 〈나를 잊지 말아요〉를 아이들에게 들려준다.

제발 잊지 말아요
천 년을 살아도 그대 사랑하는 마음뿐인 바보였죠
그대 핸드폰이 난 너무 부럽습니다

화자의 화신을 동원하는 노래는 동방신기의 〈허그〉 이전에도 있었고 이후에도 많이 있는데, 위에 제시한 허각의 노래에서는 화자가 현대인의 필수품인 디지털 기기를 '화신'으로 설정하기도 하였으니 '화신'에도 시대상이 반영되는 것 같다. '그대'가 항상 휴대하는 '핸드폰'으로 분신하여 그대 곁에 머물고 싶은 화자의 마음이 생활 밀착형 노래로 만들어졌다.

어떤 분신을 동원하든 사랑하는 사람 곁에 머물고 싶어 하는 화자의 마음은 옛 문학 작품에도 그대로 담겨 있다.

케이팝에 견주어 문학 읽기 – 호랑나비, 달, 빗방울, 이것이 나의 분신

〈사미인곡〉은 '미인(美人)을 생각하는 노래'라는 뜻으로, 조선 선조 때 송강 정철이 지은 가사이다. 이 노래는 당시 정철이 조정에서 정치 세력을 잃고 자신의 고향인 창평에 내려가 지은 것으로, 임금을 그리워하는 안타까운 심정을 남녀 간의 애정에 비유하여 표현한 것으로 유명하다. 이 노래의 '미인'은 표면적으로는 화자가 사랑하는 임이겠으나, 위정자였던 정철이 지은 것임을 고려하면 사실상 '미인'은 화자에게 '임금'이기도 하다. 이런 점에서 임금을 그리워하는 노래로 볼 수 있기 때문에, 앞서 배운 고려 가요 〈정과정〉의 전통을 잇는 '충신연주지사(忠臣戀主之詞)'라고 할 수 있다.

한편, 〈사미인곡〉은 작자가 자신을 그대로 노출하지 않고 여성 화자를 대신 내세우고 있는데, 이것은 여성 화자를 내세움으로써 화자와 멀리 떨어져 있는 임에 대한 절실한 그리움을 표현하는 데 유리할 것이라고 판단했기 때문일 것이다. 정서의 섬세함이나 간절함 등에서 아무래도 여성 화자가 조금 더 나았겠다. 사랑하는 임과 떨어져 그 '임'을 생각하는 여성 화자의 정서가 얼마나 섬세하고 간절하게 전해지는지 일부분만이라도 한번 살펴보자.

> 하루도 열두 때 한 달로 서른 날, 잠시라도 임 생각을 하지 않아 이 걱정 잊으려 했지만 마음에 맺혀 있어 뼛속까지 사무쳤으니 편작과 같은 명의(名醫)가 온다 한들 이 병을 고칠 수 있겠는가. 아! 내 병은 모두 임의 탓이로다. 차라리 죽어서 다시 태어나 호랑나비가 되리라. 꽃나무 가지마다 날아다니다가 꽃향기를 묻힌 날개로 임의 옷에 옮기리라. 임이야 나인 줄 모르시더라도 나는 내 임을 좇으려 하노라.
>
> — 정철의 〈사미인곡〉 일부를 현대어로 번역하여 제시함.

그리운 임의 생각에 아무도 못 고칠 사랑의 중병에 걸린 화자는 차라리 죽어서 영혼으로나마 임의 곁에 있고 싶다고 한다. 바로 '호랑나비'라는 시어를 두고 한 말이다. 이 '호랑나비'는 앞서 말한 '분신(혹은 화신)'과 비슷하기도 하지만 엄밀히 말하면 약간의 차이가 있다. '분신'은 화자가 살아서 다른 사물의 모습으로 변한 것인 데 반해, 이 노래에서 '호랑나비'는 죽어서 화자의 영혼이 깃든 상태로 다시 태어난 것이다. 따라서 '현세에서의 몸'이라는 뜻의 '현신(現身)'이라는 말을 쓰는 것이 더 적절할 것 같다. 어쨌든 화자가 죽어서 '호랑나비'로

나마 임을 따르려는 강렬한 집념을 보여 준다는 점에서 동방신기의 〈허그〉에 나온 '침대, 일기장, 고양이' 등과 다르지 않은 기능을 하고 있다고 할 수 있다. 다음은 〈속미인곡〉을 살펴보기로 하자.

〈속미인곡〉*은 〈사미인곡〉의 속편에 해당한다. 그래서 두 작품의 내용과 주제가 비슷하다. 다만 〈사미인곡〉이 한 여인이 혼자 하소연하는 노래인 반면, 〈속미인곡〉은 두 여인이 등장하여 서로 대화를 나누면서 내용이 전개된다는 점에서 참신한 형식을 보이고 있다.

1 임 계신 곳 소식을 어떻게라도 알려고 하니, 오늘도 거의 저물었구나. 내일이나 임의 소식을 전해 줄 사람이 올 것인지? 내 마음 둘 곳이 없다. 어디로 가자는 말인가? 잡기도 하고 밀기도 하면서 높은 산에 올라가니, 구름은 물론이거니와 안개는 또 무슨 일로 저렇게 끼었는가? 산천이 어두운데 해와 달을 어찌 바라보며, 가까운 곳도 모르는데 천 리나 되는 먼 곳을 바라볼 수 있으랴? 차라리 물가에 가서 뱃길이나 보려고 하니 바람과 물결로 갈 수 없게 되었구나. 뱃사공은 어디 가고 빈 배만 걸려 있는가? 강가에 혼자 서서 지는 해를 굽어보니 임 계신 곳의 소식이 더욱 아득하구나.

2 초가집 찬 잠자리에 한밤중에 돌아오니, 벽 가운데 걸려 있는 등불은 누구를 위하여 밝게 켜져 있는가? 산을 오르내리며 강가를 헤

• 다음과 같은 내용도 일반 교양으로서 충분히 가르칠 가치가 있다고 생각한다. 서포 김만중은 자신의 저서 〈서포만필〉에서 정철의 〈관동별곡〉, 〈사미인곡〉, 〈속미인곡〉을 중국의 굴원이 지은 〈이소(離騷)〉만큼 훌륭하다고 칭찬하였다. 우리나라에서 '참된 문장'으로 쓰인 글은 이 세 편밖에 없다고 칭송하였는데, 그중에서도 〈속미인곡〉을 으뜸으로 꼽았다.

매며 시름없이 오락가락하니, 잠시 몸이 지쳐 풋잠을 잠깐 드니, 정성이 지극하여 꿈에 잠깐 임을 보니, 옥과 같이 곱던 몸이 반 넘어 늙었구나. 마음속에 품은 생각을 실컷 아뢰려고 하였더니 눈물이 쏟아지니 말인들 어찌 하며, 사무친 마음도 다 못 풀어 목마저 메니, 방정맞은 닭 소리에 잠은 어찌 깨 버렸는가?

3 아, 허망한 일이로다. 임이 어디 갔는가? 즉시 일어나 앉아 창문을 열고 밖을 보니, 가엾은 그림자만이 나를 따를 뿐이로다. 차라리 죽어서 지는 달이나 되어 임이 계신 창문 앞에 환하게 비치리라.

4 각시님, 달이 되지 말고 궂은비가 되세요.

— 정철의 〈속미인곡〉 일부를 현대어로 번역하여 제시함.

먼저 1연을 살펴보자. 사랑하는 임과 멀리 떨어져 있던 화자는 그 '임'이 어떻게 지내는지 궁금해서 미칠 지경이다. '임의 소식을 전해 줄 사람이 혹시라도 올까' 기다려 보았지만 아무도 오지 않는다. 그래서 기다리다 못해 화자는 높은 산에 올라가 멀리 떨어져 있는 '임'을 직접 바라보려고 시도한다. 그러나 '구름'과 '안개'가 끼어 있는 탓에 그것도 이루지 못하고 만다. 높은 산에 올라서도 화자가 임을 볼 수 없게 되자, 그다음으로는 배를 타고 임을 찾아가야겠다고 마음을 먹고 '뱃길'을 알아보려 하였다. 그런데 안타깝게도 이번에는 '바람'과 '물결'이 거세어서 배가 뜰 수가 없다. 마침 사공도 없고 '빈 배'만 보인다. 결국 화자는 임을 볼 수도, 임에게 갈 수도 없는 상황에 처하게 된다.

2연은 기다림에 지친 화자가 날이 저물어 집에 돌아와 얼핏 잠들었다가 꿈에서 임을 만나는 장면이다. 그런데 꿈속에서 보는 임의 모습이 예전 같지 않다. 더 늙어 버린 임의 모습에 눈물을 흘리다가 잠을 깨는데, 이내 사라진 임의 모습에 허망하기 이를 데가 없다. 현실에서도 임을 만날 수 없는데 꿈속에서도 마음껏 임을 볼 수가 없는 것이다.

그래서 3연에서는 자연스럽게 화자의 분신을 동원할 수밖에 없게 된다. 그것은 바로 '달'이다. 하늘에 떠 있는 '달'이 된다면 '임'이 계신 곳에 달빛을 비추어 그의 곁에 갈 수 있으리라는 발상을 한다. 이것은 육신인 '나'는 갈 수 없지만, 나의 분신인 '달'이라면 임의 곁에 수월하게 갈 수 있을 것이라는 기대에서 나온 생각이다.

그렇게 '달'을 통해 임의 곁에 가까이 가고 싶은 화자의 욕망을 바로 옆에서 지켜보던 또 다른 화자가 4연에서 '달보다는 궂은비가 더 좋겠다'는 말로 또 다른 '분신'을 제안하기에 이른다. 이것은 '달이 되기보다는 임의 옷을 적실 수 있는 빗방울이 되라'는 제안이다. 달이 된다면 멀리 떨어진 채로 임을 눈으로 지켜볼 수밖에 없지만, 빗방울이 된다면 임에게 더 가까이 갈 수 있고, 그동안 화자를 먼 곳에 방치한 임에게 속상함을 전할 수 있는 기회를 가질 수 있다고 생각한 것이다. 그래서 이왕 '비'가 될 것이라면, 그냥 '비'가 아니라 세차게 퍼붓는 '궂은비'가 되라고 조언을 한다.

이 조언을 들은 화자는 어떤 선택을 했을까? 임이 계신 창가에 따뜻하고 환하게 비추는 달이 되었을까? 아니면 '궂은비'가 되어서 '임'에게 시원스럽게 퍼부었을까?

각 노래에서 화자가 현실에서 미처 이루지 못한 욕망을 어떤 방식으로 해소하려고 하는지 파악해 보고, 그와 관계된 주요 어휘들을 찾아보자.

허그

사랑하는 사람을 자신의 품에 안고 싶은 욕망, 사랑하는 사람의 비밀까지도 알고 싶은 욕망, 사랑하는 사람의 품에 안기고 싶은 욕망을 각각 충족시킬 대상으로 '침대, 일기장, 고양이'를 설정함.

화자가 현실에서 미처 이루지 못한 애정의 욕망을 대리 충족시켜 줄 화자의 분신(=화신)을 설정함.

멀리 떨어져 있는 화자가 〈사미인곡〉에서는 '호랑나비'가 되어, 〈속미인곡〉에서는 '달'과 '궂은비'가 되어 사랑하는 임의 곁에 머물기를 욕망함.

사미인곡, 속미인곡

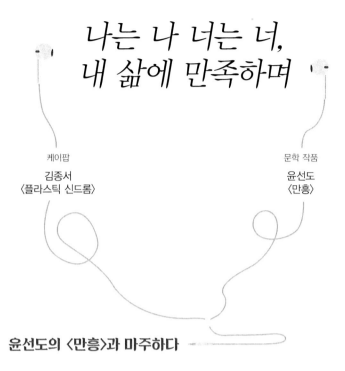

나는 나 너는 너, 내 삶에 만족하며

케이팝
김종서
〈플라스틱 신드롬〉

문학 작품
윤선도
〈만흥〉

윤선도의 〈만흥〉과 마주하다

작자가 작품 속에 투영한 '세상을 어떻게 바라보느냐' 혹은 '세상을 어떻게 살아가느냐'의 문제는 바로 세계관과 인생관의 문제이다. 독자는 문학 작품 속에 담긴 세계관과 인생관을 통해 타인의 삶을 배우며, 이를 토대로 자신의 삶의 방향을 결정하기도 한다. 어떤 문학 작품이든지 작자의 가치관은 배어 있기 마련이다. 그래서 독자는 어떤 문학 작품을 접하든 어느 정도는 작자의 가치관의 영향권 안에서 작품을 감상한다고 봐야 한다.

또 우리가 학교에서 문학 작품을 가르친다고 할 때, 그것은 은연중에 특정한 누군가의 가치관을 아이들에게 가르치고 있는 셈이라는 것을 명심할 필요가 있다. 작자가 지닌 가치관의 중요성을 고려할 때 국어 교사가 아이들에게 제시하는 문학 작품을 고르는 데는 각별한 신중함이 필요하다.

핵심 개념을 짚다 – 작자의 가치관 혹은 세계관

이번 수업은 아이들에게 "인생에서 가장 중요한 것이 무엇이라고 생각해?"라는 질문으로 시작해 본다. 사랑, 우정, 명예, 권력, 가족, 친구, 돈, 집……. 어떤 것이 더 가치가 있고, 어떤 것이 가치가 덜할까? 사람마다 중요하게 생각하는 것이 조금씩 다르기 마련이다. 사람들마다 가지고 있는 가치 판단의 기준, 우리는 이것을 '가치관'이라고 부른다. 다시 말해, '가치관(價値觀)'이란 사람들이 삶이나 어떤 대상에 대해서 무엇이 좋고 옳고 바람직한 것인지를 판단하는 관점을 말한다.

세계를 바라보는 관점인 '세계관', 인생을 바라보는 관점인 '인생관'과 유사한 개념이지만,• '가치관'은 세계관과 인생관을 토대로 '이제부터 나는 어떻게 살 것인가?'라는 삶의 문제에 관여한다. 또 '적당히 시류의 흐름에 타협하며 살 것인가 아니면 어떤 가치를 절대적 기준으로 삼아 세상과 맞서면서 살 것인가?' 하는 갈림길에서 자신의 나아갈 방향을 결정해 주는 인생의 좌표이자 잣대의 역할을 하기도 한

• 사전적으로 '인생관(人生觀)'은 '인생의 의의, 가치, 목적 따위에 대한 관점이나 견해'를 의미하고, '세계관(世界觀)'은 '자연적 세계 및 인간 세계를 이루는 인생의 의의나 가치에 관한 통일적인 견해'를 의미한다.

다. 한 사람의 가치관은 전 생애를 걸쳐 작동하는 것이기 때문에, 인간의 정체성을 결정하고 삶의 무게중심 역할을 하는 것이라고 할 수 있다.

인간은 현실의 삶 속에서 수많은 가치와 충돌하며 끊임없이 긴장 속에서 살아가는데, 인간이 살아가며 추구하는 가치는 크게 두 가지이다. 권력, 돈, 명예, 쾌락 등의 외면적 가치가 그 하나이고, 나머지 하나는 진리, 자유, 평화, 정의, 사랑, 우정 등의 내면적 가치이다. 그런데 대부분의 사람들이 내면적 가치보다 외면적 가치를 우선시하는 경향이 있다. 이렇게 외면적 가치를 중시하는 사람들의 태도는, 결국 누구나 똑같은 삶을 지향하는 (남들이 추구하는 것을 자신도 맹목적으로 추구하는) '모방' 사회를 낳게 했다. 누구나 똑같은 것을 추구하다 보니 자연스럽게 질투와 경쟁이 자라나게 되었고, 이것은 인간이 오히려 외면적 가치에 의해 소외되는 부작용을 초래했다.

이번에는 누구나 똑같은 것을 추구하여 경쟁하는 사회의 문제점을 인식하고 자신들의 확고한 가치관을 바탕으로 남들과 다른 가치를 추구하며 인생을 살고자 하는 두 화자를 만나 보도록 하자.

케이팝 읽기 – 모두 똑같이 살 순 없어. 꿈은 꿈대로 남겨 둬

이 노래의 제목인 '플라스틱 신드롬(Plastic Syndrome)'은 주물(鑄物)에 찍어 내는 똑같은 모양의 '플라스틱' 제품처럼 남들과 똑같은 삶을 살아가려는 사람들, 그리고 그런 사람들이 늘어 가고 있는 사회 현상을 풍자한 말이다.

남들과 똑같은 삶이란 무엇일까? 겉모습은 물론 인생의 지향점마저도 다른 사람을 흉내 내면서 사는 삶. 자신의 줏대가 아닌 남들의 잣대에 맞추어 사는 삶. 그로 말미암아 획일화된 욕망 속에서 사는 삶. 바로 이것이 아닐는지. 화자는 이런 삶을 살고 있는 현대인에게 다음과 같이 경종을 울린다.

1 세상 모든 걸 다 가지려 하지만
   꿈은 꿈대로 남겨 둬

2 오늘 늦은 밤 TV 토크쇼
   너를 천사로 만들 패션 매거진
   세상은 슈퍼맨만을 기억해
   거리엔 똑같은 얼굴의 사람들

3 나는 나 너는 너 서로 비교하려 하지 마
   나는 나 너는 너 모두 똑같이 살 순 없어
   세상 모든 걸 다가지려 하지만
   꿈은 꿈대로 남겨 둬
   세상 모든 걸 꾸미려고 하지 마
   지금 이대로 살면 돼

4 너의 화려한 겉모습보다
   네 안에 숨어 있는 향기를 사랑해
   지갑 속 가득한 신용 카드가

영원한 행복을 줄 거라 믿지 마

5 나는 나 너는 너 서로 비교하려 하지 마
  나는 나 너는 너 모두 똑같이 살 순 없어
  세상 모든 걸 다가지려 하지만
  꿈은 꿈대로 남겨 둬
  세상 모든 걸 꾸미려고 하지 마
  지금 이대로 살면 돼

6 세상 모든 걸 다가지려 하지만
  꿈은 꿈대로 남겨 둬

🔊 김종서의 〈플라스틱 신드롬〉을 임의로 연을 구분하여 제시함.

  1연에서 사람들이 '세상 모든 걸' 다 가질 듯 탐욕스럽게 살아가고
있지만, 현재 가진 것으로도 충분하니 나머지는 그저 '꿈'으로 남겨
두라는 메시지를 전달하고 있다. 이것은 마지막 6연에도 다시 한 번
더 수미상관으로 반복된다. 물욕을 경계하는 화자의 이 메시지는,
끝이 없이 질주하는 현대 자본주의 사회에 던지는 의미심장한 경고
의 메시지이다.

  2연에서 사람들이 'TV 토크쇼'를 보며 (겉으로) 화려해 보이는 사
람들의 모습을 흠모하거나, 자신을 아름답게 꾸미기 위해 '패션 매거
진'을 들춰 보지만, 아무리 그래 봤자 그것은 토크쇼 출연자에 대한
모방에 불과할 것이며, 아무리 옷이 날개라지만 패션 잡지를 참고하

여 흉내 낸 것이 어찌 그 사람을 '천사'로 만들어 줄 수 있겠냐고 노래한다. 그러니 길거리에는 '똑같은 얼굴의 사람들'만 넘쳐나는 것이겠지. '슈퍼맨'이 되지 않고서는 어느 누구도 다른 사람과 차별화되는 겉모습을 가질 수는 없는 세상이 바로 우리가 사는 현대 사회가 아니겠는가 말이다.

3연에서 화자는 현대인이 각자의 정체성을 확립하는 데 필요한 두 가지 메시지를 던진다. 첫째는 남들과 비교하지 말라는 것. '나는 나'이고, '너는 너'이니까 말이다. 둘째는 꾸미지 말라는 것. 자신들이 가진 현재의 그 모습 그대로 살아가라는 것이다. 이 메시지는 5연에서 똑같이 한 번 더 반복되고 있다.

4연은 현대인이 '외면적 가치'에 치우친 나머지, 물신적 사고에 빠져 버린 세태를 경계하는 내용이다. '패션 매거진'을 참고하여 돈으로 꾸민 자신의 '화려한 겉모습'에 만족하기보다 겉으로 드러나지 않을지라도 내면에 '숨어 있는 향기'를 찾아내라고 화자는 노래한다. 아울러 '돈이면 다 된다'는 식의 황금만능주의를 비판하는 의미로, '지갑 속의 '신용 카드'가 '행복'을 가져다줄 것이라는 믿음은 헛된 것임을 경고하고 있다. 아무리 개수가 많아도 '지갑 속 신용 카드'가 주는 행복은 일시적일 뿐, 영원할 수는 없는 것이다.

화자는 세상 모든 걸 '다 가지려' 하지 말고, 세상 모든 걸 '꾸미려'고도 하지 말라고 한다. 지금 그대로의 모습으로 살면 된다고 한다. 그리고 남은 욕심은 소중하고 아름다운 '꿈'으로 남겨 두란다.

"여러분은 그렇게 할 수 있을까요?" 이 질문을 아이들에게 던지고, 이제는 지금으로부터 오백여 년 전에 이미 모든 것을 버리고 자연 속에서 만족해하며 살아간 한 화자를 만나러 가 보자.

케이팝에 견주어 〈만흥〉 읽기 – 더 이상 부러울 게 있으랴

윤선도가 지은 연시조의 제목 '만흥(漫興)'●은 '저절로 일어나는 흥취'라는 뜻으로 자연 속에서 화자가 유유자적하며 누리는 소소한 행복감을 함축적으로 담아내고 있다. 이 노래에는 자연 속에서의 삶이 세상 속 부귀공명의 삶보다 훨씬 더 큰 만족감을 줄 수 있다는 화자의 가치관이 잘 나타나 있다.

1 산과 시내 사이 바위 아래에 움막을 지으려 하니
　나의 뜻을 모르는 사람은 비웃는다고 한다마는
　어리석고 시골뜨기인 내 마음에는 이것이 분수에 맞는 것이라 생각하노라

2 보리밥에 풋나물을 알맞게 먹은 후에
　바위 끝이나 물가에서 마음껏 놀고 있노라
　이렇게 한가로이 노닐고 있으니 그밖에 다른 일이야 부리울 줄 있으랴

3 술잔을 들고 혼자 앉아서 먼 산을 바라보니
　그리워하던 임이 온다고 한들 반가움이 이보다 더하겠는가

● 원래 〈만흥〉은 전체 6수의 연시조이나 여기서는 4수만 제시하였다. 그리고 독자에게 이 시조의 내용을 쉽게 전달하기 위해 현대어로 의역하였고, 이 과정에서 불가피하게 이 시조 고유의 형식을 온전히 유지할 수 없었음을 밝힌다.

산이 말을 하거나 웃음을 짓지 아니해도 나는 그를 좋아하노라

4 누군가가 삼공*보다 낫다고 하더니만 만승*이라고 한들 이만큼 좋
겠느냐
이제 생각해 보니 소부와 허유*가 영리했도다
아마도 자연 속에서 노니는 즐거움은 비길 데가 없으리라
— 윤선도의 〈만흥〉 일부를 현대어로 의역하여 제시함.

1연에서 세상에 맞서는 화자의 용기 있는 행동이 나타난다. 바로
'산과 시내 사이 바위 아래에 움막을' 지은 것이다. 이것이 왜 용기 있
는 행동이냐고? '나'와 다른 생각을 가진 대다수의 세상 사람이 이
를 두고 비웃고 있음에 주목하자. 움막을 짓고 산 속에 들어가 사는
것은 사람들의 보편적인 가치관으로 보면 너무나 어리석은 행동이다.
그럼에도 불구하고 화자처럼 '나의 뜻'을 확고히 가지고 행동할 수 있
다는 것은 분명히 용기 있는 행동이다. '나의 뜻'은 〈플라스틱 신드롬〉
에서 나온 것처럼 '나는 나 너는 너'라고 외칠 수 있는 용기에 다름 아
니다.

2연에서 화자는 세상 사람들이 좀처럼 추구하지 않는 의식주 생
활을 즐긴다. '보리밥, 풋나물'을 (그것도 과하지 않게) '알맞게' 먹는다.
그리고 비록 누추한 '바위 끝'이나 '물가'에 머물망정 화자가 즐기기에

• 삼공(三公) 삼정승(영의정, 좌의정, 우의정). 높은 벼슬을 뜻함.
• 만승(萬乘) 만 개의 수레라는 뜻으로, 황제의 지위를 뜻함.
• 소부(巢父)와 허유(許由) 자연 속에 묻혀 살던 중국 고대의 두 인물.

부족함이 없다. 화자는 더 이상은 욕심내지 않는다. '그밖에 다른 일'은 〈플라스틱 신드롬〉에서 노래한 대로, 그저 '꿈'으로 남겨 둔다. 아니 어쩌면 화자의 가치관을 고려하건대, '꿈'조차 꾸지 않을지도 모르겠다.

3연은 '산'으로 대표되는 자연을, 그리워하는 '임'보다도 더 좋아한다고 스스로 고백하는 내용이다. '임'은 속세에 있을 때에나 '임'이지, 세상을 떠난 지금은 '산'보다도 못한 존재가 되었다.

4연에서는 외면적 가치의 상징이라고 할 수 있는 '삼공'과 '만승'이라는 시어가 사용되었다. 세상의 권력과 부귀영화를 상징하는 이 두 시어는, 〈플라스틱 신드롬〉에서 제시된 '화려한 겉모습'과 '지갑 속 신용 카드'에 대응하는 것으로, 옛 사람이나 현대인을 가릴 것 없이 모든 사람이 인생에서 갖는 궁극의 목표라고 할 수 있다. 물론 이것은 물신적 사고에 바탕을 둔 외면적 가치이다. 그런데 화자는 이 모든 것을 외면하고, 자연 속에서의 자유와 평화를 만끽하며 내면적 가치를 추구한다. 속세를 등진 '소부와 허유'를 평소에 대단하다고 여겼었는데, '내가 자연 속에 들어와 다시 생각해 보니 그 두 사람이 참 영리했었다'는 말에서는 화자 자신의 가치관에 대한 자부심마저 느껴진다.

자신에게 주어진 이 소박한 행복감 이외에 다른 것은 아무것도 추구하지 않겠다는 화자. 만약에 그가, '플라스틱'처럼 똑같은 모습과 똑같은 생각으로 살아가며 오직 외면적 가치만을 맹목적으로 추구하는 현대인을 목격한다면 뭐라고 꾸짖을까? 그의 꾸짖음은 1~4연의 마지막 구절에 이미 나와 있다.

"분수에 맞게 살아라."

"다른 일은 아무것도 부러워하지 말아라."

"자연 속의 즐거움만 한 것은 없다."

이것은 편안한 마음으로 제 분수를 지키며 만족할 줄을 아는 삶을 살라는 조언이다. 우리는 이러한 삶의 태도를 '안분지족(安分知足)'이라고 한다.

두 노래의 화자가 공통적으로 취하고 있는 태도가 무엇인지 파악해 보고, 이를 통해 두 화자의 가치관이 무엇인지 생각해 보자. 또 각각의 노래에서 중요한 의미를 함축하고 있다고 생각되는 시어를 골라 그 의미를 되새겨 보자.

플라스틱 신드롬

① 마치 '플라스틱'처럼 획일화되어 가는 현대인의 삶을 비판함.

② 현대인이 추구하는 외면적 가치는 '패션 매거진'과 '신용 카드' 등의 시어를 통해 형상화됨. 이에 대한 대응으로 화자는 '숨어 있는 향기'를 제안함.

- 세상 사람들이 경도(傾倒)하고 있는 '외면적 가치'를 경계하고, 화자 자신만의 가치관을 소신 있게 추구함.
- 화자가 추구하고자 하는 것은 물신적 사고를 극복하는 내면적 가치임.

① 자연 속에서 유유자적하는 화자 자신의 자연 친화적 태도를 노래함.

② 세상 사람들이 추구하는 외면적 가치는 '삼공'과 '만승'으로 상징됨. 이에 대한 대응으로 화자는 '산(=자연)'을 설정함.

만흥

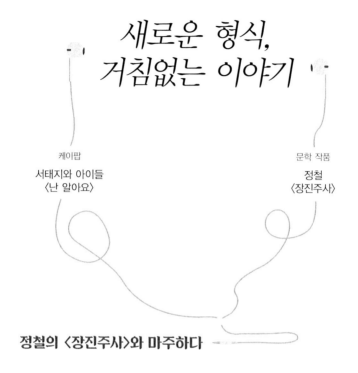

새로운 형식,
거침없는 이야기

케이팝
서태지와 아이들
〈난 알아요〉

문학 작품
정철
〈장진주사〉

정철의 〈장진주사〉와 마주하다

국어 교사에게 정철의 〈장진주사〉는, 우리 문학사상 최초의 사설시조라는 사실로 각인되어 있는 작품이다. '최초의 사설시조'라는 이 문학적 사실은, '최초의'라는 수식어 때문인지 몰라도 아이들에게 꼭 가르쳐야 하는 중요한 학습 요소로 여겨지고 있다.

그렇다면 최초의 사설시조라고 알려진 〈장진주사〉를 아이들도 중요한 작품으로 여겨 줄까? 유감스럽게도 오늘날 아이들에게 〈장진주사〉는 다른 고전 작품과 마찬가지로 어렵고 따분한 옛글들 중의 하나일 뿐이다. '최초의 사설시조'라는 사실이 아이들에게 의미 있게 받아들여지려면 사설시조의 가치에 대해서 아이들이 먼저 알고 있어야 한다. 그렇다면 사설시조가 나오게 된 배경이 무엇이며, 사설시조가 기존의 시조보다 나은 점이 무엇인지에 학습의 초점을 맞춰 보는 것은 어떨까? 〈장진주사〉는 사설시조의 원류이다. 〈장진주사〉가 왜 사설시조라는 옷을 입어야만 했는지 살펴보도록 하자.

핵심 개념을 짚다 – 새로운 양식의 태동

임진왜란 이후에 조선 사회는 신분제가 크게 동요하였고, 이 과정에서 자연스럽게 평민 의식이 성장하였다. 이것은 자연스럽게 문학의 담당층이 평민(부녀자 포함)으로 확대되는 계기가 되었다. 양반의 전유물로 여겨졌던 시조 문학도 평민까지 그 향유 계층이 확대되면서 관념적·유교적이었던 시조의 내용과 형식에 서서히 변화의 조짐이 보이기 시작하였다. 내용적으로는 매우 현실적인 삶을 자유분방하게 다룬 작품이 창작되기 시작하였고, 형식적으로는 '3장 6구 45자'라는 시조의 정형이 깨어지기 시작하였다.

1980년대 대한민국 가요계는, 그 이전에 포크 중심이었던 것이 1988년도에 개최된 올림픽의 직간접적인 영향을 받아 다양한 형식의 음악이 선보이는 변화를 맞이하면서 한국 가요의 르네상스를 맞이하는 듯하였다. 그러나 이어지는 1990년대에 더 이상의 진보는 좀처럼 진행되지 않았다. 한편, 정치적으로는 1990년대에 들어서자 수십 년간 지속되던 군사 정권의 막이 내리고 문민정부가 들어서는 등 격변의 시대가 찾아왔다. 그러나 격변의 시대에 걸맞지 않게 1990년대 초반의 가요계는 내세울 만한 성과도 뚜렷한 변화의 조짐도 없이 1980년대의 열매만을 따 먹으며 현실에 안주하고 있었다. 이 무렵

'서태지'가 나타났다. 대중은 당황하거나 혹은 반색하였다. 그만큼 서태지가 우리 가요계에 던진 파장은 작지 않았다. 1990년대의 가요계는 서태지에 의해서 그 이전과 구별되기 시작했다. 과연 서태지는 우리 가요계에 어떤 변화를 가져왔을까?

이번 수업에서는 격변의 시기를 막 지나고 느닷없이 나타난 두 개의 새로운 노래 형식에 대해 살펴보고자 한다. 조선 후기와 1990년 초에 각각 나타난 이 새로운 노래는 어떤 점을 무기로, 도대체 왜, 어떻게 나타났는지 살펴보도록 하자.

케이팝 읽기 – 난 알아요, 멜로디만으로는 부족하다는 것을

'서태지와 아이들'의 출현은 당시 가요계의 흐름을 송두리째 바꾸어 놓은 혁명적 이벤트가 되었다. 그가 출현함으로써 멜로디 위주의 댄스 음악에 '랩'이 가미되기 시작했던 것. 서태지는 자신의 감정을 표현하기에 당시의 대중가요가 가진 정형적인 비트와 멜로디로는 턱없이 부족하다는 것을 직감한다. 정형적인 비트와 멜로디를 깬 사례가 당시 서구에서 유행하던 힙합의 '랩' 장르에 있다는 것을 이미 알고 있었던 서태지는, 서구의 랩을 최초로 우리나라 가요에 접목하여 대중 앞에 선보인다.

1 난 알아요 이 밤이 흐르고 흐르면 누군가가 나를 떠나 버려야 한다는 그 사실을 그 이유를 이제는 나도 알 수가 알 수가 있어요 사랑을 한다는 말은 못 했어 어쨌거나 지금은 너무 늦어 버렸어 그때

나는 무얼 하고 있었나 그 미소는 너무 아름다웠어

2 난 정말 그대 그대만을 좋아했어

　난에게 이런 슬픔 안겨 주는 그대여

　제발 이별만은 말하지 말아요

　나에겐 오직 그대만이 전부였잖아

　오 그대여 가지 마세요

　나를 정말 떠나가나요

　오 그대여 가지 마세요

　나는 지금 울잖아요

3 난 알아요 이 밤이 흐르면 YO! 그대 떠나는 모습을 뒤로하고 마지
막 키스의 슬픈 마음 정말 떠나는가 사랑을 하고 싶어 너의 모든
향기 내 몸 속에 젖어 있는 너의 많은 숨결 그 미소 그 눈물 그 알
수 없는 마음 그대 마음 그리고 또 마음 그대 마음 그 어렵다는 편
지는 쓰지 않아도 돼 너의 진실한 모습을 바라보고 있어요 아직도
마음속엔 내가 있나요 나는 그대의 영원한……

🔊 서태지와 아이들의 〈난 알아요〉를 임의로 편집하여 제시함.

　이 노래는 크게 세 부분으로 나뉜다.(2는 끝부분에 한 번 더 똑같이 반
복되어 후렴처럼 쓰인다.) 세 부분 중에 1과 3은 랩 파트이고, 2는 멜로
디 파트이다. 1990년대 이전에는 1과 3이 존재하지 않았다. 왜냐하
면, 헤어지게 된 노래 속 화자의 슬픈 마음을 표현하기에 2의 노래만

으로도 부족하지 않다는 생각, 그것이 서태지 이전의 대중가요였기 때문이다. 그도 그럴 것이 1990년대 이전의 노랫말은 일정한 멜로디 라인 속에 늘 갇혀 있었다. 바꿔 말해, 멜로디가 따라붙지 않은 노랫말을 상상할 수 없는 시대였다. 관습적으로 멜로디가 노래의 필요조건이라는 고정관념에 사로잡혀 있었기 때문이다. 멜로디 없이 빠르게 '지껄이는' 것만으로 어찌 '노래'가 될 수 있겠는가 하는 선입견이 있었다. 랩 장르가 이미 서구에서 존재하여 왔으나 이것이 우리 가요에 접목이 가능할 것이라고는 대중이 미처 생각 못 하던 때이다. 심지어 우리말은 랩을 하기에 불편한 언어라고 생각하는 이도 있었으니, 얼마나 새로운 형식에 대한 도전이 미흡하였는가를 짐작할 수 있다.

그러나 1990년 이후의 가요에는 멜로디와 노랫말 사이에 새로운 틈새가 생겨나기 시작했다. 이때 서태지가 과감하게 틈새를 벌리고 들어와 노랫말에서 멜로디를 떼어 내 버렸다. 노랫말이 멜로디의 구속에서 벗어나고 보니 화자로서는 '할 말'이 많아졌다. 달리 표현하면 '하고 싶은 말'을 실컷 할 수 있게 되었던 것이다. 서태지는 평범한 노래 파트인 2의 앞에다가 사랑하는 임이 떠나가도록 방치한 자신을 후회하는 내용의 랩을 더해서 1에 배치하였다. 그리고 2의 뒤에는 이별을 앞둔 화자의 애타는 마음과 떠나간 후에도 영원히 임을 잊지 못하겠다는 내용의 랩을 추가하여 3과 같이 배치하였다.

가만히 살펴보면, 단순히 양적인 증가만이 랩의 미덕이 아님을 알수 있다. 멜로디 부분의 노랫말을 보면 다소 추상적이고 상투적인 감정을 노래하고 있는 반면, 1에서 자신을 자책하는 내용이라든지, 때늦은 후회를 하고 있는 장면, 그리고 3에서 마지막 키스를 한 후 편지를 쓰지 않아도 임의 마음이 전해진다고 말한 부분 등은 화자의 마음과 행동을 매우 개성적이고 구체적으로 표현하고 있다. 멜로디가 붙은 노래가 갖지 못한 랩의 장점은 바로 이러한 표현의 구체성과 감정의 절절함에 있다.

서태지 이후에 대중가요에서는 랩이 더 이상 낯선 장르가 아니었다. 멜로디에 갇힌 노랫말로 화자의 마음을 마음껏, 혹은 생생하게 전달하는 데 부족함을 느꼈었는데, 노랫말에서 멜로디를 떼어 낸 후 여기저기 자유자재로 붙여서 하고 싶은 말을 실컷 할 수 있게 되었던 것이다. 이것은 우리 대중가요가 멜로디 위주의 노래에서 비트 위주의 노래로 변모하는 계기가 되었다.

그렇다면 과연 어떤 시대적 흐름이 〈난 알아요〉와 같은 노래의 탄생을 가능하게 했을까? 무엇보다도 기존의 '노래'라는 형식이 가지고 있던 상투성이 1990년대에는 용납되지 않았던 것 같다. 새로운 형식을 요구하는 시대적 분위기가 싹텄던 것이다. 대중은 다른 방식의 가요가 등장하기를 바라고 있었다.

'랩'이 가진 형식적 특성은 그러한 대중적 욕구로부터 움트기 시작하였다. 흥미롭게도 랩이 서구에서 탄생한 사회적·역사적 배경을 보아도 그렇다. 백인 사회에서 탄압받고 소외당했던 흑인들이 랩 가사에 시대상을 반영하고 자신들의 생활상을 드러내지 않았던가. 그래서인지 랩 가사에는 현실적이고 생생한 언어 표현이 많다. 랩 장르는 래퍼들에게 자신이 가진 내면의 불평과 불만을 자유롭게 구사할 수 있는 통로가 되었다. 빠른 비트에 자신들의 불만을 담아 지껄이는 랩을 활용하여, 그들이 당하는 사회적 억압과 불만을 표출하였다.

1992년에 발표된 〈난 알아요〉는 흑인 사회에서 태동하여 서구에서나 가능할 것 같았던 '랩'이라는 장르를 대한민국 대중가요에 뿌리 내리게 한 개척자와도 같은 노래였다. 서태지 개인이라기보다는 〈난 알아요〉라는 한 곡의 노래가 가져온 혁명이었다.

케이팝에 견주어 〈장진주사〉 읽기 – 사설시조의 '사설(辭說)'은 바로 '랩'

시조라는 장르가 고려 말에 생겨난 이래로 양반층의 독점적인 문화로 향유되면서 200여 년이 지나자, '3장 6구 45자'라는 공고한 시조의 형식에도 어김없이 작은 틈새가 보이기 시작했다. 그 시작은 정철이었다.

한 잔 먹세 그려, 또 한 잔 먹세 그려, 한 잔씩 먹을 때마다 꽃을 꺾어 잔을 세며.

끝도 없이 먹고 먹고 또 먹어 보세. 이 몸 늙어 죽은 뒤에 거적으로 덮혀 꽁꽁 묶이어 지게 위에 얹히어 초라하게 가든지, 화려하게 꾸며진 상여에 실려 많은 사람이 울며 뒤따라가든지, 억새 속새 떡갈나무 백양나무 숲에서 잔디 덮고 누웠으면 누른 해 흰 달 뜨고 지고. 가랑비 굵은 눈 오고 가고. 산들바람 불어올 때 어느 누가 찾아와 한 잔 먹자고 권하겠는가.

하물며 무덤가에서 원숭이 휘파람 소리 들릴 때 뉘우치면 늦으리.
— 정철의 〈장진주사(將進酒辭)〉를 현대어로 의역하여 제시함.

'장진주사'라는 제목을 직역하면 '술 한 잔을 권하면서 드리는 말씀'이라는 뜻인데, 정철의 입장에서 술 한 잔을 권하는 데에 기존의 평시조로는 성에 차지 않았던 모양이다. 일반적으로 사설시조라 함은 평시조의 기준형인 3장 6구 중에서 한두 구가 10자 이상으로 길어진 시조를 일컫는데, 대체로 중장이 길어지는 경향이 있다. 하지만 후대에 창작된 사설시조들을 살펴보면 초장, 중장, 종장을 가리지 않고 전방위적으로 변형이 일어남을 알 수 있다.

　본격적인 사설시조는 임진왜란 이후 17세기에 나타나기 시작하는데, 16세기 말에 창작된 〈장진주사〉에서 이미 그 징후가 나타났기에 우리는 이 작품을 마치 1990년대의 〈난 알아요〉와 유사한 역할을 했던 선구자적 작품이라고 평가한다. 보다시피 중장이 한없이 길어져 있다. 초장, 종장도 평시조의 형식에서 이미 한참 벗어났다.

　중장을 보면 길이가 한참 길어져 있는데, 화자의 심정을 헤아려 보건대, 지금 이 순간 술을 먹지 않으면 안 되는 이유를 독자에게 절실하게 표현하고 싶었던 모양이다. '그냥 죽고 나면 아무것도 아니니 살아 있을 때 마음껏 마시자'는 추상적인 표현으로는 독자를 설득시키기 어려울 것이라고 판단한 화자는 과감히 중장을 펼쳐 내어 마음껏 자기 마음을 노래한다. 마치 '사설'을 펼쳐 놓듯이. 사설시조에서 '사설(辭說)'은 '늘어놓는 말이나 이야기'를 의미한다.

　평시조 안에서 펼쳐 낼 수 있는 45자 내외의 짧은 형식 안에서는 도저히 해결할 수 없는 마음속 세계를 두 배 세 배 늘여서라도 절실하게 표현하고 싶었던 것이다. 그러기에 기존에 있었던 시조 형식에 변형을 가하게 되었다. 죽고 나면 어차피 다 똑같으니 살아생전에 마음껏 술을 마시며 즐겁게 살자고 노래하는 이 사설시조의 중장을 가만히 살펴보자.

중장의 내용인즉슨, 죽은 후 상을 치르는 두 가지 방식, 즉 '늙어 죽은 뒤에 거적으로 덮혀 꽁꽁 묶이어 지게 위에 얹히어 초라하게' 죽는 상황과, '화려하게 꾸며진 상여에 실려 많은 사람이 울며 뒤따라가'는 상황을 대비적으로 제시하여 신분의 높고 낮음에 상관없이 누구에게나 공평한 죽음의 세계에 대해 표현하고 있다. 또 여기에 더하여 사후 무덤가 주변에서 아무 일도 없었던 듯 무심하게 펼쳐지는 자연의 변화를 장황하게 나열함으로써 죽음이 환기하는 허무함의 정서를 절실하게 표현하고자 하였다.

이러한 화자의 욕구가, 오랜 관습처럼 공고하기만 했던 '3장 6구 45자'의 틀에서 벗어나게 하는 원동력이 되었다. 그래서 화자는 중장의 길이를 한없이 늘임으로써 자신의 정서를 가감 없이 구체적이고 생생하게 표현할 수 있게 된 것이다. 이렇게 화자의 정서를 구체적이고 생생하게 표현할 수 있다는 매력 때문에 사설시조의 인기가 높아져 갔다. 그래서 최초의 사설시조 〈장진주사〉는 관찰사까지 지냈던 양반 신분의 정철이 개척하였으나 후대에 펼쳐진 본격적인 사설시조의 시대에서는 중인, 평민, 부녀자 층까지 사설시조의 생산과 소비에 가담하기에 이른다.

핵심 개념을 되짚다 – 사설시조와 랩은 닮은꼴

우리는 〈난 알아요〉와 〈장진주사〉의 탄생과 관련하여 기존의 질서와 틀에 박힌 정형에서 벗어나려는 경향이 강하게 작용했다는 점을 주로 살폈다. 그런데 〈난 알아요〉와 〈장진주사〉만으로 이러한 사실을 유추해 낼 수 있는 것은 아니다. 〈난 알아요〉 이후의 랩과 〈장진주사〉 이후에 발전을 거듭한 사설시조를 함께 살펴보면 이것 말고도 유사점을 몇 가지 더 찾아낼 수 있다.

우선, 랩이나 사설시조 모두 정제되지 않은 '날것'을 추구했다는 점이다. 다듬어지지 않았기에 길이가 자연스럽게 길어졌고, 화자가 예의를 차리지 않았기에 랩 가사와 사설시조에는 공히 직설적 표현이 많이 쓰였다. 심지어 속어나 욕설 등도 빈번하게 등장한다. 그러나 그것이 저속하다기보다는 오히려 진솔한 느낌을 주기에 언어의 조탁을 거쳐 정제된 것보다 문학성이 높은 작품, 그리고 대중적으로 인기가 많은 노래가 되기도 한다.

둘째는 주제적인 측면에서 랩과 사설시조는 공히 현실에 대한 모순을 해학적으로 지적하거나 풍자하였다는 점을 들 수 있다. 이는 태생적으로 봤을 때 랩과 사설시조를 주로 담당했던 계층이 사회적 집권층이 아니었다는 점과도 맥을 같이한다. 랩은 앞서 말했듯이 백인 사회에서 억압받던 흑인들의 노래라고 할 수 있고, 사설시조 역시 처음의 시작은 정철이었지만, 후대로 가면서 주요 소비층이 평민층으로 옮겨진다.

셋째, 수사적인 측면에서 반복법, 열거법, 과장법 등을 빈번하게 사용하여 화자의 의도를 독자(혹은 청자)에게 인상적으로 전달했다는 점이다. 가령, 〈난 알아요〉에서 '이제는 나도 알 수가 알 수가 있어요'라고 노래한다든지, 〈장진주사〉에서 '한 잔 먹세 그려 또 한 잔 먹세 그려' 하는 등의 반복적 수사를 통해 리듬감을 형성하는 사례를 다른 노래에서도 어렵지 않게 찾을 수 있다.

이렇게 〈난 알아요〉에서 시작된 랩 가요와 〈장진주사〉에서 시작된 사설시조는 세력을 확장하여 각각 한 시대를 풍미하는(혹은 풍미했던) 주류 문화로 자리 잡기에 이른다. 그러나 한때 세력을 떨치며 주류 문화의 한 축을 담당하였던 사설시조가 근현대를 거치면서 그 왕성했던 문학적 에너지를 잃었듯, 지금 가요계의 헤게모니를 장악하고 있는 힙합, 그리고 랩 장르가 언제까지라도 승승장구할 것이라고 장담할 수는 없는 노릇이다. '랩'이 화자의 정서를 온전히 표현하는 데 부족함이 있다면 새로운 욕구가 대중 사이에서 다시 꿈틀댈 것이기 때문이다. 달도 차면 기운다고 하지 않던가. 새로운 문학 양식과 케이팝의 탄생을 기대해 본다.

겹쳐 보기

〈난 알아요〉와 〈장진주사〉가 어떤 점에서 공통점이 있는지 내용보다는 형식에 초점을 맞추어 생각해 보자. 그리고 이 노래가 가진 새로운 형식은 구체적으로 어떤 것을 가리키는지 이야기해 보자.

난 알아요

서구에서 유행하던 '랩'을 우리 가요에 최초로 접목하여 멜로디에 갇힌 노래의 틀을 깨고 비트(=박자)와 노랫말 위주의 노래로 탈바꿈시킴으로써 우리나라 대중가요의 새로운 영역을 개척함.

기존의 관습적인 노래 형식에서 탈피하여 화자의 정서를 자유롭게 펼쳐 내기 위한 새로운 형식을 시도함.

평시조의 전형적인 형식을 탈피하여 종래의 한정된 '3장 6구 45자'의 틀을 깨고, 중장을 한없이 길게 늘임으로써 우리나라의 사설시조를 개척함.

장진주사

두 가지 뜻을 담는 재치, 그리고 기발함

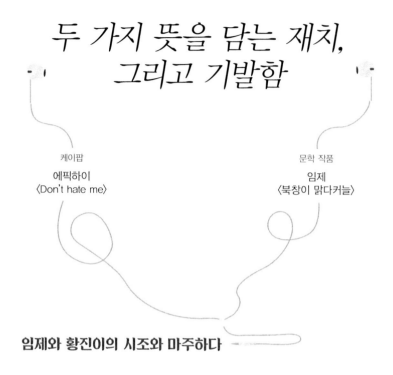

케이팝
에픽하이
〈Don't hate me〉

문학 작품
임제
〈북창이 맑다커늘〉

임제와 황진이의 시조와 마주하다

우리의 고시조 작품 중에 중의적 표현을 사용한 대표적인 작품으로 임제의 〈북창이 맑다커늘〉과 황진이의 〈청산리 벽계수야〉가 있다. 고시조 자체가 아이들에게 흥미 있는 읽을거리가 되지 못하는 것은 어쩔 수 없다고 치더라도, 과연 임제와 황진이가 지은 시조에 담긴 재치 넘치는 표현까지도 아이들이 외면할까?

요즘 아이들이 좋아하는 힙합에 이 시조를 흥미롭게 학습할 결정적인 단서가 담겨 있다. 임제와 황진이의 유명한 시조에 담긴 중의적 표현이 신세대가 열광하는 힙합의 랩에서 빈번하게 출현하고 있다는 것. 아이들에게 '중의적'인 표현은 낯설어도 힙합의 '펀치라인'은 어렵지 않은 개념일 것이다.

핵심 개념을 짚다 – 중의적 표현의 참맛

한 단어나 문장이 여러 가지 의미로 해석되는 것을 '중의적 표현'이라고 한다. 흔한 예로, "그 사람 말이 많더라."라는 문장은 중의적으로 쓰인 '말'로 인해 그 사람이 말수가 많다는 의미와, 말〔馬〕을 많이소유하고 있다는 의미를 동시에 갖게 된다. 부가적인 설명이 주어지지 않는다면 명확한 의사소통을 원하는 청자의 입장에서는 이런 표현이 마뜩하지 않은 게 사실이다. 이렇듯 중의적 표현은 원활한 의사소통에 장애가 되는 요소이기 때문에 일상적으로는 바람직하지 못한 표현으로 평가받는다.

그런데 이런 중의적인 표현이 일정한 의도를 가지고 쓰일 때는 얘기가 달라진다. 문학 작품이나 대중가요의 노랫말에서 의도적으로 중의적 표현을 사용하게 되면, 독자(혹은 청자)의 상상력을 극대화하여해당 단어나 문장의 의미가 풍부해지는 장점이 생긴다. 때로는 중의적인 표현을 통하여 어떤 상황을 풍자하기도 하고, 기발한 언어유희는 지나치게 심각하고 진지한 분위기를 해학적으로 바꾸기도 한다.

우리 옛 문학 작품에서부터 현대의 케이팝까지 이런 중의적 표현을 재치 있게 활용한 예가 뜻밖에 많이 있다. 기발함이 넘치는 중의적 표현의 노래들을 만나 보자.

케이팝 읽기 – 힙합의 중의적 표현은 '펀치라인(Punch line)'

먼저 소개하는 케이팝은 힙합 그룹 '에픽하이'의 멤버인 타블로가,

이른바 '타진요' 사건으로 큰 아픔을 겪은 후에 컴백하며 내놓은 앨범에 수록된 〈Don't hate me〉이다. 우리말로 하면 '나를 미워하지 마세요'라는 뜻을 가진 노래 제목처럼, 두 번 다시 악플러에게 괴롭힘을 당하고 싶지 않은 마음을 담은 노래이다.

인터넷에서 악성 댓글로 극심한 고통을 받았던 그의 심정이 듣는 이 누구에게나 가슴 아프게 다가오는 절실한 노랫말이 무엇보다 인상적이다. 이 노래의 마지막 부분인 '너만 내 편이면, 내 팬이면 돼. 제가 그렇게 미워요? 저를 사랑해 줘요'를 보면 당시 그의 심정이 어땠는지를 어렵지 않게 짐작할 수 있다. 악플러로 인해 폐인이 되어 쓰러질 정도로 이 사건을 몸서리치게 겪었던 당사자가 그 아픔을 딛고 자신의 솔직한 심정과 바람을 대중에게 호소함으로써 자신의 상처를 스스로 치료하려는 노력을 보여 주고 있다는 점에서 참 용기 있는 노래라는 생각이 든다.

1 Everybody hates me

  but you love me and I love you

  오! 난 너만 손뼉 치면 돼 Baby

  온 세상이 안티 그런 내가 웃는 이유

  오! 난 너만 내 편이면 돼

2 나만 달달달 볶아 실수도 잘못처럼

  세상 모두가 입에 망치 때려 날 못처럼

  구멍투성인 마음

  전부 내 탓이라고 소리치네

내 입을 막는 골키퍼(goalkeepers)

꼴 보기 싫대

3 다 나만 싫어해 다 나만 미워해 다 손가락질해

네가 없으면 나 미칠 것 같애

4 Everybody hates me

but you love me and I love you

오! 난 너만 손뼉 치면 돼 Baby

온 세상이 안티 그런 내가 웃는 이유

오! 난 너만 내 편이면 내 팬이면 돼

제가 그렇게 미워요? 저를 사랑해 줘요

🔊 에픽하이의 〈Don't hate me〉를 임의로 편집하여 제시함.

이 노래 속 화자는 모든 사람이 자신을 미워한다고 생각한다. 그런데 화자는 이 노래를 듣는 사람들에게 '난 너만 손뼉 치면 돼'라고 말한다. '내 노래를 듣는 바로 당신만 나에게 박수를 쳐 준다면' 온 세상이 '안티'라고 해도 화자는 웃을 수 있다고 말한다. 왜냐하면, 화자는 자신에게 박수를 쳐 주는 사람을 바로 '내 편'이라고 생각하고 있기 때문이다.

2연에서 타블로의 천재성을 엿볼 수 있다. 그를 '천재적'이라고 소개할 수 있는 데는 몇 가지 이유가 있다. 첫째, 그의 형상화 능력이 그렇다. '타진요' 사건이 불거졌을 당시, 아무리 자신의 학력이 진실

임을 증명하려고 해도 더 크게 의혹을 제기하던 당시 악플러들의 습성을 비유적으로 형상화한 부분이 압권인데, 자신의 말을 믿어 주지 않던 상황을 악플러들이 자신의 입을 망치로 때리는 행동에 비유하였다. 자신의 실수를 '잘못'인 것처럼 매도하여, 망치로 '날(나를) 못' 박는다고 노래한 것은 '잘못'과 '못'의 발음이 유사함을 이용한 일종의 언어유희이다.

두 번째로 높이 사는 타블로의 능력은 다름 아닌 창의적인 언어 구사 능력이다. 2연에서 자신이 아무리 말을 하려고 해도 입을 막는 그들을 '골키퍼'라고 표현한 것에 주목해 보자. 골키퍼가 '골(goal)'을 싫어한다는 발상에서 '꼴 보기 싫대'로 이어지는 노랫말을 덧붙이고 있는데, 이 표현이 아주 기가 막히다는 생각이 든다. 골키퍼가 '골(실제 언중의 발음은 '꼴'이라는 것에 유념하자.)을 싫어하듯이, 내 입을 막는 '골키퍼'들이 화자에게 '꼴 보기' 싫다고 말한다는 것이다. 따라서 '꼴 보기 싫대'는 중의적 표현이 된다. 골키퍼가 '골(goal) 보기' 싫어한다는 뜻과 화자를 '꼴(=얼굴) 보기' 싫어한다는 뜻, 이렇게 두 가지 의미를 가지는 것이다. 결국 자신의 입을 막는 '골키퍼'가 화자를 '꼴 보기' 싫어한다는, 아주 자연스러운 흐름의 언어유희이다.

힙합을 '쫌' 안다고 자처하는 전문가 그룹 사이에서 랩퍼의 재능을 평가하는 데 있어서 '펀치라인(punchline)'의 기발함과 창의성을 따지는 경우가 있다. '펀치라인'이란 '핵심을 찌르는 촌철적인 어구, 혹은 재치 있는 말'을 일컫는다. 그런데 힙합을 하는 랩퍼에게 '펀치라인'이란 함축적이면서도 메시지가 강렬한 노랫말, 혹은 노랫말 중에 유독 느낌이 강한 구절, 그래서 마치 상대방에게 '펀치'를 날리듯 강력한 인상을 주는 표현 등의 다양한 의미로 해석되고 있다. 일반적으로는 노래 속에서 발음의 유사성을 이용한 언어유희로 두 가지 의미를 동시에 전달함으로써 강한 인상을 남기는 구절도 모두 '펀치라인'의 일종으로 볼 수 있다. (실제로 아이들도 이런 의미로 펀치라인이라는 말을 쓰고 있다.) 펀치라인은 단순한 대중가요의 노랫말이 아니라, 언어를 창의적으로 부려 쓴다는 점에서 문학적으로 따져 볼 만한 '랩 스킬' 중의 하나이다. 물론 앞서 말한 '꼴 보기 싫대'도 펀치라인으로서 손색이 없는 구절이다.

펀치라인을 만드는 데 천재적인 실력을 갖춘 타블로는, 자신이 만든 노래에 기발한 펀치라인을 곳곳에 배치하여 대중에게 쾌감을 주고 있다. 우리말과 영어를 넘나들면서 자유자재로 언어를 '가지고 노는' 언어 능력을 유감없이 보여 주고 있다.

아이들에게 펀치라인이 쓰인 노랫말을 찾아오라고 숙제를 내주어도 좋을 듯하다. 사정이 여의치 않다면 여기에 소개한 노랫말을 주고 이것이 왜 중의적 표현인지를 곰곰 생각해 보게만 하여도 흥미 있는 수업이 될 것이다. 일단 여기에서는 내가 주목한 타블로의 노랫말만 모아서 추려 보았다.

①영원한 그 가려움 for the card or dollar 아무리 긁고 긁어 대도 뭔가 모자라

— 〈Shopaholic〉 중에서

②'못'난 나이기에 현실 그 '망치'는 날 치고

— 〈Moonwalker〉 중에서

③갈 곳이 없어 난 힘이 없어 '홀로 남은 개리 형처럼' '길이 없어'

— 〈트로트〉 중에서

④남들보다 '더하기'만 하면 '빽이' 없어도 돼

—〈It's me〉 중에서

⑤세상이 내게 말해, 고개 숙여 어서. 난 목에 '깁스' baby 끄떡없어

—〈cypher〉 중에서

⑥관둘 수가 없어 가득 찬 무덤처럼 / 채워진 바둑판처럼 그만 둬

—〈Supreme 100〉 중에서

⑦넌 겨울의 반팔티 아마 추워 / 답답해 니 가사는 마약 중독자처럼
약해 / 니 정신 상태는 포장마차 싸움꾼 병들었어

—〈Eight By Eight〉 중에서

①은 쇼핑 중독을 풍자하는 노래인데, 가려움을 긁는 행위와 카드를 긁는 행위를 중의적으로 사용하였다. ②에서는 현실의 '망치'가 '못'난 나를 친다고 표현하였는데, '못'이 중의적으로 사용되었다. ③에서 힘이 없는 화자의 상태를 '길'이 없는 '개리' 같다고 표현한 것은 매우 해학적이다. '길'은 아다시피 '도로'일 수도 있고, 그룹 '리쌍'의 멤버 이름이기도 하다. ④에서 '빽이'는 '빼기'로 읽혀 앞의 더하기와 대조를 이루면서 매우 기발한 펀치라인이 만들어졌다. ⑤에서 '끄떡'은 고갯짓이기도 하지만, 흔들림 없다는 의미의 '끄떡없어'도 되기에 중의적이다. ⑥에 쓰인 '관두다'는 포기하다는 의미와 '관(棺)을 두다'는 두 가지 의미로 중의적이다. '그만둬' 역시 포기하다는 의미와 '바둑 두기를 멈추다'는 의미를 동시에 갖는다. ⑦에 쓰인 '아마 추워'는 '프로페셔널'의 상대어인 '아마추어'를 연상시키고, '약해'는 약을 먹는 행위와 연약하다는 두 가지 의미를 동시에 갖고, '병들었어'는 싸움꾼이 술병을 들고 있는 것과 정신적으로 병든 상태를 동시에 의미하

기에 중의적이다.

타블로가 직접 작사한 이 노래들을 보면 그야말로 중의적인 표현의 성찬(盛饌)이라고 할 만하다. 그런데 이러한 표현들을 보노라면, 두 가지 의미를 가지기에 청자가 혼란을 겪는 것이 아니라 오히려 그가 풍자하고 비판하려고 하는 의도에 비추어 카타르시스를 느낄 정도로 통쾌하고 정곡을 찌르고 있다는 생각이 든다. 전혀 예상치 못한 펀치라인에 웃음이 터지기도 하고 무릎을 탁 치게 하는 반전도 느껴진다.

이렇듯 중의적 표현의 참맛을 마음껏 향유할 수 있는 힙합 노래가 현재 젊은 층의 사랑을 받고 있다. 그런데 이런 중의적 표현의 원류가 사실은 조선 시대의 시조에도 있었다고 아이들에게 얘기하면, 고시조 감상의 길로 발을 반쯤은 들여놓은 셈이다. 힙합의 펀치라인과 우리 옛시조에 쓰인 중의적 표현이 만들어지는 원천적 기술이 사실은 똑같다.

케이팝에 견주어 시조 읽기 - 중의적 표현으로 프러포즈를 하다

〈북창이 맑다커늘〉의 작자인 임제는 당시에 시를 잘 짓기로 유명하였다. 임제가 우연히 평양에 들렀다가 이름난 기생 '한우(寒雨)'을 보고 첫눈에 반해 그에게 시조로 프러포즈를 한다. '한우'에게 바치는 노래, 그래서 이 시조를 '한우가(寒雨歌)'라고도 부른다.

북창(北窓)이 맑다커늘 우장(雨裝)이 없이 길을 나니

산에는 눈이 오고 들에는 찬비로다

오늘은 찬비 맞았으니 얼어 잘까 하노라

'북쪽 창으로 난 하늘을 보니 맑은 것 같아서 우산도 비옷도 챙기지 아니하고 길을 나섰더니, 하필 눈이 오고 차디찬 비가 내린다. 오늘은 찬비를 맞았으니 어쩔 수 없이 꽁꽁 얼어서 잘 수밖에 없구나.'라고 임제가 당시 기생 한우에게 시조를 건넸다.

이때 종장의 '찬비'가 임제가 의도적으로 사용한 중의적 표현이다. '찬비'를 한자로 바꾸면 '한우(寒雨)'가 된다. 종장에 쓰인 '얼다'라는 말 또한 중의적인 표현으로, 사실은 매우 노골적인 성적 제안을 한 것이다. '얼다'는 몸이 언다는 의미도 있지만, 옛말로 '남녀가 서로 엉켜서 잠을 잔다'는 뜻으로 쓰인 말이기 때문이다. '찬비를 흠뻑 맞았으니 꽁꽁 언 몸으로 잠잘 수밖에 없다'고 불쌍한 척 말하는 것 같지만, 또 다른 뜻으로는 '오늘 내가 한우라는 명기를 만났으니 너와 함께 엉켜서 자 볼까 한다'는 엉큼한 의미를 '한우'에게 전달하고 있는 것이다.

그런데 이 기생, 괜히 '명기'가 아니었던 모양이다. 임제의 깊은(?) 뜻을 즉시 알아채고 한우는 다음과 같은 시조를 지어서 화답하는 놀라운 순발력을 발휘한다.

어이 얼어 자리 무슨 일 얼어 자리

원앙침(鴛鴦枕) 비취금(翡翠衾) 어디 두고 얼어 자리

오늘은 찬비 맞았으니 녹아 잘까 하노라

'어찌 얼어 자겠는가? 무슨 일로 얼어 자겠는가? 원앙이 그려진 베개가 있고 비취색 이불도 있는데 얼어 자려는가? 오늘은 당신이 찬비를 맞았으니 얼지 말고 몸을 녹여 자는 것이 어떨까 하노라.'

한우는 '찬비'가 자신을 가리키는 것인 줄 단박에 알아채고 똑같은 중의적 표현으로 임제의 프러포즈를 받아들인다. 정말 '쿵짝'이 제대로 맞는 커플일 수밖에 없다.

청산리(青山裏) 벽계수(碧溪水)야 수이 감을 자랑 마라
일도(一到) 창해(滄海)하면 다시 오기 어려왜라
명월(明月)이 만공산(滿空山) 하니 쉬어 간들 어떠리

중의적 표현이 임제와 한우의 전유물은 아니었다. 황진이도 위의 시조를 통해 연예 박사 '벽계수'를 녹여냈다. 이 시조의 일차적 의미는 이렇다. '푸른 산 속에 있는 푸른 계곡물이여. 쉽게 흘러간다고 자랑하지 마라. 푸른 바다에 한번 도착하면 다시 오기 어렵단다. 맑은 달이 빈 산에 가득 찼으니 쉬어 간들 어떻겠느냐.' 그런데 이 시조 초장의 '벽계수'는 푸른 계곡물이라는 의미 이외에 실제 인물의 이름이기도 하였으니 중의적 표현이고, 종장의 '만월' 또한 보름달이라는 의미 이외에 황진이 본인의 기명(妓名)이기도 하였으니 이 또한 중의적 표현이다.

한편, 벽계수는 여자 마음을 사로잡는 일등 선수라고 스스로 뽐내는 실제 인물이었다. 벽계수는 평소 결코 황진이의 유혹에 넘어가지 않는다고 말해 왔는데, 이 이야기를 들은 황진이가 사람을 시켜 그를 개성으로 유인해 왔다. 달이 뜬 어느 저녁, 나귀를 탄 벽계수가

경치에 취해 있을 때 황진이가 나타나 이 시조를 읊으니, 벽계수는 자신을 유혹하는, 달빛 아래 들려온 고운 음성과 아름다운 자태에 놀라 그만 나귀에서 떨어지고 말았다는 이야기가 전한다. 이 모습을 본 황진이는 '제까짓 게 별수 있나' 하면서 벽계수를 뒤로한 채 떠나버리고, 벽계수는 부끄러워 고개를 들지 못했다고 한다.

앞서 인용한 임제를 비롯한 옛사람의 시조 세 편에서는 서로의 애정을 확인하기 위해 우회적인 화법으로써 중의적 표현을 사용하였던 것 같다. 선인들의 경우에 직접적인 애정 표현보다는 은근하게 돌려 말하는 편이 아무래도 점잖고 체면을 구기지 않는 안전한 의사소통 방법이라고 여겼기 때문일 것이다. 반면에 현대 힙합에서의 중의적 표현은 옛시조에서의 은근함보다는 직설적인 노랫말, 더 나아가 욕설도 서슴지 않을 정도로 공격적인 성향이 강하다. '랩'이라는 장르가 래퍼의 자기 고백적 내용을 담기도 하지만 때로는 특정한 대상에게 특정한 메시지를 명확히 전달하려는 의도도 있기 때문이다.

우리의 옛시조와 힙합은 시대적, 장르적으로 따져 볼 때 극과 극의 관계에 있다. 하지만 표현적 측면에서 살펴보면, 우주 공간의 '웜홀'처럼 서로 긴밀하게 연결되어 있다는 사실이 흥미롭다.

두 노래에서 공통적으로 드러나는 표현 기법을 찾아보고, 그 표현 기법이 어떤 효과를 가지는지 생각해 보자. 아이들이 이미 알고 있는 재미있는 '펀치라인'을 발표해 보게 할 수도 있고, 추가로 더 찾아보도록 과제를 부여할 수도 있다.

Don't hate me

이유 없이 자신을 미워하지 말고 자신의 노래에 손뼉 쳐 주고 내 편이 되어 달라는 바람을 노래함.

- 중의적 표현을 사용하여 두 가지의 의미를 동시에 전달함.
- 중의적 표현으로 노랫말의 의미를 더 풍부하게 하고 문학적 효과를 극대화함.

남녀 간에 시를 지어 서로 구애하고 애정을 확인함.

임제와 한우의 시조

03

'아이돌'의 노래와 교감하다

근현대 문학

이별에 대처하는
저마다의 방식

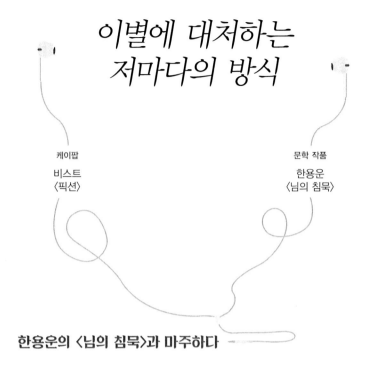

케이팝
비스트
〈픽션〉

문학 작품
한용운
〈님의 침묵〉

한용운의 〈님의 침묵〉과 마주하다

〈님의 침묵〉은 솔직히 무겁다. 다른 국어 선생님은 한용운의 〈님의 침묵〉을 수업 시간에 펼치면 아이들에게 무엇을 가르칠까? 이번 수업은 이런 의문에서부터 시작해 본다. 한용운은 승려이기도 했고 일제 강점기에는 독립운동가이기도 하였으니, 이 시에 쓰인 '임'이 가지는 함축적 의미를 다각도로 검토할 것이고, 그 함축적 의미에 따른 시의 주제를 학습하게 될 것이다. 그리고 그 주제를 형상화하는 데 기여하고 있는 시어·시구를 차례대로 검토하게 될 터이다. 사실 나의 수업도 거기서 크게 벗어난 적이 없었다.

그런데 이런 학습 과정 속에서 부딪히게 되는 벽이 하나 있다. 바로 시의 후반부에 자리 잡은 '님은 갔지마는 나는 님을 보내지 아니하였'다는 표현에 담긴 화자의 역설적 인식에 대해 아이들과 공감하는 일이다. 임은 떠났는데, 왜 화자는 임을 보내지 아니하였다고 말하는지……. 얼핏 들으면 말도 안 되는 그 상황을 아이들에게 어떻게 가르쳐야 할까? 〈님의 침묵〉을 마주한 나는 케이팝 한 곡에 기대어 〈님의 침묵〉에 담긴 '역설'에 수업을 집중하여 보기로 한다.

핵심 개념을 짚다 - 역설적 희망에 대하여

〈님의 침묵〉에 나타난 화자의 발상을 아이들이 좀 더 편하게 공감하고 이해하게 하려면 어떻게 해야 할까? 나는 이런 의문 앞에서 '역설'과 '희망'이라는 두 개념을 조합하였다. 그 조합을 통해, 나는 〈님의 침묵〉을 지배하는 화자의 발상을 '역설적 희망'이라고 이름 붙였다.

뜻하지 않은 이별을 당한 화자가 '한(恨)'이 맺히도록 기다리거나, 혹은 '한(限)'없이 슬퍼하는 노래를 우리는 이미 오래전부터 많이 들어오고 있다. 이별 앞에서 인간은 늘 기다림에 지치고 깊은 슬픔에 빠지곤 한다. 그래서 새로운 '희망'의 끈을 찾아볼 여력조차 잃는 경우가 많다. 그런데 이별에 대해 무작정 기다리거나 슬퍼하지 않고, 이별에 대처하는 독특한 사고와 태도를 취함으로써 화자 나름대로의 방식으로 새 희망을 찾아가는 노래가 있다. 바로 한용운의 〈님의 침묵〉이 그렇다. 그리고 케이팝 중에는 아이돌 그룹 '비스트'의 노래 〈픽션〉이 해당된다. 구체적으로 이 두 노래에는 어떤 역설적 희망이 담겨 있을까?

후자에는 사랑하는 사람이 떠나갔음에도 그가 여전히 화자의 곁에 있다는 '환상'이 존재하고, 전자에는 사랑하는 사람이 떠나간 것이 아니라 단지 곁에서 침묵을 지키고 있는 것이라는 종교와 같은 '확신'이 있다. 그런데 화자가 '환상'을 갖든 '확신'을 갖든 이 두 사고방식이 노래 속에서 역설적으로 작용한다는 점에 주목할 필요가 있다.

이 두 노래를 통해 '역설적 희망'을 아이들이 이해할 수 있다면, 한용운의 〈님의 침묵〉도 그리 어렵거나 무거운 노래만은 아닐 것이다.

케이팝 읽기 – '환상', 픽션 속에서 행복한 이야기를 써 내려가

먼저 살펴 읽을 케이팝의 제목은 '픽션(fiction)'이다. 픽션은 '실재하지 않는 허구의 이야기'를 뜻한다. 왜 이런 제목이 붙었을까? 이 노래의 화자는 임이 떠나갔다는 '팩트'를 적어도 현실적으로는 거부하지도 부인하지도 않는다. 그 대신에 다른 공간에서는 정반대이다. 허구의 세계를 만들어 냄으로써 오히려 행복한 이야기를 상상한다. 자신이 써 내려가는 '픽션' 속에서 임은 떠나지 않았고, 영원히 화자와 함께 행복한 시간을 보내고 있다. 이렇게 이 노래의 화자는 자신만의 '환상'을 쌓아 간다. 이 환상이 이별의 아픔을 달랠 수 있는 유일한 길인 것처럼 말이다.

아직 난 널 잊지 못하고 모든 걸 다 믿지 못하고
이렇게 널 보내지 못하고
오늘도 아무렇지 않게 네게 키스하고
달콤한 너의 곁을 떠나가질 못해

우린 끝이라는 건 없어

이렇게 난 또 (Fiction in Fiction in Fiction)
잊지 못하고 (Fiction in Fiction in Fiction)
내 가슴 속에 끝나지 않을 이야길 쓰고 있어
널 붙잡을게 (Fiction in Fiction in Fiction)
놓지 않을게 (Fiction in Fiction in Fiction)
끝나지 않은 너와 나의 이야기 속에서 오늘도 in Fiction

지금 여긴 행복한 이야기들밖에 없어
너무 행복한 우리 둘만의 이야기가
이렇게 현실과는 다르게 써 있어 점점 채워지고 있어
너는 나에게로 달려와서 안기고
품 안에 안긴 너를 나는 절대 놓지 못해
우린 끝이라는 건 없어

다시 한 번 더 말하지만 지금 너는 내 옆에 있다고
그렇게 믿고 있어 난
하지만 Fiction oh 나만의 Fiction 나만의 Fiction 나만의 Fiction
지금 난 너무나도 행복한 생각에 이야기를 쓰지만
모든 게 바람일 뿐이라고 여전히

난 행복한걸 (Fiction in Fiction in Fiction)
우리 함께인걸 (Fiction in Fiction in Fiction)

이제 시작인걸 (Fiction in Fiction in Fiction)
끝은 없는걸 (Fiction in Fiction in Fiction)

🔊 비스트의 〈픽션〉을 임의로 편집하여 제시함.

화자는 이미 이별을 하였다. (왜 이별하게 되었는지는 나타나지 않음.) 이 노래의 앞부분은 이별 후에 찾아온 화자의 심리 상태를 세세하게 보여 주면서 시작한다. 이별 후에도 사랑하는 사람을 여전히 떠나보내지 못하는 화자가 너에게 '아무렇지 않게' 키스를 하고, '끝'이라는 건 있을 수 없다고 노래한다. 여기서 '키스'는 '너'를 향한 평범하지만 아주 일상적인 화자만의 애정 표현 방법이라고 할 수 있는데, 이 구절은 화자가 이별에 대해 아주 독특하게 대처하고 있음을 시사한다. 바로 이어지는 구절에서 알 수 있듯이, 이 노래의 도입부는 '픽션', 그러니까 현실의 상황이 아니기 때문이다. 현실에서 일어난 이별의 상황을 픽션 속에서 부인하고 마치 이별을 망각이라도 한 듯 아무렇지 않게 일상적인 생활을 보내고 있는 것이다. 현실 속에서 적극적으로 붙잡았어야 할 대상을, 이제야 뒤늦게 '픽션' 속에서 놓치지 않겠다고 외치는 화자는 분명히 나약한 존재이다. 하지만 어쨌거나 현실과 전혀 다른, 행복한 이야기를 자신의 '픽션'에 써 내려감으로써 화자는 이별의 아픔을 견뎌 내는 힘을 얻고 있다.

이제 노래의 후반부를 살펴보자. 이미 사랑하는 사람이 떠났음에도 불구하고, 화자는 자신의 픽션이 가져다준 '환상'에 의지하여 그것을 역설적으로 인식한다.

'(너는 떠났어도) 다시 한 번 더 말하지만 지금 너는 내 옆에 있다고 그렇게 믿고 있어'

이미 떠나서 화자의 옆에 있을 수 없는 '너'를 '내 옆에 있다'고 노래하는 화자는, 그것이 '바람'인지 혹은 '믿음'인지 알 수 없는 채로, 이 노래의 마지막 부분에서 '나는 행복하다, 우리는 함께 있고, 이제 시작이고, 끝은 없다'고 되뇐다. 떠나 버린 '임'을 원망하지도, 그렇다고 슬퍼하지도 않고, 화자는 이렇게 씩씩하게 자신만의 픽션을 써 내려가며 이별의 아픔을 극복하고 있다. 이미 떠난 임을 두고서도 비록 픽션 속에서일망정 내 옆에 있다고 믿는 화자의 인식은 분명히 역설적이다. 이러한 픽션 속에서의 환상이 화자에게는 유일한 희망이 되고 있는 듯하다.

비스트의 〈픽션〉의 화자와 마찬가지로 한용운의 〈님의 침묵〉 역시 떠나간 '님'을 두고서 '나는 님을 보내지 않았'다고 독특하게 사고하는 화자가 부르는 노래이다.

케이팝에 견주어 〈님의 침묵〉 읽기
- '확신', 슬픔이 '힘'이 되어 새 희망으로

이 작품은 한용운이 1926년에 발표한 시집 《님의 침묵》에 실린 88편의 시 가운데 맨 앞에 실려 있는 것으로, 여성적 어조와 깍듯한 경어체를 사용하여 임과의 영원한 사랑을 노래하고 있다. 이 시는 임이 떠나갔음, 즉 이별을 자각하고 확인하는 내용으로 시작된다. 이 시는 원래 연 구분이 뚜렷하지 않으나, 아이들에게 이 시를 한 호흡으로 가르치기에는 무리가 있다고 판단하여, 적절하게 연 구분을 임의대로 해 놓고, 각 연을 〈픽션〉의 노랫말과 비교하면서 시상을 다음과 같이 서로 연결시켜 보았다.

1 님은 갔습니다 아아 사랑하는 나의 님은 갔습니다
　　푸른 산빛을 깨치고 단풍나무 숲을 향하여 난 작은 길을 걸어서 차마 떨치고 갔습니다
　　황금의 꽃같이 굳고 빛나던 옛 맹서는 차디찬 티끌이 되어서 한숨의 미풍에 날아갔습니다
　　날카로운 첫 키스의 추억은 나의 운명의 지침을 돌려 놓고 뒷걸음질 쳐서 사라졌습니다

　　1연에서는 이별의 상황을 노래한다. 그러나 이 작품 역시 〈픽션〉처럼 '님'이 떠나게 된 원인이나 이유가 전혀 드러나지 않고 떠나 버린 결과만이 드러나 있다. 구체적으로 살펴보면 '숲을 향하여 난 작은 길'로 '님'은 홀연히 떠나갔다고 노래하고 있다. 임이 떠나갔기에 임을 지키겠다는 '맹서'와 같은 약속은 이제 '티끌'처럼 아무 소용없는 일이 되어 버렸다. '나'가 '님'과의 '첫 키스의 추억'으로 '님'을 사랑하는 운명을 맞이한 적도 있었지만 이제는 그 운명도 바뀌는 것이 아닌가 생각될 정도로 '님'이 떠나 버린 사실은 화자에게 적잖은 충격으로 다가온다. 〈픽션〉에서처럼 이 시에도 '키스'라는 소재가 등장하는데, 이것은 사랑하는 사람과의 애정을 상징하는 소재로 작용하고 있고, 그로 인해 '님'에 대한 기억만큼은 화자에게 달콤하고 황홀한 것이었

음을 알 수 있다.

2 나는 향기로운 님의 말소리에 귀먹고 꽃다운 님의 얼굴에 눈멀었습니다
    사랑도 사람의 일이라 만날 때에 미리 떠날 것을 염려하고 경계하지 아니한 것은 아니지만 이별은 뜻밖의 일이 되고 놀란 가슴은 새로운 슬픔에 터집니다

    2연은 이별 후의 고통과 슬픔을 노래한다. '회자정리(會者定離)'라는 말처럼 '만날 때에 미리 떠날 것을 염려하고 경계하'였음에도 불구하고, 화자에게 이별은 '뜻밖의 일'이다. 그리고 '향기'롭고 '꽃다운' 임이었기에 이별은 더 큰 슬픔으로 다가온다. 〈픽션〉에서 '널 붙잡을게, 놓지 않을게'라고 이별의 아픔을 절실하게 노래한 화자의 심정이 2연에서도 느껴진다. 그러한 절실한 심정은 이별 후에 찾아오는 극심한 고통과 슬픔에 기인한 것이라고 볼 수 있겠다.

3 그러나 이별을 쓸데없는 눈물의 원천을 만들고 마는 것은 스스로 사랑을 깨치는 것인 줄 아는 까닭에 걷잡을 수 없는 슬픔의 힘을 옮겨서 새 희망의 정수박이에 들어부었습니다
    우리는 만날 때에 떠날 것을 염려하는 것과 같이 떠날 때에 다시 만날 것을 믿습니다

    3연은 고통과 슬픔을 극복한 새로운 희망을 노래한다. 이별을 했다고 쓸데없이 눈물만 흘리는 것은 그동안 쌓아 온 임과의 사랑을

깨뜨리는 일에 지나지 않는다는 것을 화자가 깨닫는다. 그래서 걷잡을 수 없는 슬픔을 희망찬 새 출발의 힘으로 삼겠다는 다짐을 한다. 〈픽션〉의 화자가 단순히 현실을 도피한 '환상'을 만들어 내는 소극적 방식을 취하고 있는 반면, 이 작품의 화자는 이별의 현실을 개혁하기 위해 슬픔을 희망으로 바꾸는 반전(反轉)의 발상을 하고 있다고 할 수 있다. 이런 발상으로 인해 이제는 '떠날 때에 다시 만날 것을 믿'게 되는 것이다.

4 아아 님은 갔지마는 나는 님을 보내지 아니하였습니다
　제 곡조를 못 이기는 사랑의 노래는 님의 침묵을 휩싸고 돕니다

　마지막 4연은 임에 대한 영원한 사랑을 확신하는 부분이다. 화자의 정서를 함축적으로 표현하고 있는 구절인 '님은 갔지만은 나는 님을 보내지 아니하였습니다'는 〈픽션〉에서 '다시 한 번 더 말하지만 지금 너는 내 옆에 있다고 그렇게 믿고 있어'라고 노래하는 화자가 보여 주는 인식과 거의 동일하다.

　슬픔을 희망으로 바꾸겠다는 다짐을 하고 나니, 현상적으로는 임이 떠난 것이지만 본질적으로는 임을 보낸 것이 아니라는 역설적 인식에 도달하게 된 것이다. 임은 떠났다기보다 나의 주변에 (보이지 않게 머물면서) '침묵'하고 있을 뿐이라는 것이다. 그렇기 때문에 이제 화자가 '님의 침묵'을 두려워하지 않고, 침묵하고 있는 임을 위해 북받치는 사랑의 '노래'를 부를 수 있게 되는 것이다. 그 노래는 절망에서 희망을 발견하는, 그리고 헤어짐에서 만남을 준비하는 '확신'의 노래일 것이다.

겹쳐 보기

두 노래에서 화자가 이별의 아픔을 극복하는 방식을 서로 견주어 보면서 아이들 스스로 정리해 볼 수 있도록 하자.

픽션(fiction)

사랑하는 사람이 떠나지 않고 영원히 함께하는 '픽션'을 써 내려감으로써 현실이 아닌 '환상'의 공간을 화자가 설정할 수 있게 됨.

- 임이 떠난 현실을, 임이 떠난 것이 아니라고 '역설적'으로 인식하여 이별의 아픔을 극복하고자 함.
- 임이 떠난 구체적 이유를 제시하지 않은 채 이별의 아픔을 먼저 드러냄.

슬픔이 가진 힘을 새로운 희망으로 바꾸려고 노력함으로써, 떠나는 임을 보면서도 그가 다시 돌아올 것이라고(혹은 떠나지 않은 것이라고) '확신'하게 됨.

님의 침묵

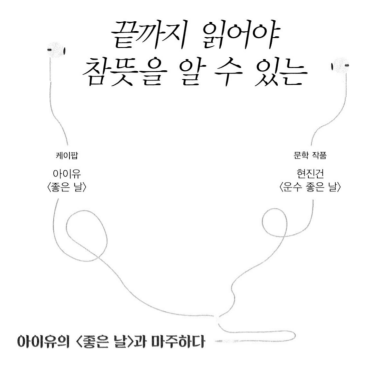

케이팝
아이유
〈좋은 날〉

문학 작품
현진건
〈운수 좋은 날〉

끝까지 읽어야
참뜻을 알 수 있는

아이유의 〈좋은 날〉과 마주하다

나는 그동안 어렵거나 지루하거나 낯선 문학 작품을 아이들과 공부할 때, 쉽고 재미있고 익숙한 케이팝의 도움을 받아서 수업을 진행하려 노력했었다. 그런데 이번에는 그와 반대로 케이팝을 이해하기 위해 문학 작품의 도움을 받으려고 한다. 요컨대, 나는 아이유의 〈좋은 날〉을 아이들에게 가르치고 싶었다. 폭발적인 인기를 얻은 노래이지만 아이들이 모르는 게 있는 것 같았고, 그 모르는 것을 알게 되는 데 문학 작품이 결정적인 힌트를 제공할 수 있다는 것을 알았기 때문이다.

아이유의 〈좋은 날〉은 신나는 노래이다. 그렇지만 노랫말을 찬찬히 들여다보면 사정이 다르다. 노래 속 상황이 화자에게 제목처럼 신나고 '좋은 날'이 아니다. 노랫말을 곰곰 따져 보고 나서야 비로소 알게 되는 〈좋은 날〉의 슬픈 사연. 그것은 무엇일까? '좋은 날'이라더니 노래 속 화자는 울고 있다. 이 대목은 어쩔 수 없이 기시감(旣視感)을 불러일으킨다. 제목은 '좋은' 날인데 결과적으로 '좋지 않은' 날 이것은 틀림없이 소설 〈운수 좋은 날〉의 차용이라고 볼 수밖에 없었다.

핵심 개념을 짚다 – 반어의 개념과 기능

그리스 희극에 등장하는 인물 중에 '에이론(Eiron)'이 있다. 그는 키가 작고 연약하였지만 재치가 있고 꾀가 많아 지혜로웠다. 그는 극중에서 '알라존(Alazon)'과 시시때때로 맞부딪힌다. 알라존은 자신을 실제보다 과장하거나 포장하여 다른 사람을 속임으로써 목적을 달성하려는 기만적인 인물이다. 이와 달리 에이론은 자기의 지식과 힘을 겉으로 드러나지 않게 속으로 감추면서 싸우는 전략을 통해, '알라존'과의 싸움에서 번번이 승리한다. 그가 알라존과 싸우면서 사용했던 화술이 바로 '에이로네이아(eironeia)'였다. 그리스어로 '에이론'은 '아닌 척하는 자'라는 뜻이고, 이 말에서 파생된 '에이로네이아'는 '모르는 척하는 것'이라는 뜻이다.

우리말로 '반어(反語)'에 해당하는 '아이러니(irony)'가 바로 '에이론'과 '에이로네이아'에서 온 말이다. 반어는 글쓴이 혹은 말하는 이가 원래 의도하였던 것과 정반대로 표현하는 말이나 글을 가리킨다. 가령, 상대방의 잘못이나 실수에 "아주 잘했다. 잘했어."와 같이 겉으로는 칭찬과 동의를 가장하면서 오히려 속으로는 비난이나 부정의 뜻을 신랄하게 나타내려고 하는 경우가 있다.

한편, 반어적 표현은 뜻하고자 하는 것의 반대의 표현을 사용함으로써 오히려 뜻하고자 하는 바를 더욱 강조하는 효과를 거둔다. 소크라테스도 무지(無知)를 가장하고 상대방에게 질문하는 방식으로 상대방의 내적 모순을 폭로하고 자각하게 하는 문답법을 사용하였는데, 이 역시 반어적 표현의 일종이다. 이처럼 수사적 기교로서 반어법은 동서양을 막론하고 오래전부터 널리 쓰이고 있는 방법이다.

문학 작품에 이런 '반어'가 빈번하게 사용된다. 다만 반어는 대중가요에는 잘 쓰이지 않는데, 아마도 그것은 반어의 의사소통적 특성에 기인할 것이다. 반어는 청자나 독자가 그것이 사용된 상황 맥락을 먼저 공유할 수 있어야 제대로 된 표현 효과를 거둘 수 있다. 그런데 대중가요는 노랫말 자체보다 리듬이나 멜로디 등 음악적 요소가 강하기 때문에 노랫말이 가진 상황 맥락에 대해 대중이 문학 작품에 비해 상대적으로 덜 집중하는 경향이 있다. 그래서 노랫말이 가진 의도를 굳이 반어적으로 표현하기보다는 직설적으로 표현하여 대중이 노랫말을 쉽게 이해할 수 있도록 하는 것이 보통이다.

이번 시간에는 반어적 표현을 사용한 대표적인 문학 작품 한 편을 소개하고, 이 문학 작품의 반어적 기법을 거의 그대로 따라한 듯한 유사한 모티브의 케이팝 한 곡을 겹쳐 읽어 보도록 하자.

문학 작품 읽기 – 설렁탕 한 그릇마저도 먹일 수 없었던 날

현진건의 〈운수 좋은 날〉은 인력거꾼인 '김 첨지'가 겪었던 어느 하루 동안의 이야기를 통해 1920년대 하층 노동자의 비참한 삶을 여실하게 보여 주는 작품이다. 〈운수 좋은 날〉의 맨 처음 부분을 아이들에게 읽어 보도록 하자. 이 작품은 비가 내리면서 시작된다.

새침하게 흐린 품이 눈이 올 듯하더니, 눈은 아니 오고 얼다가 만 비가 추적추적 내리었다. 이날이야말로 동소문 안에서 인력거꾼 노릇을 하는 김 첨지에게는 오래간만에도 닥친 운수 좋은 날이었다. 문안에(거기도 문밖은 아니지만) 들어간답시는 앞집 마나님을 전찻길까지 모셔다 드린 것을 비롯하여 행여나 손님이 있을까 하고 정류장에서 어정어정하며 내리는 사람 하나하나에게 거의 비는 듯한 눈길을 보내고 있다가, 마침내 교원인 듯한 양복장이를 동광학교까지 태워다 주기로 되었다.

첫 번에 삼십 전, 둘째 번에 오십 전. 아침 댓바람에 그리 흉하지 않은 일이었다. 그야말로 재수가 옴붙어서 근 열흘 동안 돈 구경도 못한 김 첨지는 십 전짜리 백통화 서 푼, 또는 다섯 푼이 찰깍 하고 손바닥에 떨어질 제 거의 눈물을 흘릴 만큼 기뻤었다. 더구나 이날 이때에 이 팔십 전이라는 돈이 그에게 얼마나 유용한지 몰랐다. 컬컬한 목에 모주 한 잔도 적실 수 있거니와, 그보다도 앓는 아내에게 설렁탕 한 그릇도 사다 줄 수 있음이다.

본문에 나와 있듯이 이 날은 정말로 '운수 좋은 날'이었다. 열흘 동안 돈 구경도 못한 김 첨지에게 오늘은 왠지 손님들이 몰려든다. 예약 손님까지 받아 둔 김 첨지는 눈물을 흘릴 만큼 기쁘다. 비가 내리는 궂은 날이지만 인력거꾼인 그에게 궂은 날은 오히려 대목이다. 배

굶기를 밥 먹듯 하였을 김 첨지가 오늘은 사치스럽게도 '모주 한 잔'을 기울일까 하는 행복한 상상마저 해 보게 되는, 김 첨지의 행복한 저녁 한때가 묘사되면서 소설은 시작된다.

우리가 주목해야 하는 것은, 김 첨지가 지금 마음이 들떠 있는 이유이다. 김 첨지가 마음이 들떠 있는 이유는 바로 병든 아내에게 '설렁탕 한 그릇 사다 줄 수 있음'에 있다. 김 첨지가 머릿속으로 상상하는 이 설렁탕 한 그릇이, 현진건의 〈운수 좋은 날〉을 '반어'의 모범으로 꼽는 단서가 된다.

병석에 누워 있는 아내는 이따금씩 설렁탕이 먹고 싶다고 이야기하곤 했다. 그러나 끼니조차 잇기 힘들었던 그의 처지에 설렁탕은 언감생심이었다. '운수 좋은 오늘이야말로 일찍 귀가하여 아내의 소원을 들어주어야겠다'고 마음먹었던 김 첨지의 소박한 꿈은, 또다시 찾아온 손님으로 인해 잠시 보류된다. 그러나 또 돈을 벌 수 있다는 생각에 더할 나위 없이 기쁘기만 하다.

한편, 아침나절 자신이 몹시 아프니 오늘은 일을 나가지 말라고 부탁하던 아내의 말이 새삼 떠올라 김 첨지의 마음 한 구석이 여간 불안한 것이 아니다. 하지만 또 찾아드는 손님을 맞이하느라 마음속 불안을 잠시 잊는다. 그렇게 계속되는 돈벌이에 김 첨지는 '오늘은 참으로 운수 좋은 날'이라며 좋아한다. 모처럼 벌이가 괜찮은 김 첨지는 선술집 앞에서 친구를 만나 잠시 쉬다 갈 겸 거나하게 술을 들이킨다. 그러나 자꾸만 엄습하는 불안감을 떨치지 못하고 술자리를 박차고 일어난다. 그는 설렁탕을 사 들고 급히 집으로 돌아간다. 그런데 집으로 들어선 순간, 불길함을 직감한 김 첨지는 일부러 목청을 있는 대로 다 내어 호기롭게 호통을 친다.

"이런 오라질 년, 주야장천 누워만 있으면 제일이야! 남편이 와도 일어나지를 못해."

그리고 누워 있는 아내를 발로 차는데, 아내의 몸은 이미 나무등걸처럼 딱딱하다. 그때 아내 품 안에 있던 어린 자식이 물었던 젖을 빼어 놓고 울기 시작한다. 울 기운도 없는지 소리도 잘 나지 않는 마른 울음이다. 김 첨지가 아내를 붙잡고 오열하면서 다음과 같은 장면으로 이 소설의 막이 내린다.

"이년아, 말을 해, 말을! 입이 붙었어, 이 오라질 년!"
"⋯⋯."
"으응, 이것 봐, 아무 말이 없네."
"⋯⋯."
"이년아, 죽었단 말이냐, 왜 말이 없어?"
"⋯⋯."
"으응, 또 대답이 없네, 정말 죽었나 보이."
이러다가 누운 이의 흰창이 검은창을 덮은, 위로 치뜬 눈을 알아보자마자,
"이 눈깔! 이 눈깔! 왜 나를 바로 보지 못하고 천장만 바라보느냐, 응."
하는 말끝엔 목이 메었다. 그러자 산 사람의 눈에서 떨어진 닭똥 같은 눈물이 죽은 이의 뻣뻣한 얼굴을 어룽어룽 적신다. 문득 김 첨지는 미친 듯이 제 얼굴을 죽은 이의 얼굴에 한데 비벼 대며 중얼거렸다.

"설렁탕을 사다 놓았는데 왜 먹지를 못하니, 왜 먹지를 못하니······.
괴상하게도 오늘은 운수가 좋더니만······."

— 현진건의 〈운수 좋은 날〉에서 발췌함.

병든 아내에게 설렁탕 한 그릇 사 주지 못하는 가난한 상황에 놓인 김 첨지에게 여느 날과 달리 돈벌이가 유독 잘된 이날은 '운수 좋은 날'임이 틀림없다. 그러나 김 첨지의 불안감이 증폭되고 결말 부분에서 아내의 죽음을 목격하는 순간, 이날은 '운수 좋은 날'이 아니라 그의 살아생전에 가장 '운수 나쁜 날'이 되고 만다.

독자는 소설의 마지막 장면까지 읽고 나서야 이 소설의 제목 '운수 좋은 날'이 반어적 표현이었음을 깨닫게 된다. 유난히 운수가 좋았던 날에 아내의 죽음을 맞이하게 되는 상황적 아이러니를 통해 당시 우리 민족이 처한 비참한 현실을 고발하고 있는 이 작품은, 김 첨지에 닥친 불행을 '운수 좋은 날'이라는 반어적 제목으로 표현함으로써 그 비극성을 더욱 심화시키고 이 소설의 주제 의식을 강조하는 역할을 한다.

문학 작품에 견주어 〈좋은 날〉 읽기

 – 사랑한다고 고백하기에 이미 늦어 버린 날

하늘은 평소보다 더 파랗고, 파란 하늘에 딱 어울리는 바람마저 살랑살랑 부는 날. 날씨만으로 봤을 때 정말 '완벽'하게 좋은 날이다. 〈운수 좋은 날〉의 인력거꾼 김 첨지가 비가 추적추적 내리는 날이

장사하기에 딱 좋은 날이었던 것처럼, 이날은 사랑하는 사람을 만나기엔 더없이 좋은 날이었다. 아이유의 〈좋은 날〉은 이렇게 완벽한 날씨로 시작된다.

어쩜 이렇게 하늘은 더 파란 건지 오늘따라 왜 바람은 또 완벽한지
그냥 모르는 척하나, 못 들은 척, 지워 버린 척 딴 얘길 시작할까
아무 말 못 하게 입 맞출까

눈물이 차올라서 고갤 들어 흐르지 못하게 또 살짝 웃어
내게 왜 이러는지 무슨 말을 하는지
오늘 했던 모든 말 저 하늘 위로
한 번도 못 했던 말 울면서 할 줄은 나 몰랐던 말
나는요 오빠가 좋은걸 어떡해

새로 바뀐 내 머리가 별로였는지 입고 나왔던 옷이 실수였던 건지
아직 모르는 척 기억 안 나는 척 아무 일 없던 것처럼 굴어 볼까
그냥 나가자고 얘기할까

이런 나를 보고 그런 슬픈 말은 하지 말아요
철없는 건지 조금 둔한 건지 믿을 수가 없는걸요

눈물은 나오는데 활짝 웃어 네 앞을 막고서 막 크게 웃어
내가 왜 이러는지 부끄럼도 없는지 자존심은 곱게 접어 하늘 위로
한 번도 못 했던 말 어쩌면 다신 못 할 바로 그 말

나는요 오빠가 좋은걸

🔊 아이유의 〈좋은 날〉 일부를 임의로 연을 구분하여 제시함.

사랑하는 사람을 만나러 가는 날. 하지만 노래 속 그녀는 불길함을 예감한다. 김 첨지가 선술집에서 까닭 모를 불안감에 몸서리를 치던 상황과 흡사하게도 말이다. 이 노래의 화자는 사랑하는 오빠가 자신에게 이별을 통보할지도 모른다는 생각에 어쩔 줄을 몰라 한다. 이별을 말하지 못하게 입맞춤이라도 해 버릴까 하는 깜찍한 생각도 해 본다. 마침내 헤어지자는 '그런 슬픈 말'을 들은 화자는 눈물을 떨어뜨리지 않기 위해 고개를 들고 웃음을 지어 보려 애쓴다. 그리고 울음을 터뜨리며 그에게 수줍게 처음으로 건네는 말이 오빠가 좋은데 어떡하면 좋으냐는, 뒤늦은 사랑 고백이다.

새로 바뀐 헤어스타일이 그의 마음에 안 들어서였을지, 아니면 자신이 입고 온 옷이 그의 맘에 안 들어서인지, 그가 나에게 이별을 통보하는 현실이 믿어지지 않는 그녀는 별별 생각으로 자신을 자책해 보지만, 헤어짐의 이유가 무엇인가는 이미 중요하지가 않다. 그의 마음을 돌리기에는 너무 늦어 버린 것을 그녀도 알고 있다. 아무 일 없던 것처럼 굴어 봤자, 기억 안 나는 척해 봤자 다 소용없는 일이라는 것도 안다. 다만 철이 없어서인지 아니면 성격이 원래 둔해서인지 그녀 자신은 왜 헤어져야 하는지 그 이유에 대해서는 여전히 오리무중이다.

한편, 그녀는 울음이 터질 정도로 이 상황이 슬픈데 그에게 일부러 환한 미소를 짓고, 의도적으로 크게 웃어 버린다. 마치 김 첨지가 아내의 주검 앞에서 호통을 치며 허세를 부리듯 그녀도 일부러 아무렇지 않은 것처럼 크게 웃어 보인다. 부끄럼 따윈 잊은 지 오래. 그렇게 이별을 통보하는 그에게 마지막으로 한 번 더 '나는요, 오빠가 좋은걸'이라고 말해 본다. 혹시 그 사람의 마음을 돌릴 수 있을지 모른다는 부질없는 바람을 가지고 말이다. '어쩌면 다시 못 할 바로 그 말'이라는 노랫말을 보면, 화자는 이것이 정말로 마지막이라는 것을 직감한다. 그래서 오빠를 좋아한다는 마지막 이 말은 '지금 헤어지지만 그동안 오빠를 많이 사랑했었어요.'라는 뒤늦은 고백이 되고 만다. 〈운수 좋은 날〉의 김 첨지가 평생 한 번도 사 주지 못했던 설렁탕을 큰맘 먹고 사 가지고 집으로 갔지만, 정작 아내는 그 설렁탕을 먹을 수 없는 상태가 된 것처럼, 〈좋은 날〉 속 화자가 구슬프게 던지는 사랑의 고백은 이제 아무런 쓸모가 없는 말이 되어 버리고 마는 것이다.

참 슬픈 노래이다. 아이유가 예쁜 표정으로 발랄하게 노래를 불러 대중이 이 노랫말의 진의를 제대로 간파하지 못했을 뿐이지, 사실은 '좋은 날'이라는 반어적 제목 때문에라도 더욱 슬픔이 느껴지는 노래이다. 발라드가 아닌 댄스풍으로 노래를 포장한 것도 사실은 일종의 반어적 편곡이라고 볼 수 있을 듯하다. 어쨌든 '좋은 날'이라는 제목을 액면 그대로 받아들인 채 듣게 되면 이 노래의 중심 내용은 그저 귀여운 '사랑 고백'에 지나지 않을지 모른다. 하지만 노랫말의 구석구석을 잘 듣고 이 노래의 화자가 처한 상황적 맥락을 파악할 수 있다면 슬프디 슬픈 이별 노래가 된다.

소설 〈운수 좋은 날〉을 끝까지 읽어 봐야 소설이 가진 비극성을 제대로 감상할 수 있듯이, 아이유의 〈좋은 날〉도 끝까지 들어 봐야

'뜻하지 않게 찾아온 이별의 슬픔'이라는 참주제가 파악되는 노래이다. 요컨대, 이 노래의 제목을 '헤어지는 날'이나 '슬픈 날'이라고 직설적으로 붙이지 않고, '좋은 날'이라는 반어적 제목을 붙임으로써 이 노래의 비극성이 도드라지게 된 것이다. 이 완벽하게 '좋은 날'이 결국은 그녀 생애 '최악의 날'이 되고 마는 이 반전 같은 비극! 사랑하는 사람을 만나기에 완벽하게 '좋은 날'이라고 생각하여 한껏 들뜨고 행복하기만 한 화자에게, 그가 던진 이별의 말은 얼마나 큰 아픔이고 충격이었을까? 이 노래의 백미로 일컬어지는 아이유의 폭발적인 3단 고음은, 아마도 떠나려는 그 사람을 향한 노래 속 화자의 마지막 절규는 아니었을까?

〈운수 좋은 날〉과 〈좋은 날〉에 공통적으로 쓰인 표현 기법이 무엇인지 말해 보고, 그 역할에 대해서도 생각해 보자. 〈운수 좋은 날〉과 〈좋은 날〉이 가진 비극성은 무엇인지 서로 비교하여 이야기해 보자.

운수 좋은 날

① 1920년대 비참한 현실을 고발함.
② 여느 날과 달리 손님이 많아 돈벌이가 잘 되는 '운수 좋은 날'에 병든 아내를 위해 설렁탕을 사 가지고 귀가하지만 정작 아내는 이미 숨졌고, 김 첨지는 오열함.

제목에 '좋은 날'이라고 반어적 표현을 사용함으로써 주인공이 처한 비극적 상황을 더욱더 강조하고 독자와 대중에게 깊은 인상을 남김.

① 이별의 슬픔을 노래함.
② 사랑하는 사람을 만나기에 더없이 완벽한 '좋은 날'에 그에게서 이별 통보를 받고, '좋아한다'고 고백하지만 이미 돌이킬 수 없는 때늦은 일이 되어 버림.

좋은 날

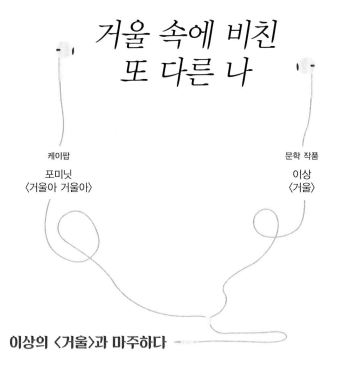

거울 속에 비친 또 다른 나

케이팝
포미닛
〈거울아 거울아〉

문학 작품
이상
〈거울〉

이상의 〈거울〉과 마주하다

이상의 시를 수업 시간에 맞닥뜨릴 때 가장 큰 고민은, 이 시가 노래하고 있는 내용이 아이들의 일상과 동떨어져 있다는 데 있다. 일상과 동떨어져 있으니 재미도 없고 관심도 보이지 않는다. 아이들이 시를 어렵다고 느끼게 하는 주범이 바로 이상의 시이다. 다행히 이상의 〈거울〉은 구체적인 사물을 내세우고 있기에 그나마 아이들과 교감할 수 있는 여지가 있다. 더욱이 이 시에 쓰인 '거울'이 시 속에서 어떤 기능을 하고 있는지만 파악해도 시에 한 발짝 더 다가서는 느낌을 받을 수 있다. 화자는 왜 거울 앞에 섰을까? 거울은 화자에게 무엇을 비춰 줄까?

핵심 개념을 짚다 – 거울의 문학적 기능과 자아 분열

'거울'은 생활필수품이라 할 만큼 우리의 일상에서 흔하게 접하는 사물 중의 하나이다. 그래서인지 글감으로서의 '거울'도 고전 문학부터 현대 문학까지 시대를 막론하고 흔히 쓰이고 있고, 소설이나 시(詩) 등 장르를 불문하고 다양한 작품 속에서 두루두루 쓰이고 있는 소재 또한 '거울'이다. 또 각각의 작품 속에서 '거울'이 갖는 문학적 의미나 기능을 따져 보면 '거울'의 문학 속 출현 빈도만큼이나 다양한 의미와 기능이 있다는 것을 알 수 있다.

우선 고전 소설의 경우를 보면, 거울이 등장인물 간의 특별한 인연을 증명하는 증표로 사용될 때가 있다. 작품 속 두 사람이 나누어 가졌던 거울 조각을 훗날 맞춰 봄으로써 두 사람만의 각별한 인연을 확인하는 경우가 그렇다.

또 다른 거울의 기능은 영화 속에서 살필 수 있는데, 영화 속에서 거울은 종종 '환영(幻影)'을 비추는 사물로 등장한다. 거울 속에 비친 모습이 실체가 아니라 반사된 빛에 불과하다는 점에서 그렇게 기능하는 것 같다. 이때 거울 속의 세계는 현실과 동떨어진 또 다른 판타지의 세계로 상징되기도 한다. 그래서 어떤 영화에서는 거울 속으로 등장인물이 직접 들어가 또 다른 세계를 탐험하기도 하는데, 그렇게 되면 이때의 거울은 현실 세계와 다른 세계의 경계를 상징하는 소재가 된다.

그리고 마지막으로 현대시에서 거울은 '자아 성찰'의 수단으로 많이 활용된다. 거울이 화자가 자신을 객관적으로 바라볼 수 있도록, 있는 그대로 비추어 주는 속성에 근거한 시적 쓰임이다. 시적 화자가 거울을 바라본다는 시적 상황 자체가 자신을 성찰하고 반성하는 행위라고 볼 수 있는 것이다. 서정주의 〈국화 옆에서〉나 윤동주의 〈참회록〉을 보면 이런 기능이 아주 잘 나타나 있다. 문학 작품의 소재로서 '거울'은 또 어떤 역할을 할까?

이번에 소개할 현대시와 케이팝에는 아주 독특한 기능을 하고 있는 '거울'이 등장한다. 기존에 우리가 알고 있는 거울의 문학적 의미나 기능과 다른 '거울'이 가진 독특한 역할을 살펴보도록 하자.

케이팝 읽기 – 나는 '거울'을 바라보는가, '너'를 바라보는가

아이들에게 먼저 제시하는 케이팝은 포미닛의 〈거울아 거울아〉이다. 거울 앞에서 '거울아 거울아 이 세상에 누가 제일 예쁘니?'라고 말하는 화자의 모습은 누가 봐도 외국 전래 동화 〈백설 공주〉의 패러디이다. 자신의 아름다움에 도취되어 자신의 아름다움을 확인하는 장치로 백설 공주의 계모가 사용했던 거울이 그 모습 그대로 이 노래에 등장한다.

그런데 이 노래 속의 화자가 바라보고 있는 거울은 자신의 아름다움을 확인하는 구실만 하는 것은 아닌 것 같다. 백설 공주의 계모가 자신을 가장 예쁘다고 생각했던 것과 달리, 이 노래 속 화자는 자신의 외모가 이성을 유혹할 만큼 예쁜 것은 아니라고 생각한다. 왜냐하면, 화자가 좋아하는 '그대'가 자신을 '거들떠보지'도 않고 있기 때문이다.

대체 왜 그땐 날 거들떠보지 않고

매일 날 그대만 바라보게 만들고

오늘은 좀 더 예쁘게 나를 보여 줘 너무 멋진 너에게

거울아 거울아 이 세상에 누가 제일 예쁘니?

거울아 거울아 이 세상에 내가 제일 예쁘니?

오늘만은 내가 제일 예쁘다고 말해 줘 봐

너를 생각하면 더 거울에 비친 내 모습은 마치

너무 예쁜데 너는 자꾸 왜 다른 생각만 하는지

왜 날 보지 않는 건데

내 거울아 거울아

내 거울아 거울아

대체 왜 언제나 본체만체만 하고

매일 밤 너는 날 가슴 뛰게 만들어

언제나 너무 멋진 너

내게로 다가오게 더

거울아 거울아 이 세상에 누가 제일 예쁘니?

거울아 거울아 이 세상에 내가 제일 예쁘니?

처음부터 마음에 들었다고 내게 말해 줘 봐

🔊 포미닛의 〈거울아 거울아〉 일부를 제시함.

이 노래 속에서 거울을 쳐다보는 화자는 아마도 여자일 것이다. 그런데 이 화자에게는 짝사랑하는 남자(이 노래에서는 '너' 혹은 '그대'로 명명되고 있음)가 있다. '대체 왜…… 날 거들떠보지'도 않느냐고 투덜

대는 걸 보면 충분히 짐작할 수 있다. 노래 속 화자는 만사를 제쳐 놓고 '그대'만 바라보게 될 정도가 되었으니까 아주 지독한 짝사랑을 하고 있는 듯하다. 그 남자와의 만남을 뒤로하고 집에 돌아와서 화자는 거울을 들여다본다. 그리고 거울에 대고 이렇게 말한다.

'오늘은 좀 더 예쁘게 나를 보여 줘'

거울에게 이 세상에서 화자 자신이 가장 예쁘다는 말을 기대하는 것이 아니라, 조금이라도 더 예쁘게 비춰 달라고 거울한테 부탁하는 것이다. '너무 멋진' 그 남자에게 예쁘게 보이고 싶은 것이다. 여기까지는 거울과 대면한 화자가 의인화된 거울에게 말을 거는 장면이다. 그런데 그다음 노랫말을 찬찬히 읽어 보자.

'오늘만은 내가 제일 예쁘다고 말해 줘 봐'

이건 누구에게 하는 말일까? 얼핏 생각하면 거울에게 말하는 것처럼 들리겠지만 그 뒤에 바로 이어지는 노랫말을 보면 상황이 달라진다.

'너는 자꾸 왜 다른 생각만 하는지 왜 날 보지 않는 건데'

화자가 좋아하는 '너'가 자꾸 다른 생각을 하면서 화자를 쳐다봐 주지 않는다. 그러니까 '왜 그러냐'고 그에게 따지고 싶을 수밖에. 그렇기 때문에 '오늘만은 내가 제일 예쁘다고 말해 달라'는 요청은 거울을 향한 것일 수도 있지만, 사실상 그 남자에게 하는 말이라고 봐야 하겠다. 바로 그 남자가 화자 자신에게 해 주기를 바라는 말이라는 것이다. 그에게서 "당신이 제일 예뻐요."라는 말이 너무 듣고 싶은 것이 화자의 진짜 마음인 것이다.

그런데 어느 순간 거울과 대면하고 있던 화자는, 화자가 좋아하는 '너'와 대면하게 된다. 거울과 '너'가 자연스럽게 오버랩 되면서 거울이 사라져 가고 시나브로 '너'로 바뀐다. 그리고 거울과 마주하였던 화자는 어느새 '그 사람'과 대면하게 된다. 그리고 마지막에 이어지는 노랫말은 거울이 아닌, 명백하게 '그 남자'를 향한 간절한 바람을 표현하고 있다.

'처음부터 마음에 들었다고 내게 말해 줘 봐'

비록 지금은 그 남자가 화자를 '언제나 본체만체만 하'고 있지만 '사실은 처음 본 순간부터 마음에 들었다'고 말해 달라는 것이다. '(현실은 그렇지 않을망정) 그랬으면 좋겠다'는 것이다. 그런데 지금 그 사람이 진짜로 눈앞에 있는 건 아니다. 거울을 보면서 '그 사람'에게 말하고 있는 것일 뿐이다. 이 순간이 바로 '거울' 앞에 선 화자와 '그 사람' 앞에 서 있는 화자, 이렇게 화자가 둘로 분열되는 순간이다. '거울'에게 누가 제일 예쁘냐고 물으면서, 정작 '네가 제일 예쁘다'는 대답은 (거울이 아닌) 그 남자에게서 듣고 싶은 것이다.

자, 이제 앞서 제시한 이 노래에 등장한 거울의 기능이 무엇인지 본격적으로 생각해 볼 차례다. 이 노래 속에서의 '거울'의 기능은 서두에서 제시한 종래의 것들과는 다소 거리가 있다. 거울에 대고 자신의 마음속 바람을 호소하고 있다는 측면에서 볼 때, 간절히 바라고 빈다는 뜻의 '기구(祈求)'의 기능을 하고 있다고 할 수 있지만, '거울'이 화자를 둘로 나누고 있는 장면도 분명히 목격할 수 있다. 그런 점에서 본다면, 이 노래에서 '거울'은 '자아 분열'의 매개체로 기능하고 있다. 왜냐하면, 이 거울로 인해 '그 남자'가 화자를 거들떠보지도 않는 '현실 세계'와 '네가 제일 예쁘다'는 말을 그 남자로부터 듣고 싶은 '이상 세계'에 각각 화자가 분열되어 동시에 존재하게 되었기 때문이다.

1930년대에 창작되었던 이상의 〈거울〉이라는 시에도 분열된 자아가 등장한다. 이번에는 포미닛의 〈거울아 거울아〉와 세심하게 비교해 가며 이 작품을 감상해 보도록 하자.

케이팝에 견주어 〈거울〉 읽기
– 손을 내밀어도 악수하지 않는, 그 사람은 누구인가?

이 시는 얼핏 보아도 우리가 익히 보아 오던 시와는 확연히 다른 형식을 띄고 있다. 특히 띄어쓰기를 무시하고 단어나 구절을 붙여 쓰고 있는데, 시인이 전통적인 시 창작 방법에서 탈피하여 실험성을 가지고 이 시를 창작했음을 잘 보여 주는 부분이다. 겉으로 보이는 형식뿐만 아니라 이 시의 내용 역시 매우 이채롭다.

1 거울속에는소리가없소
   저렇게까지조용한세상은참없을것이오

2 거울속에서도내게귀가있소
   내말을못알아듣는딱한귀가두개가있소

3 거울속에나는왼손잡이오
   내악수를받을줄모르는―악수를모르는왼손잡이오

4 거울때문에나는거울속의나를만져보지를못하는구료마는

거울이아니었던들내가어찌거울속의나를만나보기라도했겠소

5 나는지금거울을안가졌소마는거울속에는늘거울속의내가있소
잘은모르지만외로된사업에골몰할게요

6 거울속의나는참나와는반대요마는
또꽤닮았소
나는거울속의나를근심하고진찰할수없으니퍽섭섭하오
— 이상의 〈거울〉을 임의로 연을 구분하여 제시함.

프로이트라는 정신 분석학자가 인간의 정신을 '무의식'과 '의식'으로 나누었다. 의식은 이성적이고 논리적인 사고를 하며 일상적인 삶을 살아가는 데 관여하고 있지만, 무의식은 의식 저 너머에 잠재되어 이성에 의해 억눌려 있다. 더 쉽게 설명을 해 보겠다. 다음과 같은 말을 많이 들어 보았을 터.

"나도 모르게 무의식적으로 그런 말을 하고 말았다."

이성적으로는 해서는 안 되는 말이라고 생각하고 있었는데 잠시 이성에 의해 억눌려 있던 무의식의 영역이 자기도 모르게 말실수가 되어 튀어나온 것이다. 이때 사용한 '무의식'이라는 말이, 프로이트가 말했던 '무의식'과 크게 다르지 않다. 무의식의 영역은 이성이 통제하지 못하는 잠재적 영역이다. 그래서 평상시에는 무의식의 세계를 인식할 수 없다. 다만 위와 같이 말실수를 할 때, 혹은 잠을 잘 때 꾸는 꿈속에서나 무의식을 종종 엿볼 수 있다. 그런데 이 무의식의 영역에는 (현실적 '나'와 다른) 또 하나의 '나'가 따로 존재한다. 〈거울〉의 시적 화자는 거울을 통해 이 무의식의 영역에 존재하는 또 다른 '나'를 만난 것이다.

　이상의 〈거울〉에 나오는 '거울 속의 나'는 또 하나의 자아, 즉 무의식적 자아를 의미한다. 반면에 거울 밖에 있는 '나'는 현실적 자아를 의미한다. 이 시의 화자는 '현실적 자아' 말고 또 다른 자아가 존재한다는 사실을 '거울'을 계기로 알게 되었다고 말하고 있다. 5연의 '거울 속에는 늘 거울 속의 내가 있소'라는 구절에서 이것을 잘 알 수 있다.

　한편, '거울 속의 내'가 혼자서 하는 일(= 외로된 사업)이 있다. 이것은 거울 속의 '나'가 거울 밖의 '나'의 인식과 의도를 벗어나서 혼자만의 일을 한다는 뜻으로, 현실적 자아와 무의식적 자아 사이의 분열이 심각함을 나타낸다.

　자, 곰곰 생각해 보자. 현실적 자아와 무의식적 자아가 일치할수록 좋을까, 아니면 따로 분열되어 있는 것이 좋을까? 당연히 일치할수록 좋다. 가령, 무의식적으로는 하고 싶은 일이 너무 많은데, 현실적 자아가 이를 이성적으로 억누르고 있다면, 그 사람은 건강한 사람일까? 현실적 자아와 무의식적 자아는 비슷한 성향을 가져야 안정된 삶을 산다고 할 수 있을 것이다. 현실적 자아와 무의식적 자아가 일치한다면 더욱 좋을 테고 말이다. 그런데 이 시를 보면, 무의식적 자아는 '내 말을 못 알아듣'고 있다(2연). 또 화해하기 위해 손을 내밀어봐도 '내 악수를 받을 줄도 모르는 놈'이다(3연). 앞서 이야기했다시피 혼자서만 무슨 일을 하는 놈이기도 하다(5연). 그래서 시적 화자는 이렇게 분리되고 분열된 자아의 모습을 안타까워하면서 치료하고 싶어 하지만 '거울 속의 나를 근심하고 진찰할 수 없'어서 섭섭하다고 했다.

그렇다면 시인은 독자들에게 무슨 말을 전하고 싶었던 것일까? 화자는 이 시를 통해 자신의 자아 분열과 갈등 양상을 드러내고 있는데, 이런 모습은 현대인의 불안 심리를 표현한 것이다. 짝사랑하는 남자의 관심을 받지 못해 불안한 심리가 거울을 통해 표출되었다는 점에서 보면, 포미닛의 〈거울아 거울아〉에 등장하는 화자도 마찬가지였다. 그 남자의 관심 밖에 있는 화자, 그러한 현실을 직시하고 안타까워하는 현실적 자아, 반면에 그러한 현실임에도 불구하고 무의식적 자아가 욕망하는 것은 그 남자가 '처음부터 네가 마음에 들었다'면서 먼저 다가와 주는 것이다.

이와 같이 포미닛의 〈거울아 거울아〉에서도 자아는 철저히 분열된 채 이상 심리를 보이고 있다. 아마 현대 사회를 사는 우리 모두가 그렇게 사는지 모른다. 〈거울〉에도 나와 있는 것처럼 현실적 자아와 무의식적 자아는 좀처럼 화해가 되지 않는다. 놀라운 것은, 이러한 현대인의 분열 양상을 이상의 〈거울〉이 이미 1930년대에 노래하고 있었다는 사실이다.

이상의 〈거울〉과 포미닛의 〈거울아 거울아〉에 등장하는 거울이 공통적으로 어떤 기능을 하고 있는지 생각해 보고, '자아가 분열되었다'는 말의 의미를 두 노래를 가지고, 각각 어떻게 설명할 수 있는지도 함께 생각해 보자.

거울아 거울아

화자는 자신의 분열된 모습을 인식하지 못한 채 짝사랑의 대상이 자신에게 다가오기를 끊임없이 욕망함.

- 거울을 통해 화자의 현실적 자아와 무의식적 자아가 분열되는 양상을 보임.
- 현대인의 불안 심리를 드러냄.

거울 앞에서 분열된 두 자아가 화해를 시도하고, 분리된 자아의 모습을 치료하려 애쓰고 있으나 치료 불능 상태임.

거울

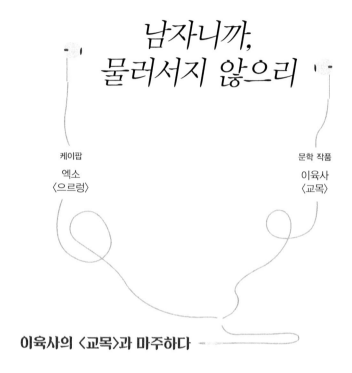

남자니까,
물러서지 않으리

케이팝
엑소
〈으르렁〉

문학 작품
이육사
〈교목〉

이육사의 〈교목〉과 마주하다

　이 시를 아이들이 제대로 감상하는 데는 몇 가지 선결 요건이 있다. 일단 제목을 염두에 두고 시를 읽어야 한다는 것이다. 그러기 위해서는 제목인 '교목'의 사전적 의미라도 알고 있어야 한다. 그리고 '거미집'이나 '바람', '그림자' 같은 함축적 의미가 짙은 시어들의 정체도 파악해야 한다. 그러나 무엇보다도 이 시를 이해하는 지름길은 이 시의 제목이 왜 '교목'일까, 왜 '교목'이어야 하는가를 생각해 보는 것이 아닐까 한다.

　교목은 하늘을 향해 우뚝 솟은 나무를 말한다. 오로지 하늘을 향해서만 자라는 곧은 의지의 교목은 시적 화자의 강한 의지를 드러내기에 적절한 사물이다. 그래서 강한 의지를 가진 시적 화자는 다분히 남성적일 수밖에 없다.

이번 시간에는 남성적인 목소리가 한 편의 노래 안에서 어떻게 표현되고 어떻게 기능하고 있는지 구체적으로 살펴보려고 한다. 요즘 청소년의 전폭적인 지지를 받고 있는 아이돌 '엑소'의 노래를 잠시 빌려 보도록 하겠다. 그리고 이육사의 〈교목〉에 등장하는 '객관적 상관물'이 무엇인지 찾아보고, 그것이 남성적 화자의 정서를 표현하는 데 어떤 도움을 주고 있는지도 파악해 보도록 하자.

핵심 개념을 짚다 – 남성 화자와 '객관적 상관물'

시인은 노래 안에서 자신의 목소리를 직접 내지 않는다. 시인은 자신을 대신해서 노래를 불러 줄 대리인을 늘 내세운다. 시인이 내세운 대리인, 우리는 그것을 '화자' 혹은 '시적 화자'라고 일컬어 왔다. 한편, 우리는 섬세한 정서를 표현하는 여성 화자를 이미 여럿 만나 보았다. 김소월의 〈진달래꽃〉이나 허난설헌의 〈규원가〉, 그리고 정철의 〈사미인곡〉이나 〈속미인곡〉도 그 나름대로의 필연성과 필요성에 의해 여성 화자가 등장하였었다.

반면에 남성 화자가 필요한 때가 있다. 가령, 대상에 대한 치열한 대결 의식, 혹은 저항 의지를 담은 목소리를 내기에는 남성 화자가 제격이다. 그런데 남성 화자로도 부족하다 싶을 때에는 사람이 아닌 동물이나 식물, 심지어 사물을 '화자'로 설정하기도 한다. 혹은 딱히 화자가 아니더라도 시인이 표현하고 싶은 정서를 형상화하기에 적절한 사물을 찾아 그것을 대신 노래함으로써 화자의 마음을 객관적으로 표현하기도 한다.

이번 시간에 감상하게 되는 케이팝과 현대시는 공통적으로 화자의 강렬한 의지가 돋보이는 노래이다. 두 노래를 잘 살펴보고, 노래 속 화자가 목숨을 걸고서라도 지키고 싶어 하는 것은 무엇인지, 그리고 그것을 지키기 위한 화자의 강렬한 의지가 각각 어떻게 표현되어 있는지 살펴보도록 하자.

케이팝 읽기 – 내 여자를 목숨 걸고 지킨다

이 노래는 2008년부터 2012년까지 개봉한 다섯 편의 시리즈 영화 〈트와일라잇, the twilight〉, 그리고 2012년에 개봉한 영화 〈늑대 소년〉의 내용을 자연스럽게 연상시킨다. 〈트와일라잇〉에서 뱀파이어 '에드워드'가 어느 날 인간 세상의 소녀 '벨라'에게 첫눈에 반해 사랑에 빠져 다른 뱀파이어의 공격으로부터 벨라를 지켰고, 〈늑대 소년〉에서도 야생에서 자란 늑대 소년이 어느 한 소녀를 헌신적으로 사랑하여 온갖 시련을 견디며 그녀를 지켜 낸다. 엑소의 〈으르렁〉은 영화 속의 특정 장면을 노랫말로 풀어낸 듯 영화와 노래가 매우 비슷한 질감을 가지고 있다.

이 노래가 발표된 시기를 고려하고, 이 노래를 부른 '엑소'가 여학생들에게 절대적인 지지를 받고 있음을 감안하면, 공교롭게도 여자 관객에게 더 큰 인기가 있었던 상기 두 영화가 이 노래의 노랫말을 만드는 데 결정적인 모티브가 되지 않았을까 싶다.

1 나 혹시 몰라 경고하는데 잘 들어

  지금 위험해 So Dangerous

  자꾸 나를 자극하지 마

  큰일 나 나도 날 몰라

2 숨이 자꾸 멎는다 네가 날 향해 걸어 온다

  나를 보며 웃는다 너도 내게 끌리는지

  눈앞이 다 캄캄해 네가 뚫어져라 쳐다볼 때

  귓가에 가까워진 숨소리 날 미치게 만드는 너인걸

3 아무도 널 못 보게 품에 감추고 싶어

  널 노리는 시선들 내 안에 일어난 거센 소용돌이

4 검은 그림자 내 안에 깨어나 널 보는 두 눈에 불꽃이 튄다

  그녀 곁에서 모두 다 물러나 이젠 조금씩 사나워진다

  나 으르렁 으르렁 으르렁대

  나 으르렁 으르렁 으르렁대

  나 으르렁 으르렁 으르렁대

  너 물러서지 않으면 다쳐도 몰라

5 날이 선 눈빛과 베일 듯한 긴장감

  지금 탐색 중이야 너의 주위를

  넌 그냥 그대로 있어 나만을 바라보면서

  절대 널 보내지 않아 두고 봐

6 흐린 공간 속에서 선명하게 빛나는 널 노리는 시선들

   내 안에 울리는 경보 울림 소리

7 검은 그림자 내 안에 깨어나 널 보는 두 눈에 불꽃이 튄다

   그녀 곁에서 모두 다 물러나 이젠 조금씩 사나워진다

   나 으르렁 으르렁 으르렁대

   나 으르렁 으르렁 으르렁대

   나 으르렁 으르렁 으르렁대

   너 물러서지 않으면 다쳐도 몰라

◀)) 엑소의 〈으르렁〉을 임의로 편집하여 제시함.

이 노래의 화자 '나'는 누구일까? 이 노래의 화자는 사람이 아닌 '늑대'이다. 이 노래의 제목인 '으르렁'이 크고 사나운 짐승 따위가 성내어 크고 세차게 울부짖는 소리임을 단서로 삼는다면 그런 유추가 충분히 가능하다. 남성성을 상징하는 '늑대'를 화자로 설정함으로써 자기가 지키려고 하는 대상에 대한 저항 의지를 극대화시키고 있다고 볼 수 있다. 왜냐하면, 짐승의 세계에서는 자기 것을 지키려는 욕구가 인간에 비해 훨씬 더 처절하고 본능적이기에, 화자의 치열한 의지를 노래 안에서 극명하게 드러내는 데 효과적이기 때문이다.

이제 '늑대'인 화자가 지키려고 하는 것이 무엇인지 살펴보자. 2연에서 보듯이 첫눈에 반해 버린 '너' 혹은 '그녀', 즉 사랑하는 여인이다. '그녀'는 '날 미치게 만들' 정도로 '나'에게 소중한 존재이다. 그리고 그 소중함은 3연에서 '품에 감추고 싶'다는 화자의 은밀한 욕망으

로 명백해진다.

그런데 문제가 발생한다. 3연에서 제시된 것처럼 '널 노리는 시선들'이 한둘이 아니라는 것이다. 이때 화자에게 그녀를 빼앗기지 않으려는 본능이 작동한다. 마음속에서는 '거센 소용돌이'가 치고, 두 눈에 '불꽃'이 튀어 목숨을 건 저항 의지를 불태운다. 1연에서 '나를 자극하지 마'라고 이미 경고했던 화자가, 4연에서 '그녀 곁에서 모두 다 물러나'라는 최후통첩을 적들에게 날린다. 그리고는 서서히 사나워진다. 그리고 이내 적들을 향해 위협을 가한다. 으르렁, 으르렁! 이 소리는 바로 자신의 여자를 지키려는 남자가 '베일 듯한 긴장감' 속에서 적들을 향해 목 놓아 외치는 절규에 가까운 '위협'의 소리이다.

4연과 7연의 마지막 행, '너 물러서지 않으면 다쳐도 몰라'는 겉으로는 상대방을 향한 위협이고 경고이지만, 사실상 나 역시 다칠 것을 각오하고 죽기 살기로 덤비겠다는 강렬한 의지의 표현이기도 하다. 한편, 이 강렬한 의지를 자극하는 것은 4연과 7연에 나타난 '검은 그림자'이다. 화자의 내면에서 깨어나고 있다는 '검은 그림자'의 정체는 무엇일까? 화자를 자극하는 이 '검은 그림자'는 평상시에 무의식 너머에 숨어 있다가, 자신이 목숨 걸고 지켜야 하는 대상이 존재할 때 조건반사처럼 발현되어 화자의 전투력을 일거에 상승시키는 '투쟁(혹은 저항) 의지'이다.* 바꿔 말해, 화자의 내면에 자리 잡고 있던 '검은 그림자'가 '목숨 걸고 지켜야 할 것은 반드시 지켜야 한다'고 나를 일깨우고 '나'에게 본능적인 용기를 주고 있다. 화자에게 노래 속

• 검고 어둡다는 것은 '숨겨져 있다'는 의미를 연상시키고, 그림자는 늘 주체를 따라다닌다는 속성이 있다는 점에서 이렇게 해석하였다.

의 '그녀'는 목숨 걸고 지켜야 할 소중한 존재이다. 화자가 그토록 '으르렁'대는 것은 다름 아닌, 그녀를 지키기 위함이다.

케이팝에 견주어 〈교목〉 읽기
- 하늘에 닿을 듯 우뚝 서서 바람도 흔들지 못할 나무

이 시의 제목이기도 한 '교목(喬木)'은 줄기가 곧고 굵으며 높이 자라는 나무를 통칭하는 말이다. 제목에서 이미 시사하듯 시인은 하늘 높이 우뚝 솟은 나무를 노래하고 있다. 그런데 이 시를 가만히 읽다 보면 이것은 '교목'이라는 나무를 노래하고 있는 것 같지만 사실은 이를 통해 시인 자신의 삶의 자세와 굳은 의지를 표현하고 있다는 것을 알게 된다. 시인 자신을 직접 드러내지 않고, 객관적인 대상인 '교목'을 대신 세워 놓고 이것을 노래함으로써 이것이 자신의 삶의 태도와 상관이 있다는 것을 독자에게 알려 주고 있는 것이다. 이렇게 작가의 정서를 객관적으로 나타내기 위해 문학 작품에 동원된 사물을 '객관적 상관물'이라고 한다.

　　푸른 하늘에 닿을 듯이
　　세월에 불타고 우뚝 남아 서서
　　차라리 봄도 꽃피진 말아라

　　낡은 거미집 휘두르고
　　끝없는 꿈길에 혼자 설레이는

마음은 아예 뉘우침 아니라

검은 그림자 쓸쓸하면
마침내 호수 속 깊이 거꾸러져
차마 바람도 흔들진 못해라

— 이육사의 〈교목〉

이 시는 〈으르렁〉과 마찬가지로 어려운 상황에서도 자신의 신념과 의지를 지키려는 결의가 돋보인다. 〈으르렁〉에서 '그녀'를 노리는 '시선'들을 통해 일촉즉발의 위기 상황을 표현한 것처럼, 이 시에서는 '세월'이나 '낡은 거미집', 그리고 '바람' 등의 시어를 통해 화자가 처한 상황이 녹록치 않음을 암시하고 있다.

화자는 시련과 고난의 '세월'을 보내고, 지금은 어렵고 궁핍한 '낡은 거미집'에 맞서며, 앞으로 외부에서 가해지는 어떠한 '바람'에도 절대 흔들리지 않겠다는 확신에 찬 결의를 다지고 있다. 어느 정도의 결의인가 하면, 3연에서 '호수 속 깊이 거꾸러져' 죽는 한이 있어도 그렇게 하겠다고 말하고 있다. 자신의 의지를 지키지 못하니 차라리 죽음을 택하겠다는 의미로 읽힌다.

1연에서는 고통과 시련 속에서도 푸른 하늘을 향해 우뚝 남아 서 있는 교목의 모습을 통해, 자신이 죽어서 꽃을 피우지 못하는 한이 있어도 자신의 올곧은 삶을 지키겠다는 강한 의지를 표현하였고, 2연에서는 자신이 선택한, '혼자 설레이는 마음'이 들 정도의 이상을 향해 가는 길에 한 치의 후회도 없을 것이라고 다짐하였다.

3연에 이르러 낯익은 시어와 마주하게 된다. 〈으르렁〉에도 등장했던 '검은 그림자'가 바로 그것이다. 〈으르렁〉에 쓰인 노랫말과 똑같은 말이지만, 그 함축적 의미에는 다소 차이가 있다. 우리가 일상적으로 "검은 그림자가 드리웠다."라는 표현을 종종 접하게 되는데, 이 시에 쓰인 것이 이 말과 의미가 상통한다. 시인 이육사가 처해 있던 당시가 일제 강점기였음을 고려할 때, '검은 그림자'는 암담한 시대 상황을 상징하는 말이라고 볼 수 있다. 즉, 이 시에서는 암담한 시대 상황에도 아랑곳하지 않고, 부정적인 당시의 현실에 대해 화자가 비굴하게 순응하지 않고 저항하겠다는 굳은 의지를 3연에서 표현하고 있는 것이다.

〈으르렁〉에서 화자가 자신이 사랑하는 '그녀'를 지키겠다고 목숨 걸고 저항하고 있다면, 이육사의 〈교목〉에서는 조국 독립을 위한 자신의 신념을 목숨 걸고 지키겠다고 단호한 결의를 펼쳐 보이고 있는 것이다.

목숨보다 소중한 것을 지키려는 강인한 남성 화자의 목소리가 〈으르렁〉과 〈교목〉에서 각각 '짐승(늑대)'이라는 화자를 통해, '나무(교목)'라는 객관적 상관물을 통해 드러나고 있다. 두 노래 모두 타인에게 의지하지 않고 자신만의 힘과 신념으로 (비굴해하거나 포기하지 않고) 어려운 상황을 정면 돌파하겠다는 화자의 자세가 참으로 '상남자'가 따로 없다는 생각을 하게 한다.

이 수업에서 아이들에게 던지는 마지막 발문은 다음과 같다.

"얘들아! 너희가 생각하는 상남자의 모습은 무엇이니?"

화자가 처한 상황을 고려할 때, 두 노래에 나타난 화자의 정서와 태도가 어떤 점에서 유사한지 생각해 보고, 두 노래에서 남성성을 드러내기 위한 방법에 어떤 차이가 있는지 찾아보자. 또 각각의 화자는 저항 의지를 드러내기 위해 어떤 표현을 하고 있는지 찾아보자.

으르렁

① 사람이 아닌 '늑대'를 화자로 설정하여 남성성을 극대화함.

② 화자가 사랑하는 '그녀'가 다른 늑대들의 '시선'에 노출되어 빼앗길 위기에 처함.

③ 화자가 '으르렁'대며 적들에게 경고 혹은 위협하며 저항 의지를 불태움.

- 화자가 위기 상황에 처해 있으나 그것에 맞서 싸움으로써 화자가 소중하게 여기는 대상을 목숨 걸고 지켜 내고자 함.
- 남성적 화자의 강한 저항 의지와 결의가 돋보임.

① 화자가 '교목'을 객관적 상관물로 설정하여 남성성을 극대화함.

② 화자가 암울한 시대적 현실에 처함.

③ 죽는 한이 있어도 '바람'에 흔들리지 않겠다는 강한 저항 의지를 드러냄.

교목

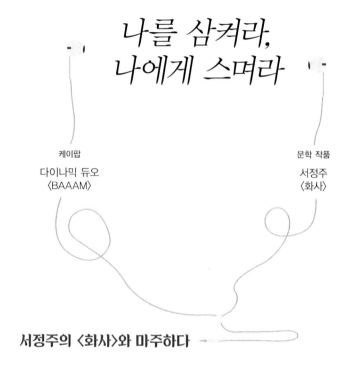

나를 삼켜라,
나에게 스며라

케이팝
다이나믹 듀오
〈BAAAM〉

문학 작품
서정주
〈화사〉

서정주의 〈화사〉와 마주하다

아이들에게 '뱀'을 소재로 한 문학 작품을 떠올려 말해 보라고 하면, 거의 소설이나 설화 등 서사 문학을 말할 뿐 서정 장르의 작품을 말하는 아이는 거의 없다. 서정 장르에서 '뱀'을 시어나 노랫말로 활용하기는 쉽지 않은 게 사실이다. 그래서 '뱀'이 들어가 있는 시를 어쩌다가 접하게 되거나, '뱀'을 소재로 한 대중가요를 듣게 되면 '참 독특하다'는 느낌을 받는다.

어느 트로트 가수가 부르는 "앗 뱀이다 뱀이다 몸에도 좋고 맛도 좋은 뱀이다 뱀이다 요놈의 뱀을 사로잡아 울 아빠 보약을 해 드리면 아이고 우리 딸 착하구나 하고 좋아하실 거야"라는 노래를 처음 들었을 때 깜짝 놀란 적이 있다. 대중가요에 뱀을 등장시킨 '엽기'스러

움에 얼핏 놀라긴 했지만, 해학과 풍자가 가득한 노랫말을 살펴보고
참 재미있는 노래라는 생각을 했었다. 가수 김혜연이 부른 〈참아 주
세요〉를 들려주고, '뱀'을 소재로 한 문학 작품과 케이팝을 아이들과
함께 찾아보고, 이것을 함께 견주어 감상하는 문학 시간은 뜻밖에도
흥미로운 시간이 되었다.

핵심 개념을 짚다 – 뱀의 시적 의미와 기능

'뱀' 하면 일반적으로 머릿속에 먼저 떠오르는 이미지는 무엇일까?
혐오스러운 외양을 가진 뱀은, 머릿속에 떠올리는 것만으로도 눈살
을 찌푸리게 되는 기피 대상 1호 동물이다. 징그럽게 꿈틀거리는 기
다란 몸뚱이, 풀숲을 스윽 스쳐 지나가는 음흉한 자태, 미끈한 촉감
에 축축해 보이는 피부, 무서운 독을 품은 채로 쉴 새 없이 날름거리
는 기다란 혀. 이처럼 뱀은 도저히 호감을 품을 수 없는 극악의 비주
얼을 가진 동물임이 틀림없다.

'뱀'은 신화적으로도 이브를 유혹하여 결국은 인간을 낙원에서 쫓
겨나게 만든 원초적 악의 상징이기도 하다. 사악하고 교활한 캐릭터
의 대명사가 되어 버린 뱀은, 외양뿐만 아니라 심리적으로도 분명 우
리에게 그리 반가운 동물은 아니다.

그러나 사악하고 간사한 뱀의 속성보다 뱀의 장점을 볼 줄 알았던
우리 조상은, 뱀을 12지 동물 중의 하나로 정하는 등 뱀을 오히려 상
서로운 동물로 여긴 경우가 많았다. 우리 조상은 뱀을 영원한 생명을
누리는 신령스러운 동물이라고 생각하기도 하였고, 풍요와 다산의 상

징으로 받아들이고, 심지어 집을 지키는 수호신으로 생각하기도 하였다. 서양에서도 신화 속의 뱀은 지혜와 치유의 상징[•]으로 그려졌고, 현재도 이런 의미를 일상에서 그대로 활용하고 있다.[•]

이렇듯 '뱀'은 동서고금을 막론하고 매우 다양한 상징성을 가진 동물로 존재하여 왔다. 이러한 '뱀'의 상징성은 문학적으로도 '뱀'이라는 소재가 다양한 비유로 활용되는 원동력이 되었다.

이번 시간에는 '뱀'이 지닌 이중적 속성, 동전의 양면처럼 극단의 두 속성을 소유한 '뱀'을 노래 안에서 어떻게 활용하고 있는지 살펴보도록 하자.

케이팝 읽기

– 내겐 너무 예쁜 '뱀', 그러나 잡히지 않고 잘도 빠져나가는 뱀

이 노래에서 화자는 그녀를 '뱀'이라고 한다. '뱀'은 끊임없이 날 유혹하지만 언제 그랬냐는 듯 화자의 곁에서 '빠져나가' 버리는 그녀를 비유적으로 표현한 말이다. 그런데 이 노래의 제목은 정작 '뱀'이 아니라 엉뚱하게도 'BAAAM'이다. 왜 이런 제목이 붙었을까? 영단어 'BAAAM'은 '깜짝 놀라다', '감탄하다'라는 의미의 속어라는 것이 흥미롭다. 이런 제목을 통해 '그녀'를 '뱀'에 비유함과 동시에, 화자의 마음을 온통 흔들어 대는 '그녀'에게 깜짝 놀랐고, (반어적 의미에서) 감

• 고대 그리스에서 의술의 신이었던 아스클레피오스는 뱀이 감겨 있는 지팡이를 들고 다녔다.
• 세계보건기구나 미국 의사협회 등이 채택한 엠블럼 속에는 뱀이 자리 잡고 있다.

탄했다고 중의적으로 표현하고 있는 것이다. 그리고 이 노래에서 '뱀 (BAAAM)'은 세 번을 반복하여 쓰였는데, 이것을 글자로 늘어놓고 보면 마치 기다란 뱀의 형상을 띠게 되어 시각적으로도 '뱀'을 연상하게 한다. 작사가의 의도이든 그렇지 않든 결과적으로 기발한 제목이라는 생각이 든다.

1　오전에 보낸 문자는 메아리가 없어
　　하루 종일 내 기분은 맥아리가 없어
　　친구들에겐 밀고 당기는 중
　　사실 니가 던진 떡밥에 완전 낚이는 중
　　뒤집어 놓지 내 속과 니 전화
　　어깨 근처에 향수만 묻혀 놓고 가냐
　　내가 너의 옹달샘은 아닌데
　　왜 항상 커피 아님 술만 얻어먹고 가냐
　　넌 논란의 캐릭터 뱃걸(bat girl)
　　희망이란 채찍으로 내 맘을 고문해
　　난 어둠의 기사 여기 밸트 매
　　걸쭉하게 취한 널 집에다 모셔 주네
　　왠지 넌 사연 있는 여자 같아
　　가벼운 덤벨처럼 들었다 났다
　　헷갈리게 해 너의 애매한 태도
　　어디야 지금 영화 예매했대도!

2　그녀는 뱀 뱀 뱀(BAAAM BAAAM BAAAM) 같은 여자

근데 왜 왜 왜 끌리는 걸까

내겐 너무 예뻐서 you're always in my heart

그녀는 뱀 뱀 뱀(BAAAM BAAAM BAAAM) 같은 여자

3 연락이 뚝 끊겼다가도

늦은 새벽에 불쑥 날 찾아와 술 사 달라고

콧소리 내면서 내 맘에 불붙였다가도

갑자기 정색하곤 해 오늘은 그만하자고

아 답답해 내 맘은 굴뚝같은데

너는 연기처럼 날아가는 게

마치 손아귀에 잡힐 듯 가까이 왔다가도

왜 뱀처럼 미끄럽게 빠져나가는데?

왜 내 맘에 따리를 틀었어?

삼킬 게 아니라면 넌 왜 나를 물었어?

KO 굴복한 내 맘을 넌 요요처럼 맘대로 밀고 당기고

바닥에다 굴렸어

나 질질 끌었어 너와의 관계를

알수록 알 수 없는 니 매력에 너무 끌려서

야릇하면서도 애매한 니 태도는 너무 얄미워

그게 내 호기심을 부풀렸어

4 니가 내 맘대로 안 돼서 답답해

내가 니 맘대로만 돼서 답답해

문자를 보내 봐도 답장은 함흥차사

넌 정말 적당히 나빠서 날 뜨겁게 만드는 것 같아

🔊 다이나믹 듀오의 〈BAAAM〉을 임의로 편집하여 제시함.

화자와 그녀는 아직 연인 관계가 아니다. 화자는 그녀가 자신의 연인이 되기를 강하게 원하고 있다. 그런데 '맘대로' 되지가 않는다. 자, 이제 1연부터 구체적으로 살펴보자. 영화를 예매해 놓았다고 그녀에게 문자 메시지를 보냈으나 하루 종일 답이 없다. 그녀는 화자에게 여러 번 '떡밥'을 던지며 유혹을 했었다. 화자의 어깨에 그녀가 가벼운 스킨십도 시도한 적이 있었고, 빈번하게 커피도 함께 마시고, 술도 마셨다. 술 취한 그녀를 집에까지 데려다 준 적도 있다. 그런데도 그녀와의 거리는 생각만큼 가까워지지 못했다. 더욱이 오늘은 무슨 '사연(이) 있는'지 아직 연락조차 오질 않는다. 예전 그녀의 행동을 감안하면 벌써 문자 메시지로 답장이 왔어야 하는데 그녀는 하루 종일 연락이 끊겨 있다. 그녀의 알 수 없는 애매한 태도에 화자는 오늘 속이 뒤집어지고 '맥아리(→ 매가리)'가 풀려 힘이 하나도 없다.

후렴구로 기능하고 있는 2연을 건너뛰고 3연으로 먼저 가 보자. 3연은 1연의 심화된 내용이다. 새벽에 불쑥 화자를 찾아올 정도로 밀접한 관계인 듯하면서도, 어느새 '연기처럼 날아가'고 '손아귀에 잡힐 듯'하다가도 '뱀처럼 미끄럽게 빠져나가는' 그녀가 얄미워질 법도 하지만 화자는 결국 그녀의 '밀당'에 굴복하고 만다. 그녀가 가지고 있는 원초적 매력에 너무 끌려서, 야릇하고 애매한 그녀의 얄미운 태도가 오히려 화자의 호기심을 자극한다. 그녀는 '나'를 유혹하는 한 마리 '뱀'이 되어 화자의 마음에 '똬리'를 틀었다. 화자는 그녀가 자신을 어서 '삼켜' 주기를 간절히 바라고 있다.

　그러나 애석하게도 '그녀'는 화자 '맘대로' 되어 주지를 않는다. 현재 그녀는 마치 '뱀'처럼 도망치듯 어디론가 숨어 버려 보이지 않는다. 화자는 답답하다. 보낸 문자는 아무런 응답이 없고, 그러한 그녀의 태도는 오히려 화자로 하여금 안달이 나게 한다. 그녀가 '나빠서' 오히려 화자가 달아오르는 역설적 상황이 된 것이다. 이것이 마지막 4연의 내용이다.

　그렇다면 여기서 질문 하나! '그녀'는 화자에게 득이 되는 사람인가, 아니면 해가 되는 사람인가? 어쩌면 화자가 '그녀'에게 이용만 당하고 끝내 버려질지도 모른다. 하지만 그녀는 현재 화자에게 원초적 욕망을 가져다주는 쾌락의 존재이기도 하다. 아이들에게 물어보자. 자신이라면 이 노래 속의 여자에게 등을 돌릴 것인가, 아니면 끝까지 구애할 것인가? 의외로 결정이 쉽지 않은 문제가 될 것이다. 노래 속 '그녀'는 우리 문화 속 뱀이 가진 상징성처럼 너무나도 양면적인 존재이기 때문이다.

　자, 이제 앞서 미루어 두었던 2연으로 가 보자. 이 노래의 핵심은 단연코 2연이다. 음악적으로도 그렇고, 노랫말의 내용으로 봐도 그렇다. 이렇게 화자의 애간장을 태우고 있는 그녀를 두고, 화자는 '뱀 같은 여자'라고 노래한다. '뱀 같다'는 것은 무슨 뜻일까? 단순하게 노랫말에 근거하여 유추하면 뱀처럼 미끌미끌하게 화자에게서 잘 빠져나간다는 뜻이 되겠지만, 이 글의 서두에서 이미 말했듯이 '뱀'이 가진 양면적 속성을 함축하는 표현이라고 봐야 한다. 요요처럼 밀고 당기며 화자를 바닥에 굴리고, '들었다 놨다'를 반복하며 '희망이란 채찍으로' 화자를 고문해 대는 그녀는 얄밉기 그지없는 존재이지만, 그것과 동시에 그녀는 그냥 예쁜 것이 아니라 '너무 예쁘다'고 노래할 만큼, 화자에게는 알 수 없는 치명적 매력을 지닌 존재이기도 하다. 그래서 그녀는 화자가 도저히 포기할 수 없는 '뱀'이 된 것이다. 화자는 고대한다. '뱀이 된 그녀, 차라리 나를 어서 삼켜 달라'고 말이다.

케이팝에 견주어 〈화사〉 읽기 – 징그럽거나 혹은 꽃대님보다도 아름답거나

서정주의 〈화사〉는 '꽃뱀'에 대해 화자가 느낀 상반된 극단의 두 정서를 활용하여 인간 내면에 자리 잡고 있는 본능적 욕망을 과감하게 표현하고 있는 작품이다. 화자의 상반된 정서는 1연과 2연부터 드러난다.

사향(麝香) 박하(薄荷)의 뒤안길이다
아름다운 배암……
얼마나 커다란 슬픔으로 태어났기에, 저리도 징그러운 몸뚱어리냐

꽃대님* 같다

향기로운 풀들 사이로 기어 다니는 알록달록한 꽃뱀은 화려한 '꽃대님'에 비유할 수 있을 만큼 시각적으로는 아름다움을 발산하지만,

---

* 남자들이 한복 바지를 입은 뒤에 그 가랑이의 끝 쪽을 접어서 발목을 졸라매는 끈 중에서 특히 고운 색과 무늬가 있는 것을 말한다.

뱀이 지닌 원죄를 떠올리면 '징그러운 몸뚱어리'에 지나지 않는다. 여기서 '배암'은 이미 아름다움과 징그러움을 동시에 지닌 존재로 등장한다. 그리고 이어지는 3연과 4연에서는 꽃뱀을 향해 화자가 지닌 강한 적개심과 증오를 원색적 시어를 통해 드러낸다.

> 너의 할아버지가 이브를 꼬여 내던 달변의 혓바닥이
> 소리 잃은 채 낼룽거리는 붉은 아가리로
> 푸른 하늘이다…… 물어뜯어라, 원통히 물어뜯어.
>
> 달아나거라. 저놈의 대가리!

《구약성서》의 〈창세기〉를 원용하면서 꽃뱀이 가진 간사함과 교활함에 증오하는 마음을, 절대 세계의 상징인 '푸른 하늘'을 꽃뱀더러 물어뜯어 보라고 도발하는 행위로 표현한다. 그리고 화자의 공격적 행위가 이어진다. 바로 뱀을 쫓는 행위이다. 5~6연에서 화자는 공격적으로 '돌팔매를 쏘면서' 뱀을 쫓아낸다. 이때 놀랍게도 화자가 뱀을 '쫓는' 행위가, 뱀을 '좇는' 행위로 오버랩 된다. 화자가 뱀의 '뒤를 따르'기 시작하는 것이다. 이는 뱀의 유혹에 이끌리기 시작한다는 의미이다.

> 돌팔매를 쏘면서, 쏘면서, 사향 방초(芳草) 길
> 저놈의 뒤를 따르는 것은
> 우리 할아버지의 아내가 이브라서 그러는 게 아니라
> 석유 먹은 듯…… 석유 먹은 듯…… 가쁜 숨결이야

바늘에 꼬여 두를까 부다. 꽃대님보다도 아름다운 빛…….

화자는 뱀이 원래 사악한 존재이기 때문에 '뒤를 따르는 것'이 아니라고 말한다. '꽃대님보다도 아름다운 (뱀의) 빛'에 매료되어 '석유를 먹은 듯' 불타는 가슴이 되어 그렇다고 노래한다. 어느새 화자는 자신이 쫓던 뱀이 '바늘에 꼬여 두고' 싶은 것이 된다. 이는 곧 '꽃뱀'을 소유하고 싶다는 욕망을 드러낸 것이다. 우리는 앞서 다이나믹 듀오의 노래에서 '그녀'가 화자에게 채찍을 가하고, 화자에게서 시시때때로 빠져나가 도망쳐 버리는 존재임에도 불구하고, 화자가 어느새 그녀의 알 수 없는 매력에 빠져 버렸던 사실을 기억하고 있다. 이와 비슷하게 〈화사〉의 화자도 '뱀'에 대해 이율배반적인 감정을 경험한다. 뱀에 대한 혐오는 결국 뱀을 향한 관능적인 욕망으로 바뀌게 된다. 마지막 7~8연을 살펴보자.

클레오파트라의 피 먹은 양 붉게 타오르는 고운 입술이다…… 스며라! 배암

우리 순네는 스물 난 색시, 고양이 같이 고운 입술…… 스며라! 배암

— 서정주의 〈화사(花蛇)〉에서 각각 인용함.

화자는 꽃뱀의 아름다운 빛에서 '클레오파트라'의 고운 입술을 상상하게 되고, 마침내는 젊고 아름다운 '순네'의 고운 입술을 연상하게 된다. 그러곤 '클레오파트라'와 '순네'의 고운 입술이 어서 자신에

게 스미기를 고대한다. 마치 〈BAAAM〉의 화자가 뱀 같은 '그녀'에게 삼킴을 당하고 싶어 하는 심리와 묘한 일치를 보인다. 7연과 8연에서 반복적으로 드러내는 명령인 '스며라 배암'은 다름 아닌 바로 이러한 화자의 본능적이고 관능적인 욕망의 표현인 것이다.

이 작품에서 뱀은 숙명적인 원죄로 인하여 징그러운 몸뚱어리를 가지고 있지만, 동시에 꽃처럼 아름다운 빛깔과 무늬를 가지고 있는, 양면성을 지닌 존재이다. 바꿔 말한다면 모순적 존재이다. 이 작품은 이러한 모순성을 가진 '뱀'을 소재로 하여 인간의 깊숙한 내면에 도사린 관능적 욕망을 꾸밈없이 드러내고 있다.

조금 쉽게 정리하자면, 〈BAAAM〉의 '그녀'가 못마땅한 행동을 많이 하여 화자를 힘들게도 하지만, 그녀 자체가 관능적인 쾌락을 화자에게 선사하는 모순적인 존재인 것처럼, 서정주의 〈화사〉에서도 이와 마찬가지로 시적 대상인 '꽃뱀'이 아름다움과 징그러움을 동시에 지니고 있는 존재라는 것이다. 그러나 두 노래의 화자가 모두 '뱀'이 가진 관능미에 더 이끌리고 있다는 사실은 묘하게도 일치한다.

두 노래에 공통적으로 사용된 '뱀'이 시상의 전개에 따라 화자의 정서에 어떤 변화를 가져오는지 생각해 보자. 또 화자가 노래 속에서 바라고 있는 일이 각각 무엇인지 파악해 보자.

BAAAM

① 이른바 '밀당'을 거듭하는 뱀 같은 '그녀'의 행위가 이 노래의 모티브가 됨.

② 화자의 마음속에 똬리를 튼 뱀 같은 그녀가 자신을 어서 삼켜 주기를 바람.

- '뱀'이 가진 양면성을 소재로 인간의 관능적 욕망을 표현함.
- 시상이 전개됨에 따라 '뱀'의 이중적 속성이 화자 자신이 소유하고 싶어 하는 여인에게로 점차 전이됨.

① 뒤안길에서 목격한 '꽃뱀'과 성경의 신화적 이야기가 이 작품의 모티브가 됨.

② '클레오파트라'의 붉은 입술과 고양이 같은 '순네'의 입술이 화자 자신에게 스며들기를 바람.

화사

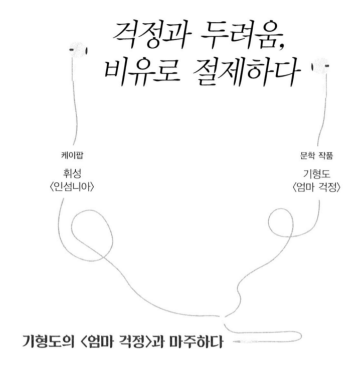

걱정과 두려움,
비유로 절제하다

케이팝

휘성
〈인섬니아〉

문학 작품

기형도
〈엄마 걱정〉

기형도의 〈엄마 걱정〉과 마주하다

어느 가수가 노랫말에 몰입을 했는지 눈시울을 붉히며 구슬프게 노래를 부른다. 하지만 어느 대가의 말에 의하면, 슬픈 노래를 잘 부르는 사람은, 눈물 흘리며 노래 부르는 사람이 아니란다. 가수는 덤덤하게 부르는데, 그것을 듣는 관객이 눈물 흘리며 듣게 되는 노래. 그게 가장 슬픈 노래라고 한다. 그리고 그렇게 노래 부를 수 있는 가수는 정말 노래 잘하는 가수란다.

나는 이 말이 문학 시간에 써먹기 딱 좋은 '명언'이라고 생각했다. 우리가 문학 시간에 배우는 시(詩)도 노래일진대 이 명언의 영향력을 어찌 벗어날 수 있겠는가. 절대적으로 좋은 시는 아니더라도, 적어도 감정의 절제가 되어서 좋은 시. 이 정도쯤은 충분히 아이들에게 가르칠 수 있지 않을까? 아이들에게 던지는 다음의 몇 가지 발문으로 수업은 시작된다.

"이 세상에서 가장 슬픈 시는 어떤 시일까?"
"가장 외로운 시는 어떻게 쓰인 시일까?"
"시를 어떻게 쓰면 독자의 공감을 불러일으키기 쉬울까?"
"시를 쓸 때 직유, 은유와 같은 비유는 왜 사용하는 걸까?"

핵심 개념을 짚다 – 비유와 절제

시나 노래는 문학적으로 볼 때 서정 장르에 속한다. '서정(抒情)'이라는 말은 원래 '주로 예술 작품에서, 자기의 감정이나 정서를 그려 낸다'는 뜻으로 정의된다. 이 정의에서 시나 노래 속 화자가 자신의 감정을 그대로 노출시키지 않고, '그려 낸다'는 점에 주목해 보자. '그려 낸다'는 것은 '보여 준다'는 말에 다름 아니다. 화자가 자신의 감정을 '화가 난다, 두렵다, 걱정한다, 슬프다, 외롭다'라고 폭발시키듯 말하는 것이 아니라, 감정을 절제하고 그 감정을 객관적으로 보여 주는 것이 바로 참다운 '서정'이라는 말이다.

그런 방법 중에 하나가 바로 '비유'를 활용하는 것이다. 화자의 추상적인 감정을 눈에 보이는 구체적 사물에 비유한다면 독자나 청자의 입장에서 그 감정을 이해하고 공감하기가 훨씬 더 수월해질 수 있다. 격정적으로 슬픔을 토로하는 사람의 모습보다 슬픔을 애써 절제하는 사람의 모습이 때로는 보는 이에게 더 슬프게 보일 수 있다는 사실에 대해 곰곰 생각해 볼 필요가 있다. 시와 노래의 묘미는, 사람의 마음이 닿는 그런 격정마저도 비유를 통해 절제하여 함축적으로 전달하는 데 있다.

케이팝 읽기 – '너'를 향한 잠 못 이루는 걱정과 격정

2009년에 발표한 휘성의 노래 〈인섬니아(insomnia)〉*는, 우리말로는 '불면증'으로 해석된다. 일반적으로 잠을 제대로 못 이루는 데는 다양한 이유와 원인이 있다. 이 노래 속의 화자는 도대체 왜 잠을 못 자고 있을까? 화자가 겪는 불면증의 원인을 파악하면, 이 노래의 90퍼센트는 이해하는 셈이겠다. 자, 노랫말을 천천히 음미해 보자.

> 내가 달리는 길은 Love
> 허나 그 길엔 온통 덫
> 피할 수 없는 함정은 마음의 겁
> 마치 늪처럼 용기를 삼켜 점점 난 작아져
> 사라져 가는 얼굴의 밝은 표정
> 내 고백에 등 돌린 채 외면할까 봐 자꾸 두려워

• '인섬니아(insomnia)'는 영국의 가수 '크레이그 데이비드'가 부른 동명의 노래를 한국어 버전으로 발표한 것이다. 당시 아시아 출신의 가수를 물색하던 크레이그 데이비드가 휘성을 지목하여 제작된 것으로 알려져 있는데, 노랫말을 가수 휘성이 직접 지은 것으로도 유명하다.

바늘 같은 걱정을 베고서 오지 않는 잠을 청하고
꿈보다 더 생생한 네 생각 때문에 끝내 밤을 새워

너라는 곳을 향해 외로워도 가는 길
몇 번을 넘어져도 일어서 갈 테지
잠마저 못 들도록 너를 보다 걸려든 병
너의 사랑 갖지 못하면 나을 수 없지 영영 영원토록
죽도록 너의 허락만 기다리고
몇 년이든 몇 생애든 너를 위해 존재하겠지만

바늘 같은 걱정을 베고서 오지 않는 잠을 청하고
꿈보다 더 생생한 네 생각 때문에 끝내 밤을 새워

불타는 이 사랑 그리움에 지쳐 내리는
비 같은 눈물에 젖어도 식지 않는걸
매일 입술을 물고서 오지 않는 잠을 청하고
꿈보다 더 생생한 네 생각 때문에 끝내 밤을 새워

🔊 휘성의 〈인섬니아〉를 임의로 편집하여 제시함.

이 노래는 '대중가요' 치고는 비유를 참 많이 사용했다. 일단 사랑의 열병에 빠진 화자는 자신이 처한 상황을, 길을 달려가고 있는 행위에 비유한다. 그런데 화자가 달리고 있는 'love'의 길은 순탄치 않다. 그 길에 '덫'이 있고, '함정'이 있다고 노래한다. 길에 놓인 덫이나

함정이라 함은, ('마음의 집'이라고 말한 것에서 짐작할 수 있듯이) 일종의 방해물이나 장애물로 기능하는 것으로서, 사랑하는 임에게 가지 못하게 하는 화자의 마음속 두려움을 의미한다. 여기서 원관념인 '사랑(love)' 그리고 '마음의 집'을 대신해서 '길'과 '함정'을 동원하고 있는데, 이는 은유에 해당하는 표현이겠다.

이 노래의 비유는 여기서 그치지 않는다. 사랑하는 이에게 고백할 용기가 나지 않는다고 화자가 말한다. 용기를 상실한 화자가 느끼기에는, 마치 주변의 모든 것을 빨아들이는 '늪'처럼 화자의 용기를 삼켜 버리는 무엇이 존재하는 것만 같다. 그러니 '내가 고백을 하면 내게서 그녀가 등을 돌려 버릴까 봐 두렵다'라는 탄식이 나올 수밖에. 이때 '늪'처럼 용기를 삼킨다는 표현에는 직유법이 활용된 것을 확인할 수 있다.

그런데 바로 뒤에 이어지는 비유가 좀 복잡하다. '바늘 같은 걱정을 베고서'라는 부분을 보면 비유가 이중으로 이루어진 것을 볼 수 있다. '걱정'을 벤다고 한 데서 쉽사리 '걱정'의 원관념인 '베개'를 연상할 수 있다. 이것은 은유이다. 그리고 보조 관념 '걱정'을 '바늘 같은' 것이라고 하였으니 직유이다. 이미 은유가 된 보조 관념을 직유로 한 번 더 비유하고 보니 이중 비유가 되었다. 비유가 이중적으로 이루어지면서 그 의미도 밀도 있게 함축이 일어났다.

잠잘 때 베는 베개는 숙면을 돕는 도구인데 화자는 '걱정'을 베고 있다고 느끼고 있으니 숙면은 고사하고 잠을 깨우는 각성의 도구가 되었다. 그래서 화자가 처한 밤은 '꿈보다 더 생생한 네 생각' 때문에 쉽사리 잠들 수 없는 고민의 밤이다. 그런데 화자가 베고 있는 걱정은, '바늘 같은' 것을 머리에 대고 있다고 느낄 만큼 화자에게는 고통이 따르는 걱정이다. 무슨 걱정일까? 내일이면 그토록 사랑하는 그녀 앞에서 '사랑한다'는 고백을 해야 하는가 보다. 그런데 그녀가 내 고백을 듣고 등 돌릴까 봐 걱정하고 있다. 화자에게는 그것이 그토록 큰 걱정이다. 바늘이 박힌 베개라! 화자는 도저히 잠을 이룰 수 없을 만큼의 걱정에 휩싸여 있는 것이다. 이 노래의 제목이 '불면증'인 이유가 이 한 구절에 함축되었다. 이 구절은 다소 과한 비유를 사용한 탓에 자칫 의미가 뭉개질 수도 있었던 부분이지만, 다행히도 대중에게는 인상적인 노랫말로 기억될 정도로 '바늘 같은 걱정을 베고서'는 매우 문학적이고 개성적인 표현으로 평가받을 만하다.

이 화자의 심리가 흥미로운 것은 화자가 '걱정'을 하고 있으면서도 사실 다른 한편으로는 '격정'에 휩싸여 있기 때문이다. '몇 번을 넘어져도 일어서' 간다고 노래하는 부분, '죽도록 너의 허락을 기다리'겠다는 의지를 표현한 부분, '몇 년'이 아니라 '몇 생애'라도 그녀를 위해 존재하겠다는 노래 속 다짐 등이 화자의 격정을 여실히 보여 준다. 그리고 자신의 '불타는 사랑'이 '비 같은 눈물'에도 식지 않을 것이라고 노래한 부분에 이르러서 감정의 절정을 이룬다. 용기가 사라져 버렸다는 도입 부분의 표현이 무색하게도 화자는 어느새 '격정'의 마음을 표출한다. 아무리 실패를 하고 힘들어도 '입술을 물고서'라도 참아 내고 이겨 내겠다는 강한 의지가 엿보인다. 그렇다면 이 노래 속 화자는 지금 '걱정'하고 있는 것인가, 아니면 '격정(激情)'을 하고 있는 것인가?

확실한 것은 화자는 (걱정이든 격정이든) 오지 않는 잠을 청해야만 할 정도로 불면증에 시달리고 있다는 사실이다. 이 노래가 주는 감동은 '네 생각 때문에 끝내 밤을 새'우고 마는, 바로 그 화자의 마음에서 온다. 누군가를 지독히 사랑해 본 사람이라면 안다. 왜 잠을 이룰 수 없는지를. 그리고 그것이 얼마나 큰 걱정인지를. 사랑하는 사람을 생각하며 불면증에 걸려 버린 〈인섬니아〉의 '화자(話者)'와 달리 또 다른 의미의 걱정거리를 안고서 좀처럼 잠들지 못하는 화자가 여기 또 있다.

케이팝에 견주어 〈엄마 걱정〉 읽기
– 오지 않는 엄마를 걱정하며 잠들지 못하는 밤

이 시의 화자는 어린아이다. 엄마의 따스한 정이 몹시도 그리운 어린아이. 화자의 '엄마'는 열무를 팔러 일찌감치 시장에 가셨다. 그런데 해가 저물도록 엄마가 오시지 않는다. 화자는 '엄마 걱정'을 하기 시작한다. 그리고 이 시는 이렇게 우울하고 어둡게 시작된다.

열무 삼십 단을 이고
시장에 간 우리 엄마
안 오시네, 해는 시든 지 오래
나는 찬밥처럼 방에 담겨
아무리 천천히 숙제를 해도
엄마 안 오시네, 배춧잎 같은 발소리 타박타박
안 들리네, 어둡고 무서워
금 간 창틈으로 고요히 빗소리
빈방에 혼자 엎드려 훌쩍거리던

아주 먼 옛날
지금도 내 눈시울을 뜨겁게 하는
그 시절, 내 유년의 윗목

― 기형도의 〈엄마 걱정〉

저녁이 되어 저물어 가는 해를 보며, 화자는 해가 진다고 하지 않고, 해가 '시든'다고 표현했다. 저녁 어스름이 되어 조금씩 사그라져 가는 연약한 햇빛은 이제 화자의 빈방에서 사라질 것이다. 이때 화자에게 해는 '지는' 게 아니라 마치 시들어 가는 풀잎처럼 '시들어 가는' 것으로 느껴졌을 것이다. 이것만으로도 훌륭한 비유인데 이후에 펼쳐지는 직유는 그야말로 비유법의 향연이라고 할 만큼 기가 막힌다.

화자는 엄마를 기다리며 혼자 있는 자신의 처지를, '찬밥처럼 방에 담겨' 있다고 표현한다. 자발적으로 방에 있는 것이 아니라, 어쩔 수 없이 '담겨' 있는데, 그것도 '찬밥처럼' 담겨 있다고 말한다. '찬밥'은 흔히 '중요하지 아니한 하찮은 인물이나 사물을 비유적으로 이르는 말'인데, ('찬밥'이라는 이 흔한 말을, 이 시에서만큼 감동적이면서도 적절한 비유로 활용한 예를 일찍이 본 적이 없다.) 따뜻하게 지어 놓은 밥이 시간이 흘러 찬밥이 되었고, 그 시간은 화자가 엄마를 애타게 기다린 시간과 겹치게 된다. 그리고 그 긴 시간 동안 버려지다시피 혼자 남겨져, 화자는 그야말로 '찬밥처럼' 자신이 하찮게 여겨진다. 엄마의 사랑을 먹고 무럭무럭 자라야 할 이 어린 화자에게, 엄마 없는 이 순간은 외로움과 어두움, 그리고 배고픔으로 인해 두렵기까지 하다. 오죽하면 '빈방에 혼자 엎드려 훌쩍거리'었겠는가. 이 모든 감정의 과정을 '찬밥'에 담아낸 것, 이것이 바로 적절한 비유의 힘이다.

한편, 어린 화자는 두려움을 이기기 위해 잠을 청했을 것이다. 아니 기다림에 지쳐 쓰러졌을지도 모른다. 그러나 어찌 잠이 오겠는가. 조그만 인기척에도 혹여 엄마가 왔을지 모른다는 생각에 몇 번씩 문 밖을 내다보았을 터. 〈인섬니아〉의 화자가 겪었던 행복한 불면이 아니라, 두려움을 외면하기 위한 몸부림으로서의 불면이었을 것이다.

비유를 하나 더 살펴보자. 화자가 잠이 들지 못한 채 촉각을 곤두세우는 것은, 바로 '배춧잎 같은 발소리'이다. 엄마가 집으로 돌아오는 그 힘없는 발소리. 그것이 바로 화자가 기다리는 엄마의 소리이다. 체중이 실리지 못하는 그 희미한 발소리가 바로 어린 화자 엄마의 발소리이다. 우리가 흔히 예상하는 억척스러운 엄마가 아니라, 고된 삶에 기운을 잃은 연약한 엄마의 모습이다.

2연에서 화자는 성장하여 어른이 되었다. 그러나 '지금까지도 내 눈시울을 뜨겁게' 한다고 유년의 시절을 평가함으로써, 그 유년기의 고통이 성인이 된 지금까지도 기억 속에 불행한 흔적으로 남아 있음을 표현하였다. 이 시의 작가 기형도는 1989년 29세의 젊은 나이에 영화관 뒷자리에서 조용히 숨을 거두었다고 전해진다. 자신의 불행한 운명을 마치 미리 스케치라도 해 놓은 듯 암울한 분위기로 써 내려간 이 시는, 시인의 불행한 운명과 더불어 가난했던 어린 시절의 체험을 바탕으로 엄마의 고된 삶과 어린 화자의 정서를 너무나도 섬세하고 생생하게 표현하여, 시를 감싸고 있는 아름다운 비유에도 불구하고 〈엄마 걱정〉을 읽어 가는 내내 독자의 가슴을 먹먹하게 한다.

〈엄마 걱정〉이라는 이 시의 제목을 다시 찬찬히 들여다보니, 화자는 엄마를 걱정한 것이 아니라 엄마가 오지 않아 '찬밥처럼' 혼자 던져진 화자 자신을 걱정하고 있었던 것 같다.

두 노래에 담긴 비유법을 정리해 보고, 그 비유에 어떤 의미가 각각 함축되어 있으며 어떤 점에서 공통점이 있는지 생각해 보자. 또 화자가 처한 상황과 분위기가 각각 어떻게 다른지 구별해 보자.

인섬니아

①화자가 사랑하는 사람을 향한 고백의 시간을 앞두고 사랑의 열병에 긴장하여 불면의 밤을 보내고 있음.
②전체적으로 행복하고 들뜬 분위기.

- 직유, 은유 등의 비유법을 개성적으로 사용하여 화자의 감정이 직접적으로 표출되지 않고 절제됨.
- 화자가 가진 '걱정'과 '불면'의 정서를 구체적이고 섬세하게 표현함.

①어린 화자가 장에 가신 엄마를 기다리며 외로움과 두려움에 잠을 청하지 못하고 엄마의 귀가를 기다림.
②전체적으로 어둡고 우울한 분위기.

엄마 걱정

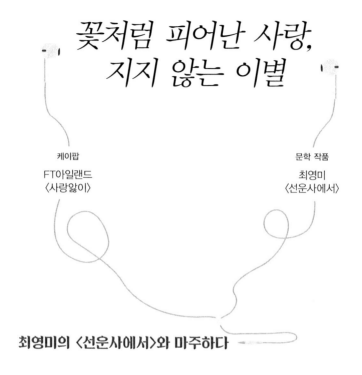

꽃처럼 피어난 사랑, 지지 않는 이별

케이팝
FT아일랜드
〈사랑앓이〉

문학 작품
최영미
〈선운사에서〉

최영미의 〈선운사에서〉와 마주하다

"동백꽃을 모르고서 〈선운사에서〉를 논하지 말라." 이 말은 〈선운사에서〉를 문학 시간에 마주칠 때마다 내가 아이들에게 관습처럼 던지는 말이다. 그리고 이 시를 이해하는 데 '동백꽃'에 대한 경험이 결정적인 배경지식으로 작용한다는 사실을, 동백꽃을 뒤늦게 구경하고 온 아이가 스스로 나에게 고백해 준 적이 있다. 그 고백을 들은 이후로 관습 같은 말을 외치는 내 목소리에 더욱더 힘이 실리기 시작했다. 그런데 동백꽃을 직접 본 적이 없는 아이들이 여전히 태반이다. 그렇다고 〈선운사에서〉의 수업을 포기할 수는 없지 않은가. 그래서 동백꽃 대신 아이들에게 보여 주는(?) 노래가 있다. 동백꽃보다는 훨씬 못하지만 〈선운사에서〉를 감상하기 전에 아쉬운 대로 훌륭한 에피타이저가 되어 주는 그 노래는, 이별 후의 아픔을 한 편의 시처럼 애절하게 표현한 〈사랑앓이〉이다.

핵심 개념을 짚다 – 이별의 후유증

'사람이 만날 때 이미 이별이 정해져 있다'는 의미의 '회자정리(會者定離)'라는 말이 있다. 사람은 누구나 만나면 헤어지기 마련이라는 것이다. 가만히 생각해 보면 틀림없이 그렇다. 진리에 가까운 이런 세상살이의 법칙에도 불구하고, 심지어 그렇게 될 줄 다 알면서도 많은 사람이 사랑을 시작하고 또 수많은 이별을 경험하며 산다. 우리의 무모한 사랑의 도전, 그리고 좌절. 이것은 자연스럽게 노래가 되고 시가 된다. 그래서 '사랑과 이별'은 일찍이 문학 속에서 단골 주제이었으면서 앞으로도 영원히 사라지지 않을 불멸의 글감이 될 수밖에 없다.

이번 수업에서는 '사랑과 이별', '만남과 헤어짐' 중에서 '사랑과 만남'을 뒤로하고 '이별과 헤어짐'의 후유증으로 몹시 아파하고 있는 두 화자를 함께 살펴보고자 한다.

케이팝 읽기 – 헤어짐은 빠르고 잊혀짐은 더딘 사랑

아이돌 록밴드 FT아일랜드의 1집 앨범에는 문학적 표현과 애절한 감성을 잘 버무린 〈사랑앓이〉라는 곡이 들어 있다. '~사람, ~다고' 등의 각운을 적절히 사용하여 운율을 맞춘 것이라든지, 역설법이

나 대구법 등의 표현 기교를 통해 문학적인 향기를 물씬 풍기는 노랫말이 무엇보다도 먼저 눈에 띈다. 아니 귀에 꽂혔다고 해야 할까. 어쨌든 외모나 패션, 중독성 짙은 멜로디에 치중하는 종래의 아이돌과 달리, 〈사랑앓이〉를 들어 보면 다소 상투적인 몇 개의 구절에도 불구하고('상투적'이기보다는 대중가요의 관습을 따르고 있다고 봐야 할 듯) 작사가가 신경 써서 노랫말을 잘 다듬은 흔적이 엿보인다.

1 그리울 때 눈 감으면
   더 잘 보이는 그런 사람
   잊으려 하고 지우려 하면 더 많이 생각나는 사람

2 그 사람 꼭 올 거라고
   내 가슴에 해로운 거짓말을 하고
   꼭 올 거라는 말은 안 했지만
   기다릴 수밖에 없는 사람

3 너무나 많이 사랑한 죄
   널 너무나 많이 사랑한 죄
   난 너로 인해 그 죄로 인해
   기다림을 앓고 있다고

4 내가 더 많이 사랑한 죄
   널 너무나 많이 그리워한 죄
   난 너로 인해 그 죄로 인해

눈물로 앓고 있다고

5 헤어짐은 빠른 사람

잊혀짐은 늘 더딘 사람

늘 나에게만 늘 모진 사랑

나 혼자 앓고 있었다고

6 내 목숨 다 바쳐서 사랑한 사람

내게는 눈물만 주고 간 사람

늘 나에게만 늘 모진 사랑

나 혼자 앓고 있었다고

7 내가 더 많이 사랑한 죄

널 너무나 많이 그리워한 죄

난 너로 인해 그 죄로 인해

눈물로 앓고 있다고

이렇게

🔊 FT아일랜드의 〈사랑앓이〉 일부를 임의로 연을 구분하여 제시함.

이 노래는 제목에서 알 수 있듯이 사랑 때문에 아파하는 한 사람의 노래이다. 1연에서 화자는 헤어진 그 사람을 두고 '눈 감으면 더 잘 보이'고 '잊으려'고 할수록 '더 많이 생각나는 사람'이라고 표현하고 있다. 머릿속에서 지워 보려고 노력을 해 봐도, 오히려 그런 노력

이 헤어진 그 사람을 더욱더 절실하게 생각나게 하는 모순된 상황에 처해 있는 것이다.

2연에서 그리움에 몸서리치던 화자가 '그 사람이 꼭(혹은 혹시) 올 것'이라고 스스로를 위로하는데, 이것은 화자 자신에게 하는 거짓말이다. 왜 거짓말을 할까? 헤어진 그 사람이 너무나 그립고 보고 싶은데, 그 사람이 다시 오지 않을 것을 알고 있기에 그렇게 스스로에게 거짓말을 해서라도 당장의 고통을 잊기 위해서이다. 그러나 시간이 지나도 그 사람은 오지 않을 것이고, 그 충격은 고스란히 화자가 떠안아야 한다. 그렇기에 그 거짓말은 당장에는 진통제처럼 잠깐의 '위로'가 되는지 몰라도, 결국은 화자에게 더 큰 고통을 가져다줄 것이 뻔하다. 그래서 스스로를 위하는 그 말이 '해로운 거짓말'이 되는 것이다.

그 사람은 떠나면서 돌아올 것이라고 약속한 적이 없다. 그러니까 그 사람은 돌아올 리가 없는 것이다. 그런데도 화자는 '기다릴 수밖에 없는' 처지가 되어, 잊히지도 않는 그 사람을 그렇게 고통스럽게 기다린다. 얼마나 고통스러운지, 화자는 그것을 죗값으로 여긴다. 그 사람을 너무 사랑한 죄로 인해 자신이 이렇게 벌과 같은 고통을 받고 있다고 말이다. 그리고 3연과 4연을 통해 자신의 기다림을 마치 병(病)인 것처럼, '기다림을 앓고 있다' 혹은 '눈물로 앓고 있다'고 표현함으로써 화자의 심적 고통을 구체적인 감성으로 노래하고 있다.

5연에서 이별의 극한 상황에 처한 화자의 정서가 절창을 이룬다. 예고되지 않은 이별, 그것은 벼락과 같이 찾아왔을 것이다. 그 사람도 아무런 미련 없이 등을 돌렸을 것이다. 그래서 화자는 그렇게 무정하게 떠난 그 사람을 향해 '헤어짐은 빠른 사람'이라고 표현하였다.

화자에게 헤어짐은 이렇듯 어느 날 갑자기 찾아왔고, 그 사람은 한 치의 망설임이나 미련도 없이 떠나가 버렸다.

한편, 화자는 '잊혀짐'도 헤어짐의 순간처럼 빠를 것으로 기대했었다. 그러나 애석하게도 떠나가 버린 그 사람은 '잊혀짐'이 '더딘 사람'이었다. 아니, 1연에서 노래한 것처럼 지우려 할수록 오히려 더 생각나는 사람이었다. 그래서 화자의 고통은 쉬이 가시지 않는 것이다. 오죽하면 화자가 '늘 나에게만 모진 사랑'이라고 노래했을까. 그것은 당분간 화자 혼자서 앓아야 하는 헤어짐의 고통이 된다.

6연에서 화자는 '목숨 다 바쳐 사랑'했다고 노래하고 있다. 목숨을 바쳐 했던 사랑이기에 '잊혀짐'이 더딘 것이리라. 그렇기에 그 사랑의 후유증이 모질게도 화자를 괴롭히는 것이리라. 화자는 꽤 오랜 시간 동안 '눈물로 앓'아야 할지 모른다. 화자 스스로 말하고 있듯이 화자가 그 사람을 '더 많이 사랑한 죄'로 말이다.

케이팝에 견주어 〈선운사에서〉 읽기
— 꽃이 지는 건 잠깐, 잊는 건 한참

동백꽃을 본 적이 있냐고 아이들에게 물어보자. 혹시 본 사람이 있다면 어떤 속성을 가진 꽃으로 기억하냐고 한번 물어보자. 동백꽃이 가진 다음의 속성을 이야기하는 아이가 있다면 그 아이는 시인으로 키워야 마땅하다. 다른 꽃들이 피었다 지는 모습을 보면, 꽃잎을 하나둘씩 떨구어 내거나 꽃잎이 서서히 시들어 떨어지는 게 보통인데, 동백꽃은 꽃잎을 하나둘씩 떨어뜨리지도 꽃잎이 시들지도 않는다. 어느 날 갑자기 꽃송이 전체가 툭 떨어져 버린다. 너무나도 선명한 붉은 빛의 꽃송이가 시들지도 않고 그 모습 그대로 땅바닥으로 통째로 떨어져 버린다. 그 모습이 어찌나 처연한지, 그 처연함을 지켜본 가객들이 앞 다투어 동백꽃을 노래했다. 동백꽃이 유명한 전라남도 고창의 선운사에서 이 처연함을 외면하지 못한 한 시인이 있다.

꽃이 피는 건 힘들어도
지는 건 잠깐이더군
골고루 쳐다볼 틈 없이
님 한번 생각할 틈 없이
아주 잠깐이더군

그대가 처음
내 속에 피어날 때처럼
잊는 것 또한 그렇게
순간이면 좋겠네
멀리서 웃는 그대여
산 넘어 가는 그대여

꽃이
지는 건 쉬워도
잊는 건 한참이더군
영영 한참이더군

— 최영미의 〈선운사에서〉

꽃이 진다. 한 송이 동백꽃을 피우기 위해 소쩍새까지 울지는 않았더라도, 꽤 오랜 성숙의 시간이 필요했을 텐데, 그렇게 힘들게 피어난 동백꽃이 지는 건 너무나 한 순간이다. '골고루 쳐다볼 틈'도 없이 말이다. 여기서 불현듯 화자는 '님'을 떠올린다. 내 곁을 떠나간, 사랑했던 '님'이다. '님'도 동백꽃이 지는 것처럼 어느 날 갑자기 한 순간에 떠났다. 헤어짐에 대해 '한번 생각할 틈'도 없이 그렇게 벼락같이 떠나 버린 '님'이 동백꽃에 겹쳐 보였던 것이다.

'그대'와의 사랑이 화자도 모르게 어느새 '내 속에 피어'난 것처럼, 그대가 떠나 버린 후 '그대'가 내 마음속에서 잊어지는 것도 '순간'이었으면 좋겠는데, 불행하게도 좀처럼 잊어지지가 않는다. 땅바닥에 순식간에 떨어지는 동백꽃처럼 그렇게 '잠깐'만 아프고 말았으면 좋을 것을, '산 넘어 가는' 그것도 멀리 멀리 웃으며 떠나가는, 그놈의 '그대'는 '한참' 동안 지워지지가 않는다. 동백꽃이 지는 건 그렇게 쉬운데, 내 마음속의 '그대'를 잊는 건 너무나 '한참'이지 뭔가. 마치 '영영' 잊지 못할 것처럼 말이다.

왜 그렇게 잊어지지가 않을까? 〈사랑앓이〉의 화자는 '목숨 바쳐 사랑한 죄'라고 하였다. 이 시의 화자는 산을 넘어 멀리 떠나간 그대가 다시는 돌아오지 못할 것을 알면서도, 미련이라도 남은 것일까? 아니, 다시는 돌아오지 않을 것이기에 화자의 마음속에 '그 사람'이 '영영' 남게 된 것일까?

이 시는 사랑하는 사람과의 만남과 헤어짐을 동백꽃이 피고 지는 것에 비유하여 사랑한 후의 헤어짐이 가져다준 애틋함과 안타까움을 절절히 표현하였다. 특히 네 번에 걸쳐 반복된 '잠깐이더군'이라는 표현이 인상적이다. '~이더군'이라는 어미는 어떤 일을 경험하고 알게 된 객관적인 사실을 무덤덤하게 말할 때 쓰는 표현이다. 그런데 이 시에서 화자는 몸소 겪은 이별의 후유증으로 가슴 아파하면서도 그것을 아무 일도 아닌 것처럼 덤덤하게 인식하려고 의도적으로 그렇게 표현한 듯하다. 이런 표현을 통해 독자로 하여금 화자가 겪은 이별을 더 가슴 아프게 느끼게 한다.

두 노래에는 화자의 어떤 바람이 공통적으로 표현되었는지 생각해 보고, 또 어떤 시어가 노래 속에서 대비(혹은 대조)를 이루고 있는지 찾아보자.

사랑앓이

사랑하는 사람과의 '헤어짐'이 빠르게 이루어진 반면, 그 사람에 대한 '잊혀짐'이 더딘 것에 대해 화자가 안타까워하고 가슴 아파함.

- 이별이 주는 아픔이 빨리 잊히기를 바라는 화자의 마음이 표현됨.
- 두 상황의 속성이 대비를 이룸. (헤어짐과 잊혀짐 / 꽃이 피는 것과 지는 것)

꽃이 지는 것은 쉽고 '잠깐'인 반면에, 꽃이 피는 것과 그대를 잊는 것은 어렵고 '한참' 걸린다고 화자가 노래함.

선운사에서

국어시간에 케이팝읽기
케이팝과 함께하는 공쌤의 문학 수업 이야기

1판 1쇄 발행일 2015년 12월 28일
1판 3쇄 발행일 2020년 7월 13일

지은이 공규택

발행인 김학원
발행처 (주)휴머니스트출판그룹
출판등록 제313-2007-000007호(2007년 1월 5일)
주소 (03991) 서울시 마포구 동교로23길 76(연남동)
전화 02-335-4422 **팩스** 02-334-3427
저자·독자 서비스 humanist@humanistbooks.com
홈페이지 www.humanistbooks.com
유튜브 youtube.com/user/humanistma
페이스북 facebook.com/hmcv2001 **인스타그램** @humanist_insta

편집책임 문성환 **편집** 윤무재 **디자인** 최우영 박인규 **일러스트** 박정원 **디지털POD** 교보비앤피

ⓒ 공규택, 2015

ISBN 978-89-5862-977-1 03800

• 이 책은 저작권법에 따라 보호받는 저작물이므로 무단 전재와 무단 복제를 금합니다.
• 이 책의 전부 또는 일부를 이용하려면 반드시 저자와 (주)휴머니스트출판그룹의 동의를 받아야 합니다.